슬레이드 하우스

SLADE HOUSE
by David Mitchell

Copyright ⓒ David Mitchell, 2015
Korean Translation Copyright ⓒ MUNHAKDONGNE Publishing Corp., 2019

This Korean edition is published by arrangement with Curtis Brown UK, London
through Duran Kim Agency, Seoul.
All Rights Reserved.

이 책의 한국어판 저작권은 듀란킴 에이전시를 통해
Curtis Brown UK와 독점 계약한 (주)문학동네에 있습니다.
저작권법에 의해 한국 내에서 보호를 받는 저작물이므로
무단 전재 및 무단 복제를 금합니다.

이 도서의 국립중앙도서관 출판예정도서목록(CIP)은
서지정보유통지원시스템 홈페이지(http://seoji.nl.go.kr)와
국가자료공동목록시스템(http://www.nl.go.kr/kolisnet)에서 이용하실 수 있습니다.
(CIP제어번호: CIP2019001272)

SLADE HOUSE
슬레이드 하우스

데이비드 미첼 장편소설
이진 옮김

문학동네

일러두기

1. 주석은 모두 옮긴이주다.
2. 본문 중 고딕체는 원서에서 이탤릭체나 대문자로 강조한 부분이다.

—차례—

알맞은 먹잇감

1979

뭐라는 건지는 몰라도 엄마가 하는 말은 멀어져가는 버스의 매캐한 굉음에 파묻히고, '폭스 앤드 하운즈'라는 술집이 모습을 드러낸다. 술집 간판에 여우를 모는 비글 세 마리가 그려져 있다. 비글들은 금방이라도 여우를 덮쳐 찢어발길 기세다. 그 밑의 거리 표지판에는 웨스트우드 로드라고 적혀 있다. 귀족들과 귀부인들은 당연히 부자이기 때문에, 나는 수영장과 람보르기니 정도를 기대하고 있었는데 웨스트우드 로드는 너무 평범해 보인다. 평범한 벽돌집들이 서로 떨어져 있거나 한쪽 벽이 붙어 있고, 아담한 정원들과 평범한 차들이 보인다. 축축한 하늘은 낡은 손수건 빛깔이다. 까치 일곱 마리가 날아간다. 일곱은 좋은 숫자다. 엄마의 얼굴이 겨우 몇 인치 거리에 있지만 화난 표정인지 걱정하는 표정인지 분간이 가지 않는다. "네이선? 듣고 있기는 한 거니?" 엄마는 오늘 화장

을 했다. 립스틱 색깔 이름이 '아침의 라일락'인데 냄새는 라일락
보다는 딱풀에 가깝다. 엄마의 얼굴은 여전히 그 자리에 있고, 그
래서 내가 말한다. "뭐라고요?"

"'뭐라고 하셨어요?' 아니면 '못 들었어요'라고 해야지. '뭐라고
요?'가 아니라."

"그럴게요." 내가 말한다. 평상시엔 이 정도면 넘어갈 수 있다.
오늘은 아니다. "엄마가 뭐라고 했지?"

"'뭐라고 하셨어요? 아니면 못 들었어요, 라고 해야지. 뭐라고
요?가 아니라.'"

"그 말 하기 전에! 그레이어 부인Lady의 집에서 누가 너한테 여
기까지 어떻게 왔는지 묻거든 택시를 타고 왔다고 하라고."

"거짓말은 나쁜 거잖아요."

"거짓말 중에는," 약도를 그린 봉투를 핸드백에서 꺼내며 엄마
가 말한다. "나쁜 거짓말도 있지만, 좋은 인상을 만들어주는 꼭 필
요한 거짓말도 있어. 네 아빠가 내놓아야 할 돈을 내놓았다면, 우
린 정말로 택시를 타고 왔겠지. 어디……" 엄마가 눈살을 찌푸리
며 약도를 본다. "슬레이드 앨리는 웨스트우드 로드의 중간 정도
에서 빠지는 길이니까……" 엄마가 시계를 본다. "자, 지금이 세
시 십 분 전이고 우린 세시까지 가야 해. 어서 가자. 꾸물대지 말
고." 엄마가 앞서 걷는다.

나는 보도의 금을 밟지 않으며 그 뒤를 따른다. 보도에 낙엽들이
곤죽이 되어 있어서 때로는 금의 위치를 짐작해야만 한다. 그러다
가 검은색과 오렌지색이 섞인 운동복을 입고 조깅하는 주먹이 커다

란 남자 때문에 할 수 없이 길을 비켜선다. 울버햄프턴 원더러스*
의 유니폼이 검은색과 오렌지색인데, 마가목**에 반짝이는 열매들
이 달려 있다. 열매를 세어보고 싶지만 또각-또각-또각-또각 하는
엄마의 구둣굽소리가 나를 잡아끈다. 엄마는 왕립음악대학에서 받
은 돈 중 마지막 남은 것으로 존 루이스 백화점 세일 때 저 구두를
샀다. 브리티시 텔레콤에서 전화요금을 내라고 최후통첩을 했는
데도. 엄마는 짙은 남색 콘서트 의상 차림에 머리는 틀어올려 여우
머리가 달린 은색 머리핀으로 고정했다. 2차세계대전 이후에 엄마
의 아버지가 홍콩에서 가져온 핀이다. 엄마가 학생을 가르치고 있
어서 내가 되도록 눈에 띄지 말아야 할 때면, 나는 엄마의 화장대
에 가서 그 여우를 꺼내보곤 한다. 여우의 눈은 비취이고, 어떤 날
은 미소를 짓는데 또 어떤 날은 미소를 짓지 않는다. 나는 오늘 상
태가 별로 좋지 않지만, 발륨***이 곧 효력을 발휘할 것이다. 발륨은
훌륭하다. 오늘은 두 알을 먹었다. 다음주엔 며칠 걸러야 한다. 그
래야 엄마가 자기 약이 줄어드는 걸 알아차리지 못할 테니까. 트위
드재킷이 까슬까슬하다. 엄마는 오늘을 위해 특별히 이 재킷을 옥
스팸****에서 가져왔고, 나비넥타이도 거기서 가져왔다. 엄마는 월요
일마다 거기서 자원봉사를 하기 때문에 토요일에 그곳에 들어오는

---

* 잉글랜드의 울버햄프턴 지역을 연고로 하는 축구 클럽.
** 장미목 장미과의 교목으로 붉고 작은 열매를 맺는다.
*** 우울증이나 불면증, 공황장애 등에 처방하는 신경안정제.
**** 옥스퍼드를 본부로 하여 1942년에 발족한 극빈자 구제 기관으로 각지에 매장을
두고 중고 물품이나 공정무역 상품을 판매한다.

물건 중 가장 좋은 것을 빼올 수 있다. 만약 가즈 잉그럼이나 그 패거리 중 한 명이 내 나비넥타이를 보기라도 하는 날엔, 내 로커에서 똥을 보게 될 거라고 장담할 수 있다. 엄마는 내가 아이들과 어울리는 법을 배워야 한다고 하지만 어울리는 법을 가르치는 수업은 없다. 마을 도서관 게시판에도 없다. 던전스 앤드 드래곤스* 동호회 광고는 있다. 나는 늘 거기 가입하고 싶었지만 엄마는 그게 어둠의 세력이 나오는 게임이라 안 된단다. 어느 집의 창문 너머로 경마 중계가 보인다. 저건 BBC1 채널의 〈그랜드스탠드〉다. 그 뒤로 이어지는 세 개의 창문에는 얇은 레이스 커튼이 드리워 있지만 그래도 레슬링 경기를 중계하는 TV가 한 대 보인다. ITV 채널에서 털보 악당 자이언트 헤이스택스가 착한 대머리 빅 대디와 싸운다. 그 뒤로 여덟 집을 지나고 나니 BBC2에서 〈고질라〉가 방영중이다. 고질라가 휘청대다가 툭 건드렸을 뿐인데 철탑이 쓰러지고 얼굴이 땀범벅인 일본인 소방관이 무전기에 대고 고함을 지른다. 고질라는 기차를 집어들지만 사실 그건 말이 안 되는데, 양서류는 엄지손가락이 없기 때문이다. 어쩌면 고질라의 엄지는 소위 판다의 엄지** 같은 진화된 발톱일지도 모른다. 어쩌면—

"네이선!" 엄마가 내 손목을 잡는다. "엄마가 뭐랬어!"

나는 엄마가 한 말을 확인해준다. "'어서 가자! 꾸물대지 말고.'"

"그런데 넌 지금 뭐하고 있는 거지?"

---

* 미국 TSR사가 1974년에 처음 출시한 비디오 게임 이름.
** 판다의 손목뼈에서 자라나온 돌출형 뼈로 '가짜 엄지'로도 불린다.

"고질라의 엄지를 생각하고 있었어요."

엄마가 눈을 감는다. "그레이어 부인이 나를―우리를―음악 모임에 초대했어. 이건 수아레*야. 음악에 관심이 많은 사람들이 올 거라고. 문화예술위원회 사람들, 일자리와 후원금을 주는 사람들이지." 엄마의 눈동자에 아주 높은 곳에서 촬영한 강줄기처럼 작고 빨간 핏줄이 서려 있다. "나도 네가 차라리 집에서 보어스전투 그림책이나 보면서 놀았으면 좋겠지만, 그레이어 부인이 한사코 너도 와야 한다고 해서…… 그러니까 넌 평범한 척을 해야만 해. 할 수 있겠니? 제발? 너희 반에서 가장 평범한 애를 떠올리고, 그 아이가 할 것 같은 행동을 하란 말이야."

평범한 척하는 건 아이들과 어울리는 것과 비슷하다. "해볼게요. 하지만 보어스전투가 아니에요. 보어전쟁이지. 엄마 반지가 파고들어서 손목이 아파요."

엄마가 내 손목을 놓는다. 한결 낫군.

엄마의 표정이 무슨 의미인지 모르겠다.

슬레이드 앨리는 내가 본 것 중 가장 좁은 골목이다. 두 개의 집 사이에 난 길로 들어가 서른 걸음 정도 걷고 나면 왼쪽으로 꺾어진다. 종이 상자에 들어가 사는 부랑자라면 모를까, 영주나 귀부인이 살 것 같지는 않은 곳이다.

"반대편에 분명히 제대로 된 입구가 있을 거야." 엄마가 말한다.

---

* 집에서 밤에 격식을 갖추어 하는 모임이나 파티를 뜻하는 프랑스어.

"슬레이드 하우스는 그레이어 가족의 시내 거처일 뿐이야. 진짜 저택은 케임브리지셔에 있어."

엄마가 그 말을 할 때마다 내가 50펜스를 받았다면 지금 3파운드 50펜스를 벌었을 텐데. 골목 안은 요크셔데일스의 화이트스카 동굴처럼 춥고 습하다. 내가 열 살 때 아빠가 날 거기 데려갔었다. 첫번째 모퉁이에 죽은 고양이가 있다. 달의 흙처럼 잿빛이다. 바닥에 떨어뜨린 가방처럼 꼼짝도 하지 않는데다, 커다란 파리들이 눈을 빨아먹고 있어서 죽었다는 걸 알았다. 어쩌다 죽었지? 총상 흔적도 없고 이빨자국도 없지만 머리가 꺾인 각도로 보아 고양이 교살범에게 목을 졸렸을지도 모른다. 이 광경은 말할 것도 없이 내가 본 가장 아름다운 광경 5위 안에 든다. 파푸아뉴기니의 어느 원주민 부족 중에는 파리가 윙윙거리는 소리를 음악이라고 생각하는 사람들이 있을지도 모른다. 어쩌면 나도 그 사람들과는 잘 지낼 수 있을 텐데. "어서 와, 네이션." 엄마가 내 소매를 잡아끈다.

"장례식을 치러야 하는 거 아니에요? 우리 할아버지처럼?" 내가 묻는다.

"아니. 고양이는 사람이 아니야. 어서 가자."

"고양이 주인한테 고양이가 돌아오지 않을 거라고 알려줘야 하지 않을까요?"

"어떻게? 저 고양이를 집어들고 웨스트우드 로드의 집집마다 문을 두드리면서, '실례지만, 이 고양이가 이 집 고양이인가요?'라고 묻기라도 하자는 거니?"

엄마는 가끔 아주 좋은 수를 생각해낸다. "시간은 좀 걸리겠지만—"

"그만해, 네이선. 예정대로라면 우린 지금쯤 그레이어 부인의 집에 도착해 있었어야 해."

"하지만 우리가 묻어주지 않으면, 까마귀들이 눈을 파먹을 거예요."

"우린 삽도 없고 이 근처에는 정원도 없어."

"그레이어 부인은 삽도 있고 정원도 있을 거예요."

엄마가 다시 눈을 감는다. 두통이 도졌나보다. "그 얘긴 끝났어." 엄마가 나를 잡아끌고 슬레이드 앨리의 중간 부분으로 향한다. 다섯 집 정도를 지나쳐 왔지만 벽돌담이 너무 높아서 아무것도 보이지 않는다. 오직 하늘뿐이다. "주위를 찬찬히 살피면서 조그만 검은색 철문을 찾아봐." 엄마가 말한다. "오른쪽 담장에 있을 거야." 우리는 다음 모퉁이가 나올 때까지 걸었고, 정확히 아흔여섯 걸음이었고, 벽돌담의 틈새를 비집고 엉겅퀴와 민들레가 피어 있긴 했지만 문은 없었다. 오른쪽으로 꺾어 스무 걸음을 더 가니 웨스트우드 로드와 평행인 길로 접어들게 되었다. 거리 표지판에는 크랜버리 애비뉴라고 적혀 있다. 길 건너편에 세인트 존 병원 구급차가 서 있다. 뒷바퀴 위쪽 흙먼지에 누군가 '씻겨줘'라고 써놓았다. 운전기사는 코뼈가 내려앉았고 무전기에 대고 얘기하는 중이다. 모드족* 한 명이 〈콰드로페니아〉**에서처럼 헬멧을 쓰지 않은

---

* 1960년대 영국 청년들을 중심으로 시작된 하위문화로, 깔끔하게 유행을 따른 복장을 하고 스쿠터를 타고 다니는 모습으로 상징된다.
** 1979년에 개봉한 모드족에 관한 영화.

채 스쿠터를 타고 지나간다. "헬멧 안 쓰고 타는 건 불법인데." 내가 말한다.

"이상하네." 엄마가 봉투를 보며 말한다.

"터번을 쓴 시크교도가 아니면 저건 불법이에요. 아마 경찰이—"

"'조그만 검은색 철문'이라고 되어 있는데…… 그걸 보고도 지나쳤을 리가 있나?"

그러게 말이다. 나에게 발륨은 아스테릭스*의 마법의 묘약이지만 엄마는 그걸 먹으면 멍해진다. 어제는 나를 프랭크—아빠 이름—라고 불러놓고 알아차리지도 못했다. 엄마는 두 의사에게서 발륨을 처방받는다. 하나로는 충분치가 않기 때문이다. 하지만—

—불과 몇 인치 거리에서 개가 짖는 바람에 나는 깜짝 놀라 소리를 지르며 뒤로 펄쩍 뛰다가 오줌을 지렸지만 괜찮다, 괜찮다, 다행히 울타리가 있고, 저건 작고 사나운 개일 뿐이고, 불마스티프**가 아니고, 그러니까 그 불마스티프는 아니고, 오줌은 아주 조금 지렸을 뿐이니까. 그런데도 심장이 미친듯이 뛰고 토할 것만 같다. 엄마는 커다란 대문이 달린 커다란 저택이 있는지 보려고 크랜버리 애비뉴로 나섰고 사납게 짖어대는 개 따위는 안중에도 없다. 작업복 차림의 머리가 벗어진 남자가 양동이를 들고 발판 사다리를 어깨에 메고 걸어온다. 그는 〈I'd Like to Teach the World to Sing (in Perfect Harmony)〉이라는 곡을 휘파람으로 불고 있다.

---

* 로마제국에 맞선 골족 전사들의 영웅담을 그린 프랑스 유명 만화의 주인공.

** 호신견으로 유명한 몸집이 큰 개.

엄마가 끼어든다. "실례지만 슬레이드 하우스가 어디 있는지 아세요?"

휘파람과 남자가 멈춘다. "무슨 하우스요?"

"슬레이드 하우스. 노라 그레이어 귀족 부인의 집이에요."

"모르겠는데요. 혹시 그 귀부인을 찾으시거든, 부인이 거친 걸 좋아하신다면, 고상한 걸 좋아하는 남자가 여기 있다고 좀 전해주쇼." 그가 내게 "나비넥타이 멋지구나"라고 말하고는 슬레이드 앨리로 들어서며 멈추었던 대목부터 다시 휘파람을 불기 시작한다. 엄마가 그의 뒤통수에 대고 웅얼거린다. "개뿔 도움이 안 되었네요, 고마워요."

"'개뿔'이란 말은 쓰면 안 되잖아요—"

"또 시작이니, 네이선. 제발, 가만히 좀 있어."

이건 화난 표정인 것 같다. "알겠어요."

개가 짖기를 멈추고 자기 고추를 핥는다. "왔던 길로 돌아가자." 엄마가 결단을 내린다. "아무래도 그레이어 부인이 말한 골목은 다음 골목인 것 같아." 엄마가 다시 슬레이드 앨리로 향하고 나는 뒤를 따른다. 우리가 다시 골목 중간 부분에 다다랐을 때, 발판 사다리를 든 남자는 때마침 저멀리 골목 끝의 모퉁이 뒤로 사라지고 달의 잿빛 고양이는 여전히 그 자리에 죽어 있다. "여기서 누가 우릴 죽이기라도 하면," 내가 말한다. "아무도 못 보겠어요." 엄마는 내 말을 무시한다. 별로 평범하지 않은 말이었나보다. 골목의 중간 부분을 반 정도 지났을 때 엄마가 멈춘다. "앗 깜짝이야!" 벽돌담에 조그만 검은색 철문이 있다. 아주 작은 문이다. 내 키가 150센티미터인데, 문은 거우 내 눈높이 정도다. 뚱뚱한 사람이 그 문을 통과하려면 안간힘을 써야 할 것이다. 손잡이도 없고 열쇠 구멍도 없고 모서리에 틈새도 없다. 문은 검은색인데, 마치 별과 별 사이의 공간처럼, 칠흑 같은 검은색이다. "대체 아까 이걸 왜 못 봤지?" 엄마가 말한다. "더구나 보이스카우트 단원인 네가."

"이젠 보이스카우트 아니잖아요." 내가 상기시킨다. 우리 스카우트의 단장인 무디 선생님이 내게 꺼지라고 했고, 그래서 나는 확실히 꺼져버렸다. 스노도니아* 산악구조대가 내가 숨어 있는 지점을 찾기까지 꼬박 이틀이 걸렸다. 지역신문에도 나고 난리도 아니었다. 다들 화가 났지만 나는 시키는 대로 한 것뿐이었다.

엄마가 문을 밀어보지만 꿈쩍도 안 한다. "대체 이놈의 문은 어떻게 여는 거야? 노크를 해야 하나."

문이 내 손을 끌어당기고 나는 손바닥을 문에 댄다. 따뜻하다.

그때 문이 안으로 휙 밀리면서, 마치 브레이크처럼 경첩이 삐걱거리고……

……우리는 안쪽의 정원을 들여다본다. 벌이 윙윙거리는, 여전히 여름인 정원이다. 정원에는 장미들, 이를 드러내고 웃는 해바라기들, 군데군데 흩뿌린 듯 피어난 양귀비들, 디기탈리스 무더기들, 그리고 내가 이름을 모르는 수많은 꽃들이 피어 있다. 암석 정원이 있고, 연못도 있고, 벌들이 날아다니고, 나비들도 있다. 어마

---

* 영국 웨일스 북서부에 있는 국립공원.

어마하다. "세상에, 이게 다 뭐람." 엄마가 말한다. 슬레이드 하우스는 비탈길 꼭대기에 있고, 오래되었고, 거대하고, 근엄하고, 잿빛이고, 맹렬한 담쟁이덩굴에 반쯤 잠식당했고, 웨스트우드 로드나 크랜버리 애비뉴의 그 어떤 집과도 다르다. 만약 내셔널 트러스트* 소유였으면 입장료 2파운드를 내야 했을 것이다. 혹은 열여섯 살 이하 어린이 입장료 75펜스를. 엄마와 나는 이미 조그만 검은색 철문 안으로 들어섰고, 마치 보이지 않는 집사처럼 바람이 문을 닫고, 공기의 흐름이 우리를 벽을 따라 정원 쪽으로 이끈다. "그레이어 가족은 상주 정원사를 두고 있는 게 분명해." 엄마가 말한다. "어쩌면 여러 명일지도 모르지." 나는 마침내 발륨이 효력을 발휘하는 것을 느낀다. 빨간색은 더 번쩍거리고 파란색은 더 투명하고 초록색은 더 강렬하고 흰색은 두 겹으로 이루어진 티슈처럼 속이 비친다. 이렇게 커다란 집과 정원이 어떻게 슬레이드 앨리와 크랜버리 애비뉴 사이의 공간에 들어갈 수 있느냐고 엄마에게 물어보고 싶지만, 나의 질문은 바닥이 보이지 않는 우물 속으로 빠져버리고, 나는 내가 무엇을 잊었는지 잊는다.

"비숍 부인과 그 아드님이시군요." 보이지 않는 소년이 말한다. 내가 사나운 개를 보고 그랬던 것처럼 엄마가 펄쩍 뛰지만, 나는 이제 발륨이 완충장치 역할을 한다. "여기 위쪽이에요." 목소리가

---

* 영국에서 발족한 민간단체로 보존 가치가 있는 자연이나 문화유적을 보호하고 관리한다.

말한다. 엄마와 내가 고개를 든다. 15피트 정도 되어 보이는 돌담 위에 내 또래 남자애가 앉아 있다. 물결치는 머리에 부루퉁한 입술, 우윳빛 피부, 청바지에 단화를 신었지만 양말은 신지 않았고, 흰 티셔츠를 입고 있다. 트위드재킷 따위는 걸치지 않았고 나비넥타이도 매지 않았다. 엄마는 그레이어 부인의 음악 모임에 다른 남자애들이 있다는 말은 하지 않았다. 다른 남자애들이 있다는 것은 곧 정리해야 할 문제들이 있다는 뜻이다. 누가 가장 멋진가? 누가 가장 센가? 누가 가장 똑똑한가? 평범한 애들은 이런 문제에 신경을 쓰고, 가즈 잉그럼 같은 애들은 이런 문제를 놓고 싸우기까지 한다. "그래, 안녕. 난 비숍 부인이고 얘는 네이선이란다. 저기, 그 담이 꽤 높아 보이는데, 내려오는 게 좋지 않을까?"

"만나서 반갑다, 네이선." 소년이 말한다.

"왜?" 내가 소년의 단화 밑창에 대고 묻는다.

엄마가 낮은 목소리로 예의에 관해 뭐라고 야단을 치지만 소년이 대답한다. "그냥. 그건 그렇고 난 조나야. 네 환영 사절이지."

내가 아는 애들 중에 이름이 조나인 애는 한 명도 없다. 이름이 적갈색이다.

엄마가 묻는다. "그럼 네 어머니가 노라 부인이니, 조나?"

조나가 잠시 생각해본다. "네, 그렇다고 해두죠."

"그렇구나." 엄마가 말한다. "그럼, 음, 알겠다. 그럼 네가—"

"아, 아주 좋아요, 리타, 우릴 찾았군요!" 터널처럼 생긴 격자 구조물 아래에서 한 여자가 걸어나온다. 격자 터널은 대롱거리는 흰색과 자주색 꽃들이 빼곡하게 뒤덮고 있다. 여자는 엄마와 나이가 비슷해 보이지만, 몸이 호리호리하고 덜 허름하고 자기집 정원처럼 차려입었다. "어젯밤 전화를 끊고 나서, 제가 괜히 슬레이드 앨리 쪽으로 난 문을 알려드려서 혼란스럽게 만든 건 아닌가 얼마나 걱정했는지 몰라요. 정문 쪽 길을 알려드렸어야 했는데 말이에요. 하지만 부인께서 처음 보시는 슬레이드 하우스의 전경이 이렇게 화려하게 만개한 정원이기를 바랐답니다."

"그레이어 부인!" 엄마는 교양 있는 사람을 흉내내는 목소리로 말한다. "안녕하세요. 아뇨, 아뇨, 아니에요. 제게 알려주신 길은ㅡ"

"노라라고 불러요, 리타. 그래주세요. '부인' 같은 호칭은 공적인 자리 아니고서야 너무 고리타분하잖아요. 조나는 벌써 만나셨나 보네요. 이 집에 상주하는 스파이더맨이랍니다." 그레이어 부인도 조나와 똑같은 검은 머리와 투시력이 있는 것 같은 피하고 싶은 눈빛을 지녔다.

"그렇다면 이 아이가 바로 네이선이군요." 그녀가 내 손을 잡고 악수를 한다. 작고 도톰한 손이지만 손아귀 힘이 세다. "어머니한테 얘기 많이 들었단다."

"만나서 반가워요, 노라." 영화에 나오는 어른처럼 내가 말한다.

"네이선!" 엄마가 너무 큰 소리로 말한다. "그레이어 부인이 널보고 이름을 부르라고 한 게 아니야."

"괜찮아요." 노라 그레이어가 말한다. "정말이에요. 네이선도 그렇게 불러도 돼요."

눈부신 오후가 살짝 흔들린다. "드레스가 정원과 잘 어울려요." 내가 말한다.

"그것 참 우아한 칭찬이구나." 그레이어 부인이 말한다. "고마워. 너도 아주 멋져. 나비넥타이도 아주 근사하고."

나는 손을 거둔다. "혹시 달의 잿빛 고양이를 키우셨나요, 노라?"

"고양이를 '키웠느냐'고? 최근에 말이니? 아니면 어렸을 때?"

"오늘이요. 골목에 있거든요." 내가 방향을 가리킨다. "첫번째 모퉁이에 있어요. 죽었어요."

"네이선이 가끔 좀 직설적일 때가 있어요." 엄마의 목소리가 이상하고 다급하다. "노라, 만약 그 고양이가 이 집 고양이라면, 정말 유감—"

"걱정 마세요. 지난 몇 년 동안 슬레이드 하우스에 고양이는 없었으니까요. 제가 사람을 불러서 그 가엾은 짐승을 즉시 제대로 묻어주라고 할게요. 참 사려 깊구나, 네이선. 네 어머니처럼 말이야. 음악적 재능도 물려받았니?"

"네이선은 연습을 열심히 안 해요." 엄마가 말한다.

"하루에 한 시간 연습해요." 내가 말한다.

"두 시간은 해야지." 엄마가 차갑게 말한다.

"숙제도 해야 하잖아요." 내가 지적한다.

"자고로 '천재란 90퍼센트의 땀으로 만들어진다'고들 하지." 땅으로 내려온 조나가 우리 바로 뒤에서 말한다. 엄마가 놀라 숨을 헉 들이켜지만 나는 깊은 감명을 받는다. 내가 묻는다. "어떻게 그렇게 빨리 내려왔어?"

조나가 관자놀이를 톡톡 친다. "두개골에 순간 이동 회로가 장착되어 있거든."

사실은 그가 담장에서 뛰어내렸다는 걸 알고 있지만 이 대답이 더 마음에 든다. 조나는 나보다 키가 크지만 사실 대부분의 아이들이 그렇다. 지난주 가즈 잉그럼은 내 공식 별명을 돼지머리 게이에서 맹독성 난쟁이로 바꾸었다.

"하여간 저 잘난 척에는 약도 없다니까." 노라 그레이어가 한숨을 쉰다. "저, 리타, 어떻게 생각하실지 모르겠지만, 예후디 메뉴인*이 잠깐 집에 들렀는데 제가 당신의 드뷔시 공연에 대해 얘기했더니 빨리 만나고 싶다면서 무척 들떠 있어요."

엄마는 〈피너츠〉**에 나오는 놀란 어린애 같은 표정을 짓는다. "그 예후디 메뉴인 말인가요? 그 사람이 여기 있다고요? 바로 오늘 오후에?"

그레이어 부인이 마치 대수롭지 않은 일이라는 듯 고개를 끄덕인다. "네, 어젯밤 로열페스티벌홀에서 '기그'***가 있었거든요. 슬레이드 하우스는 말하자면, 그의 런던 피난처 겸 별장인 셈이죠. 그럼, 괜찮으신 거죠?"

"괜찮냐고요?" 엄마가 말한다. "예후디 경을 만나는 게요? 물론 괜찮죠, 단지…… 이게 꿈인지 생시인지 모르겠네요."

"브라비시마."**** 그레이어 부인이 엄마의 팔을 잡고 커다란 저택 쪽으로 이끈다. "수줍어할 것 없어요. 예후디는 저의 둘도 없는

---

* 미국의 유대계 바이올리니스트이자 지휘자.
** 찰리 브라운과 스누피가 등장하는 미국의 신문 연재 만화.
*** 소규모 연주회.
**** '아주 좋다' '멋지다'라는 뜻.

친구거든요. 그럼 너희들은," 그녀가 조나와 내 쪽으로 돌아선다. "이 찬란한 햇살을 좀 즐겨보는 게 어떻겠니? 폴란스키 부인이 커피맛 에클레르*를 만드는 중이니까 식욕도 좀 돋울 겸."

"자두 하나 먹어봐, 네이선." 조나가 나무에서 딴 열매를 내게 내밀며 말한다. 그가 나무 밑에 앉아서 나도 그의 옆에 있는 나무 밑에 앉는다.

"고마워." 8월 초 아침의 맛이 나는 따뜻하고 질척거리는 과육이다. "예후디 메뉴인이 진짜 온 거야?"

조나는 내가 이해할 수 없는 표정을 짓는다. "노라가 왜 그런 거짓말을 하겠어?"

자기 엄마를 이름으로 부르는 애는 처음 본다. 아빠라면 그게 '아주 현대적인' 방식이라고 하겠지. "거짓말을 한다는 게 아니라, 그 사람 엄청 유명한 거장 바이올리니스트잖아."

조나가 키 큰 분홍색 데이지 꽃들 속에 자두 씨앗을 뱉는다. "엄청나게 유명한 거장 바이올리니스트라도 친구는 필요하겠지. 그건 그렇고, 너 몇 살이야, 네이선? 열세 살?"

"바로 맞혔어." 내가 씨앗을 더 멀리 뱉는다. "넌?"

"똑같아." 그가 말한다. "생일은 10월이야."

"난 2월." 내가 키는 더 작지만 나이는 더 많다. "넌 어느 학교 다녀?"

---

* 크림으로 속을 채운 뒤 겉에 초콜릿이나 버터 등을 입힌 길쭉한 케이크.

"난 학교하고는 안 맞아." 조나가 말한다. "말하자면 그래."

이해가 안 간다. "넌 아직 어리잖아. 학교에 가야지. 그게 법이야."

"난 법하고도 안 맞아. 자두 하나 더 먹을래?"

"고마워. 그럼 무단결석 감시관한텐 뭐라고 해?"

조나의 표정으로 보아 그가 당혹스러워하는 것 같기도 하다. 나는 요즘 마르코니 선생님과 '당혹스럽다'라는 단어를 공부하고 있다. "무슨 감시관?"

이해가 안 간다. 그걸 모를 리가 없는데. "지금 나 놀리는 거야 taking the piss?"

조나가 말한다. "네 소변을 받을* 생각은 꿈에도 없어. 그걸 받아서 뭐하게?" 재치 있는 말이긴 하지만 만약 내가 가즈 잉그럼한테 그 말을 써먹었다간 날 럭비 골대에 매달아 죽일 것이다. "실은, 난 집에서 공부해."

"진짜 좋겠다. 누가 가르치는데? 너희 엄마?"

조나가 "우리 사부님"이라고 말하고는 나를 쳐다본다.

그의 눈빛이 아려서 나는 고개를 돌린다. 사부님은 '선생님'의 교양 있는 말이다. "어떤 분인데?"

조나는 "진정한 천재지"라고 말한다. 뻐기는 듯한 말투는 아니다.

"부러워 죽겠다." 내가 인정한다. "나도 학교 싫어. 진짜 싫어."

"사회제도에 적응하지 못하면 인생이 지옥이지. 네 아버지도 어

---

* 'take the piss'는 '조롱하다, 놀리다'라는 뜻의 속어로, 문자 그대로 해석하면 '소변을 받다'라는 의미가 된다.

머니처럼 피아니스트야?"

학교 얘기는 정말 하기 싫지만 아빠 얘기는 정말 하고 싶다. "아니. 아빠는 솔즈베리에 살아. 월트셔 말고 로디지아*에 있는 솔즈베리. 아빠는 로디지아 출신이고, 로디지아 군대의 훈련조교야. 자기 아빠에 대해 거짓말을 하는 애들이 많지만 난 아니야. 우리 아빠는 명사수라서 100미터 거리에서도 사람의 미간에 총알을 명중시킬 수 있어. 한번은 직접 보여준 적도 있어."

"사람 미간에 총알이 박히는 걸 너한테 보여줬다고?"

"올더숏 부근 사격 연습장에 있는 인형이었어. 무지개 색깔 가발을 쓰고 아돌프 히틀러의 콧수염이 달려 있는 인형."

자두나무에서 산비둘기인지 집비둘기인지 모를 새가 운다. 산비둘기와 집비둘기가 같은 새인지 아닌지에 대해서는 확실하게 아는 사람이 하나도 없다.

"너 힘들겠다." 조나가 말한다. "아버지가 그렇게 멀리 있어서."

나는 어깨를 으쓱한다. 엄마가 이혼에 대해서는 입을 다물라고 했다.

"아프리카엔 가봤어?" 조나가 묻는다.

"아니, 하지만 아빠가 내년 크리스마스 때는 와도 된댔어. 지난 크리스마스 때 가기로 했었는데, 갑자기 아빠가 훈련시킬 군인들이 엄청 많이 들어왔대. 여기가 겨울이면 거긴 여름이거든." 나는 아빠가 데려가기로 한 사파리에 대해 얘기하려고 했지만 마르코니

* 짐바브웨의 옛 이름.

선생님이 대화는 탁구처럼 번갈아서 주거니 받거니 하는 거라고 했다. "너희 아빠는 무슨 일 하셔?"

나는 조나가 자기 아버지는 제독이거나 판사거나 아니면 뭔가 고귀한 직업이라고 말할 거라 생각했다. 하지만 아니다. "아버진 죽었어. 총에 맞았지. 꿩 사냥을 하다가 잘못해서 총에 맞았어. 아주아주 오래전 일이야."

오래전이라고 해봐야 얼마나 오래전이겠어, 라고 나는 생각한다. 하지만 그냥 이렇게 말한다. "그렇구나."

마치 무언가가 꽃밭에 있는 것처럼 자줏빛 디기탈리스가 흔들리지만……

……아무것도 없고, 조나가 말한다. "네가 반복해서 꾸는 악몽 얘기 좀 해봐, 네이선." 우리는 연못가의 따뜻한 판석 위에 앉는다. 연못은 기다란 직사각형 모양이고, 수련이 피어 있고 연못 가운데 놓인 넵투누스* 청동상은 청록색으로 멍이 들었다. 연못이 우리집 정원 전체보다 더 크다. 사실 우리집 정원이라고 해봐야 빨랫줄과 쓰레기통이 있는 진흙탕이 전부지만. 로디지아에 있는 아빠의 집 앞에는 비탈진 넓은 땅이 펼쳐져 있고 비탈 아래 강에는 하마들이 있다. 나는 마르코니 선생님이 '주제에 집중하라'고 했던 말을 떠올린다. "내가 꾸는 악몽에 대해 네가 어떻게 알아?"

"네가 불안한 표정을 짓고 있으니까." 조나가 말한다.

---

* 로마신화에 등장하는 바다의 신.

나는 돌멩이 하나를 호수의 수면 위로 높이 던진다. 돌멩이가 그리는 곡선이 수학적이다.

"혹시 네 악몽이 그 상처하고 관계가 있어?"

그 순간 나의 손이 머리카락으로 오른쪽 귀밑의 흰색과 분홍색 줄이 그어진 부위를 덮으며 가장 깊은 상처를 가린다. 돌멩이가 퐁당! 하고 떨어지지만 물보라는 보이지 않는다. 나는 마스티프가 나한테 덤벼들던 일을, 놈의 송곳니가 마치 닭고기를 물어뜯듯 내 뺨을 물어뜯던 일을, 놈이 내 턱뼈에 이빨을 고정하고 인형처럼 나를 흔들어대면서 눈을 번득이던 일을 떠올리지 않을 것이다. 몇 주 동안 병원에 입원했던 일, 주사, 약, 수술, 사람들의 표정을 떠올리지 않을 것이다. 여전히 그 마스티프는 꿈속에서 내가 잠들기만을 기다리고 있다는 것도.

잠자리 한 마리가 내 코에서 1인치 떨어진 부들풀에 앉는다. 날개가 셀로판 같다. 조나가 말한다. "날개가 꼭 셀로판 같지." 그래서 내가 말한다. "안 그래도 그 생각을 하고 있었어." 하지만 조나가 "무슨 생각?" 하고 묻는다. 어쩌면 조나가 그렇게 말한 것이 나의 상상이었는지도 모른다. 발륨은 따옴표를 지우고 말풍선을 터뜨린다. 전에도 그랬던 적이 있다.

집안에서 엄마가 연습용 아르페지오*를 연주하고 있다.

잠자리는 날아갔다. "너도 악몽을 꾸니?" 내가 묻는다.

"나도 악몽을 꿔." 조나가 말한다. "식량이 떨어지는 악몽."

---

* 화음의 각 음을 연속해서 차례로 연주하는 주법.

"과자 한 봉지를 들고 자." 내가 그에게 말한다.

조나의 치아는 완벽하다. 때운 치아가 하나도 없는, 콜게이트 치약 광고 속 웃는 아이처럼. "그런 식량을 말하는 게 아니야, 네이선."

"그런 식량이 아니면 무슨 식량?" 내가 묻는다.

멀고 멀고 멀고 먼 어느 별에서 종달새 한 마리가 모스부호를 찍는다.

"먹을수록 더 배고파지는 식량." 조나가 말한다.

관목 덤불이 마치 지금 누군가가 스케치하는 중인 것처럼 흐릿하게 떨린다.

"그러니 네가 평범한 학교에 못 다니지." 내가 말한다.

조나가 자기 엄지손가락에 풀잎 하나를 감더니……

……그 풀잎을 툭 꺾는다. 연못이 사라지고, 우리는 나무 아래 앉아 있다. 그러니까 아마 그건 나중에 꺾은 다른 풀잎이 분명하다. 발륨의 기운이 손끝까지 퍼져 고동치고, 어느덧 햇살은 하프 연주자가 된다. 깎은 잔디 위의 낙엽들은 작은 부채 모양이다. "이건 은행나무야." 조나가 말한다. "누군지 몰라도 반세기 전에 슬레이드 하우스에 살았던 사람이 심었어." 나는 은행잎을 거대한 아프리카대륙 모양으로 배열하기 시작한다. 카이로에서 요하네스버그까지 거리를 1피트 정도로 해서. 조나는 이제 등을 대고 누워 있다. 잠든 것일 수도 있고 그냥 눈만 감고 있는 것일 수도 있다. 그는 나에게 축구에 대해 묻지 않았고, 클래식 음악을 좋아한다는 이유로 게이라고 놀리지도 않았다. 어쩌면 친구를 갖는다는 건 이런

것일지도 모른다. 시간이 흐른 게 분명하다. 나의 아프리카대륙이 완성된 걸 보니. 나는 시간을 정확히 알지 못한다. 왜냐하면, 지난주 일요일 내 시계의 성능을 개선해보려고 분해했다가, 다시 조립할 때 보니 부품 몇 개가 사라졌기 때문이다. 아예 험프티덤프티* 꼴이 난 건 아니었다. 엄마가 시계의 내부를 보고 울부짖더니 방으로 들어가 나오지 않아서 나는 저녁을 또 콘플레이크로 때워야 했다. 엄마가 왜 화가 났는지 모르겠다. 오래된, 무지하게 오래된 시계였고, 내가 태어나기도 전에 만들어진 것이었다. 빅토리아 호수를 만들기 위해 들어낸 은행잎들은 마다가스카르로 사용한다.

"와우!" 머리를 한쪽 팔꿈치에 기대며 조나가 말한다.

누가 "와우!"라고 하면 "고마워"라고 말해야 하나? 잘 모르겠어서 나는 신중을 기하기 위해 질문을 던진다. "혹시 『모로 박사의 섬』**에 나오는 것처럼 네가 실험실에서 합성된 DNA로 이루어진 전혀 다른 종족인데, 평범한 사람들 행세를 할 수 있는지 없는지 시험해보려고 널 풀어준 걸지도 모른다는 생각 해본 적 있어?"

위층 방에서 나지막이 박수 소리가 울려퍼진다.

"내 여자 형제와 나는 정말로 남들과 다른 종족이야." 조나가 말한다. "하지만 시험 따위는 필요하지 않아. 우린 평범한 사람들 행세를 하거나, 누구든 우리가 원하는 사람 행세를 할 수 있어. 우리 여우와 사냥개들fox and hounds 놀이 할래?"

---

* 동요에 나오는 달걀 모양의 사람으로, 한번 부서지면 원래대로 고쳐지지 않는 것을 뜻하기도 한다.
** 영국 작가 허버트 조지 웰스의 공상과학소설.

"여기 올 때 폭스 앤드 하운즈라는 술집을 지나쳤는데."

"그 술집은 1930년대부터 있었어. 안에 들어가보면 1930년대 냄새가 나. 내 여자 형제하고 난 그 술집에서 이 게임 이름을 따왔어. 한번 해볼래? 이건 일종의 경주야."

"너한테 여자 형제가 있는 줄 몰랐네."

"걱정 마, 이따가 만나게 될 테니까. 여우와 사냥개들은 경주야. 이 집의 양쪽 모퉁이에서 경주를 시작하는 거야. 우리 둘 다 동시에 '여우와 사냥개들, 하나 둘 셋!' 하고 외치고 셋에서 시계 반대 방향으로 달리기 시작해. 둘 중 한 명이 다른 한 명을 잡을 때까지. 잡은 사람이 사냥개가 되고 잡힌 사람이 여우가 되는 거야. 간단하지. 할래?"

만약 안 한다고 말하면 조나가 나를 쪼다나 등신이라고 부를지도 모른다. "좋아. 하지만 사냥개가 한 마리뿐이라면 여우와 사냥개라고 불러야 되는 거 아니야?"

조나의 얼굴에 두세 가지의 표정이 스치고 나는 그 표정을 읽을 수 없다. "좋아, 네이선. 지금부터는 '여우와 사냥개'라고 하자."

슬레이드 하우스가 우리를 굽어본다. 빨간 담쟁이덩굴이 여느 빨간 담쟁이덩굴보다 더 빨갛다. 1층 창문들은 너무 높아 안을 들여다볼 수 없고, 유리창에는 하늘과 구름만 반사되고 있다. "넌 여기 있어." 저택 앞 오른쪽 모퉁이에서 조나가 내게 말한다. "난 뒤쪽으로 갈게. 게임이 시작되면 시계 반대 방향, 이쪽 방향으로 달리는 거야." 조나가 저택 옆면을 따라 걸어간다. 그곳에는 호랑가시나무 산울타리가 담처럼 둘러져 있다. 기다리는 동안 가까운 창문에서 누군가가 움직이는 게 보인다. 나는 가까이 다가가 안을 들여다본다. 여자다. 노라 그레이어 부인의 연주회에 초대받은 또다른 손님이거나, 아니면 하녀인가보다. 아빠의 낡은 LP 레코드 표지에 나오는 여자들처럼 머리를 높이 틀어올렸다. 이마에는 주름이 잡혔고 마치 금붕어처럼 입을 천천히 열었다 닫는다. 똑같은 말을 계속 되풀이하는 것 같다. 창문이 닫혀 있어서 그녀의 말이 잘 들리지 않고, 그래서 나는 "잘 안 들려요"라고 말한다. 내가 한 발짝 다가가지만 그녀는 이내 사라지고 유리창엔 하늘만 비친다. 그래서 한 발짝 뒤로 물러나보니 다시 그녀의 모습이 보인다. 마치 시리얼 상자에 들어 있는, 살짝 기울이면 움직이는 것처럼 보이는 그림처럼. 머리를 틀어올린 여자는 '노, 노, 노no, no, no' 아니면 '고, 고, 고go, go, go'라고 말하는 것 같다. 아니면 '오, 오, 오'이거나. 무슨 말인지 알아내기 전에 호랑가시나무 길 저 아래쪽에서 조나의 목소리가 들려온다. "준비됐어, 네이선?"

"됐어!"라고 외치고 다시 창문을 돌아보니 머리를 틀어올린 여자는 사라지고 보이지 않는다. 어느 위치에 서건 고개를 어떻게 기울이건 여자는 보이지 않는다. 나는 모퉁이의 내 출발 위치로 돌아간다.

"여우와 사냥개!" 조나가 외치고 나도 같이 외친다. "하나, 둘—"

"셋!" 내가 외치고는 호랑가시나무 길을 달린다. 내 신발이 짝짝 짝 소리를 내고 그 소리가 탁 탁 탁 울려퍼진다. 조나가 나보다 키가 커서 100미터 정도 앞서겠지만, 장거리경주에서 중요한 건 체력이기 때문에 결국엔 내가 여우가 아닌 사냥개가 될 수도 있고, 나는 이미 반대편 끝에 와 있고, 여기서 크랜버리 애비뉴가 보일 거라고 예상했지만, 긴 벽돌담과 전나무들과 뛰어서 지나치느라 흐릿하게 보이는 좁다란 잔디가 있을 뿐이다. 나는 쿵쾅대며 달리다가 홈통에서 방향을 틀고, 높은 울타리로 스며드는 빛의 칼날에 베인 또하나의 싸늘한 옆길을 달리고, 울타리 틈새로 검은딸기나무가 비집고 나와 있고, 그러다보니 어느새 다시 저택 앞쪽에 다다르고, 거기서 부들레이아 수풀에 부딪히고 그 바람에 주황색과 검은색과 빨간색과 흰색 나비들이 눈보라처럼 날아오르고 그중 한 마리가 입안으로 들어와서 그것을 뱉어내고 암석을 펄쩍 뛰어넘어 바닥에 내려설 때 하마터면 넘어질 뻔하지만 넘어지진 않는다. 나는 현관으로 올라가는 계단을 지나고, 머리를 틀어올린 여자의 창문을 지나지만 이제 여자는 보이지 않고 모퉁이를 돌아 다시 발소리가 울려퍼지는 호랑가시나무 길을 쿵쿵 달리고, 옆구리가 결리기 시작하지만 무시할 생각이고, 호랑가시나무가 마치 밀고 들어오는 것처럼 내 손등을 긁고, 나는 조나가 날 따라잡는 건지 내가 조나를 따라잡는 건지 궁금하지만 궁금증이 이내 사라지는 것은 내가 다시 슬레이드 하우스의 뒤쪽에 와 있기 때문이고, 전나무들은 더 굵고 더 크고 벽은 더 흐릿하고, 나는 계속 달리고 달리고 달려서 모퉁이를 돌고 이제 검은딸기나무는 실제로 울타리 틈새로 잔뜩 밀려들어와 내 정강이와 목을 긁고 이제 나는 내가 사냥개가 아니라 여우가 될까봐 두렵고, 집 앞쪽에서는 태양이 들어갔거나,

나갔거나, 아니면 떠나버렸고 꽃들은 시들었고 부들레이아 덤불에
는 나비가 한 마리도 없고 죽은 것들만 길바닥에 뭉개져 있고 반쯤
죽은 나비 한 마리 옆에 가루분이 밀린 자국이 나 있고, 나비가 조
금 파닥거리고……

　나는 멈추었다. 왜냐하면 정원 맞은편 끝, 조그만 검은색 철문
이 달려 있던 담장이, 전부 희미해지고 흐릿해졌기 때문이다. 저녁
이라서가 아니다. 아직 네시도 안 되었을 테니까. 안개가 끼어서도
아니다. 고개를 들어보니 하늘은 아까처럼 여전히 푸른빛이다. 정
원 자체가 그렇다. 정원이 사라져가고 있다.

　나는 게임을 그만하자고, 뭔가 잘못되었다고, 어른을 부르자고
조나에게 말하려고 돌아선다. 조나는 금방이라도 모퉁이를 돌아
달려올 것이다. 검은딸기나무 덤불이 물속의 촉수들처럼 흔들린
다. 나는 다시 정원 쪽을 돌아본다. 해시계가 있었는데 지금은 보
이지 않는다. 자두나무들도. 내가 장님이 되는 건가? 아빠가 나에
게 괜찮다고, 장님이 되는 게 아니라고 말해주었으면 좋겠지만, 아
빠는 로디지아에 있고, 그래서 엄마를 찾는다. 조나는 어디 있지?
이 용해 현상이 조나까지 덮쳤으면 어쩌지? 이제 격자 터널도 지
워졌다. 남의 집에 놀러왔는데 그 집 정원이 점점 사라지기 시작할
땐 어떻게 해야 하지? 마치 폭풍 전선처럼 공백이 덮쳐온다. 그때
가시덤불 길의 반대편 끝에서 조나가 모습을 드러내고, 조나는 어
떻게 해야 할지 알 것 같아서 나는 잠시 마음을 놓지만, 내가 그를
쳐다보고 있는데 달려오는 소년의 형상이 점점 흐릿해지더니 보다
어두운 눈빛, 나를 아는 눈빛을 가진, 그리고 한번 문 것은 기어이

끝을 보고야 마는 송곳니를 가진 으르렁거리는 어둠으로 변하여 섬뜩할 정도로 느린 동작으로 쿵쿵대며 나를 쫓기 시작하고, 놈은 마치 구보하는 말처럼 거대하고, 나는 소리를 지를 수 있으면 소리를 지르겠지만 그럴 수가 없고 나의 가슴은 녹아내린 두려움으로 가득차고 그것이 질식시키고 나를 질식시키고 그것은 늑대들이고 그것은 겨울이고 그것은 뼈들이고 그것은 연골 피부 간 폐이고 그것은 굶주림이고 굶주림이고 굶주림이고 뛰어! 나는 슬레이드 하우스의 계단을 향해 달리고 꿈에서처럼 발이 자갈밭에서 미끄러지지만 넘어졌다간 놈이 날 덮칠 것이고, 내겐 시간이 없고 나는 비틀거리며 계단을 올라가 손잡이를 잡고 열려라 제발 열려라 그러나 손잡이는 꿈쩍도 안 하고 안 돼 안 돼 안 돼 금으로 된 손잡이에는 긁힌 자국이 있고 뻣뻣하고 표면이 울퉁불퉁하고 열릴까 된다 안 된다 된다 안 된다 비틀고 당기고 밀고 당기고 돌리고 비틀고 나는 흰색과 검은색 타일 위의 거친 현관 매트 위로 쓰러지고 내가 지르는 비명은 마치 판지 상자 속에 대고 지르는 비명처럼 억눌리고 낮은 비명이고ㅡ

"대체 무슨 일이니, 네이선?" 나는 현관홀의 카펫에 무릎을 쾅 부딪힌 채 앉아 있고 내 심장은 쿵 쿵 쿵 쿵 쿵 쿵 그러나 느려지고, 느려지고, 나는 안전하고. 그레이어 부인이 주둥이에서 수증기가 뱀처럼 피어오르는 조그만 철제 주전자가 놓인 쟁반을 들고 내 앞에 서 있다. "몸이 안 좋니? 네 어머니를 불러줄까?"

멍한 상태로, 나는 일어선다. "밖에 뭐가 있어요, 노라."

"무슨 소린지 모르겠구나. 뭐가 있다니?"

"그러니까, 그, 그, 그…… 말하자면 일종의……" 뭐라고 해야 하지? "개요."

"아, 그건 이웃집 강아지 이지야. 빗자루처럼 멍청한 녀석이고 기어이 허브 정원에서 볼일을 보겠지. 좀 성가시긴 하지만, 아주 사랑스러운 개란다."

"아뇨, 그 개는…… 아주…… 컸어요. 그리고 정원이 사라지고 있어요."

노라 그레이어 부인은 미소를 짓지만, 왜 미소를 짓는지는 모르겠다. "남자아이가 상상력을 발휘하는 모습을 보니 아주 흐뭇하구나! 조나의 사촌들은 텔레비전 앞에 무릎을 꿇고 앉아 아타리*인가 뭔가 하는, 핑핑거리는 우주 게임만 하고 있어서, 내가 늘 말하거든. '얘들아 날씨가 참 좋구나! 밖에서 좀 놀아!' 그러면 걔들이 말하지. '네, 네, 노라 이모, 굳이 나가라고 하신다면.'"

현관홀에는 체스판처럼 검은색과 흰색 타일이 깔려 있다. 커피, 광택제, 담배, 백합 냄새가 풍긴다. 나는 현관문에 달린 작은 다이아몬드 모양의 창문으로 정원을 내다본다. 정원은 전혀 녹아 없어지지 않았다. 맞은편 끝에 슬레이드 앨리로 난 조그만 검은색 철문도 보인다. 내 상상력이 너무 과했나보다. 계단 쪽에서 차이콥스키의 〈종달새의 노래〉가 들려온다. 엄마다.

노라 그레이어가 묻는다. "네이선, 너 괜찮니?"

---

* 주로 오락용 게임기를 개발하는 미국의 게임 회사.

도서관에 있는 의학백과사전에서 발륨에 대해 찾아보았는데, 드문 경우지만 환각 증세가 보이면 바로 의사에게 알려야 한다고 나와 있었다. 아마 내가 그 드문 경우인가보다. "네, 고맙습니다." 내가 말한다. "조나와 여우와 사냥개 놀이를 하고 있었는데, 제가 너무 놀이에 열중했나봐요."

"안 그래도 너와 조나가 잘 통할 수도 있다고 생각했어. 이렇게 다행스러울 데가! 예후디와 네 어머니도 마치 불이 붙은 듯 친해지고 있단다! 이제 수아레에 가보렴, 이쪽 계단을 두 번 올라가면 돼. 내가 조나를 찾아서 함께 에클레르를 가지고 갈게. 어서 올라가보렴. 부끄러워하지 말고."

나는 신발을 벗어 나란히 놓은 다음 첫번째 계단을 올라간다. 벽에는 패널을 덧댔고 카펫은 눈밭처럼 두툼하고 누가사탕 같은 베이지색이다. 저만치 앞에, 작은 층계참에 괘종시계가 덩…… 당…… 덩…… 당…… 소리를 내지만 나는 먼저 소녀의 초상화를 지나고, 소녀는 나보다 어리고, 주근깨가 있고, 빅토리아시대의 피나포어*를 입고 있다. 너무도 사실적이다. 난간이 내 손끝에서 미끄러진다. 엄마가 〈종달새의 노래〉 마지막 부분을 연주하고 박수 소리가 들린다. 박수는 엄마를 행복하게 한다. 엄마가 슬플 때면 저녁은 크래커와 바나나뿐이다. 다음 초상화는 제복을 입은 눈썹이 수북한 남자다. 왕립수발총병연대의 제복이다. 아빠가 내게 영국 군대에

---

* 앞치마와 비슷한 형태의 소매 없는 스커트형 덧옷.

관한 책을 주어서 기억해두었다. 덩…… 당…… 덩…… 당 시계가 간다. 층계참 직전에 마지막으로 모자를 쓴 초췌한 여자의 초상화가 걸려 있고 우리 학교의 종교 교사인 스톤 선생님과 무척 닮았다. 만약 마르코니 선생님이 나에게 그림을 보고 상황을 짐작해보라고 한다면, 나는 모자 쓴 여자가 어디든 여기가 아닌 다른 곳에 있고 싶어하는 것 같다고 대답할 것이다. 작은 층계참에서 내 오른쪽으로 계단이 또 이어지고 계단 끝에 옅은 색 문이 하나 있다. 시계가 무지 크다. 나는 시계의 나무 몸통에 귀를 대어보고 시계의 심장소리를 들어본다. 덩…… 당…… 덩…… 당…… 시계에 시곗바늘이 없다. 대신 글자가 있다. 오래되고, 해골처럼 창백한 시계 문자판에 현재 시간이라고 적혀 있고 그 밑에는 과거 시간, 그 밑에는 시간이 아닌 시간이라고 적혀 있다. 두번째 계단의 다음 초상화는 스무 살쯤 되어 보이는 남자의 초상화로, 윤기나는 검은 머리에 눈이 사시이고 마치 선물을 풀어봤는데 대체 뭔지 모르겠다는 표정이다. 마지막 초상화는 내가 알아볼 수 있는 여자다. 머리를 보면 알 수 있다. 창문으로 보았던 그 여자다. 달랑거리는 귀고리는 그대로지만 얼룩진 아이섀도 대신 꿈꾸는 듯한 미소를 짓고 있다. 아마 그레이어 가족의 친구인가보다. 목에 불거진 연보라색 정맥 좀 봐, 정맥이 고동치고, 내 귓가에 속삭이는 소리는, 어서 도망쳐, 최대한 빨리, 네가 들어왔던 그 길로…… 그래서 내가 "뭐라고요?"라고 묻자 목소리가 멈춘다. 내가 목소리를 듣긴 한 건가? 발륨 때문이다. 아무래도 당분간은 안 먹는 게 좋겠다. 옅은 색 문까지 이제 겨우 몇 발짝 남았고 문 안쪽에서 엄마의 목소리가 들린다. "오, 이러지 마세요, 예후디 씨, 이 방안에 재능 있는 사람들이 이렇게 많은데, 저 혼자 주목을 받을 순 없어요!" 대답 소리가 너무 작아서 들리지는 않지만 사람들이 웃는다. 엄마도 웃는다. 엄마가 저렇게 웃는 소리를 마지막으로 들은 게 언제였더라? "여러분 모두 너무 친절하시네요." 엄마가 말한다. "제가 어떻게 거절할 수 있겠어요?" 그리고 엄마는 〈델피의 무희들〉을 연주하기 시작한다. 나는 두 칸 혹은 세 칸을 올라가 마지막 초상화와 눈높이를 맞춘다.

마지막 초상화는 나다.

나, 네이선 비숍……

지금 내가 입고 있는 것과 똑같은 옷을 입고 있다. 이 트위드재킷. 이 나비넥타이. 다만 그림 속의 나는 눈이 없다. 큼직한 코, 일주일 내내 있었던 턱 여드름, 귀밑에 마스티프가 남긴 상처까지 내 얼굴이 확실하지만, 눈은 없다. 장난을 치는 건가? 이게 웃긴가? 난 도무지 모르겠다. 엄마가 학교에서 찍은 내 사진과 노라 그레이어의 집에 올 때 내가 입을 옷 사진을 미리 보냈고 그녀가 화가를 시켜서 그림을 그린 게 분명하다. 그게 아니면 뭐겠어? 이건 발륨 부작용이 아니다. 아니겠지? 아니겠지? 나는 초상화를 보고 눈을 깜빡이다가 굽도리널을 발로 찬다. 발가락이 부러질 정도는 아니지만 통증은 느껴질 정도로. 깨어나지 않는 걸 보니 내가 깨어 있는 게 맞나보다. 덩-당-덩-당 시계가 가고 나는 분노에 몸을 떤다. 나는 분노의 감정을 알고 있다. 분노는 알아차리기 쉬운 감정이고, 마치 물이 끓는 주전자가 되는 것과 같다. 엄마는 나에게 평범하게 행동하라고 해놓고 왜 이런 장난을 치는 걸까? 평범하게 행동하려면 드뷔시의 곡이 끝나기를 기다렸다가 옅은 색 문을 열어야겠지만 엄마는 오늘 그런 대접을 받을 자격이 없고 그래서 나는 문손잡이 위에 손을 얹는다.

나는 침대에서 일어나 앉는다. 웬 침대지? 영국에 있는 코딱지만한 내 방의 침대는 아니다, 그건 확실하다. 이 방은 크기가 세 배쯤 되고, 커튼 틈으로 햇살이 들이치고 시트에는 루크 스카이워커*가 그려져 있다. 머리가 웅웅거린다. 입안이 바짝 말랐다. 책상이 하나 있다. 그리고 〈내셔널 지오그래픽〉이 가득 꽂혀 있는 책장, 구슬 커튼이 달려 있는 문, 밖에서 날아다니는 백만 마리 곤충들, 줄루족** 스타일의 부족 방패와 반짝이는 조각들로 장식된 창이 내가 어디 있는지에 대한 답을 데리고 온다, 가까이, 가까이, 더 가까이……

부시벨트***에 있는 아빠의 숙소. 나는 안도의 괴성을 지르고 꿈속에서 느꼈던 엄마에 대한 분노는 쉭 하고 잦아든다. 크리스마스이브이고 나는 로디지아에 있다! 브리티시 에어웨이 편으로 어제, 혼자 이곳으로 날아왔고, 나의 첫번째 비행기 여행이라 뵈프 부르기뇽**** 이 뭔지 몰라서 생선 파이를 달라고 했다. 아빠와 조이가 공항에서 나를 지프에 태웠다. 이곳으로 오는 길에 우리는 얼룩말과

---

* 〈스타워즈〉 오리지널 시리즈의 주인공.

** 남아프리카공화국의 부족 중 하나.

*** 아프리카 남부의 초원 지대.

**** 적포도주에 소고기와 야채를 넣고 끓인 음식.

기린을 보았다. 괴기스러운 초상화도 없었고, 슬레이드 하우스도 없었고, 마스티프도 없었다. 영문학 교사인 토즈 선생님은 '잠에서 깨어났는데 전부 꿈이었다'는 식으로 글을 쓰면 자동으로 F를 준다. 선생님은 그게 독자와 작가 사이의 계약 위반이고, 책임을 회피하는 것이고, 양치기 소년이나 하는 짓이라고 했다. 그러나 매일 아침 우리는 실제로 깨어나고 실제로 모든 게 다 꿈이다. 조나가 현실이 아니라는 건 안타까운 일이다. 나는 침대 옆 커튼을 올리고 끝도 없이 펼쳐진 숲과 초원을 바라본다. 저만치 아래 갈색 강이 흐르고 강에는 하마들이 있다. 아빠가 딱 이 풍경을 폴라로이드 사진으로 보낸 적이 있다. 그 사진은 영국에 있는 우리집 내 방 베개 바로 옆에 붙어 있지만 여기서는 이게 실제 풍경이다. 아프리카 새들, 아프리카의 아침, 아프리카의 새소리. 나는 베이컨냄새를 맡고 몸을 일으킨다. 나는 케이스 홈쇼핑 카탈로그에 실린 잠옷을 입고 있다. 발에 닿는 소나무 마룻바닥은 울퉁불퉁하고, 따뜻하고, 홈이 패어 있고, 얼굴에 닿는 구슬 커튼은 수많은 손끝처럼 느껴지고……

아빠가 카키색 반팔 셔츠를 입고 식탁에 앉아 〈로디지언 리포터〉를 읽고 있다. "크라켄 깨어나다The Kraken Wakes." 아빠는 아침이면 항상 그렇게 말한다. 그것은 존 윈덤의 소설 제목인데 만년설을 녹여 세상을 물바다로 만드는 괴수에 관한 이야기다.

내가 자리에 앉는다. "안녕히 주무셨어요, 아빠."

아빠가 신문을 접는다. "아빠는 네가 아프리카에서의 첫 아침이 밝아오는 걸 보았으면 해서 깨우고 싶었는데, 조이가 그러더구나. '좀 자게 내버려둬요. 꼬박 열두 시간 동안 비행기를 타고 날아온 애잖아.' 그러니 그건 내일로 미루자꾸나. 배고프니?" 내가 고개를 끄덕이고—아마 배가 고픈 것 같다—아빠는 주방에서 음식을 내오는 작은 창문 쪽으로 고개를 기울인다. "조이? 바이올렛? 여기 우리 젊은 친구가 먹을 것 좀 달래!"

작은 창문이 열리고 조이가 나타난다. "네이선!" 나는 조이에 대해 알고 있었다. 엄마는 그녀를 '네 아빠의 영계'라고 부른다. 그래도 아빠가 다른 여자와 손을 잡고 있는 모습을 보는 것은 여전히 충격적이다. 6월에 아기가 태어나는 것으로 보아 두 사람이 성관계를 한 것이 틀림없다. 아기는 나의 이복 남동생 혹은 여동생이 되겠지만, 아직은 이름이 없다. 나는 아기 이름으로 뭐가 좋을지 하루종일 궁리한다. "잘 잤니?" 조이가 말한다. 조이의 말투에는 아빠처럼 로디지아의 억양이 있다.

"네. 근데 아주 괴상한 꿈을 꾸었어요."

"나도 장거리 여행을 하면 항상 괴상한 꿈을 꾼단다. OJ*랑 베이컨 샌드위치, 괜찮지, 네이선?"

조이가 'OJ'라고 말하는 게 마음에 든다. 엄마는 그런 말이라면 질색할 텐데. "네, 좋아요."

"커피도 좀 필요할 텐데." 아빠가 말한다.

"엄마가 저는 아직 너무 어려서 카페인 음료를 마시면 안 된대

---

* 오렌지주스.

요." 내가 말한다.

"말똥 같은 소리." 아빠가 말한다. "커피는 삶의 묘약이야. 게다가 로디지아 커피는 지상에서 가장 순수하지. 좀 마셔보렴."

"OJ, 베이컨 샌드위치, 그리고 커피. 금방 준비될 거야." 조이가 말한다. "바이올렛한테 바로 가져오라고 할게." 창문이 닫힌다. 바이올렛은 하녀다. 엄마는 아빠에게 자주 소리를 질렀다. "난 빌어먹을 하녀가 아니라고, 프랭크!" 아빠가 파이프에 불을 붙이고, 담배 냄새가 엄마 아빠가 부부였을 때의 기억을 되살린다. 아빠가 입 가장자리를 움직여 말한다. "어떤 꿈인지 말해보렴, 친구."

가젤의 머리가 주의를 분산시킨다. 아빠의 할아버지가 보어전쟁에서 사용했다는 머스킷총과 천장에서 돌아가는 팬도. "엄마가 저를 데리고 어떤 부인을, 그러니까 귀족 집안의 귀부인 같은 그런 부인을 만나러 갔어요. 그 집을 찾을 수가 없어서 유리창 청소부한테 물어봤는데 그 사람도 모르고…… 그러다가 그 집을 찾았는데, 무지 컸어요. 〈투 더 매너 본〉*에 나오는 저택 같았어요. 거기 조나라는 남자애가 있었는데 아주 커다란 개로 변했어요. 예후디 메뉴인도 거기 있었는데, 엄마가 위층에서 그 사람하고 연주를 했어요." 아빠가 코웃음을 치듯 웃는다. "그러다가 제 초상화를 봤는데, 눈이 없고, 그리고……" 나는 방 한구석에 있는 조그만 검은색 철문을 본다. "거기도 저런 문이 있었어요."

아빠가 돌아본다. "꿈에선 그런 일도 일어난단다. 현실과 환상

---

* 대저택을 배경으로 한 BBC의 시트콤 드라마.

이 뒤섞이지. 네가 어젯밤 잠자리에 들기 전에 나한테 저 총기실 문에 대해 물었지. 기억 안 나니?"

아빠가 그렇게 말하는 걸 보니 내가 그랬나보다. "꿈을 꾸고 있을 땐 꼭 진짜 같았어요."

"꼭 진짜 같았다는 건 알아. 하지만 이제 진짜가 아니었다는 걸 알겠지?" 나는 아빠의 갈색 눈동자와 자글자글한 주름, 그을린 피부, 엷은 갈색 머리카락 속의 희끗희끗한 머리칼, 나와 똑같이 생긴 코를 본다. 시계가 덩…… 당…… 덩…… 당…… 가고, 그리 멀지 않은 곳에서, 트럼펫 같은 소리가 들린다. 나는 그 소리가 내가 생각하는 그것이길 바라며 아빠를 본다. "바로 그거란다, 친구. 어제 오후에 하마떼가 강을 건너 몰려왔어. 나중에 보러 가자꾸나. 우선은, 네 배를 좀 채워야지."

"자, 여기." 조이가 말하며 내 앞에 쟁반을 내려놓는다. "너의 첫 아프리카식 아침식사." 얇게 저민 베이컨 세 겹이 들어 있고 케첩이 줄줄 흐르는 샌드위치는 근사해 보인다.

"이거 완전 하느님 샌드위치네." 내가 말한다. 언젠가 시트콤에서 누군가가 했던 대사이고 그 말에 많은 사람들이 웃었다.

"너 참 재미있는 아이로구나." 조이가 말한다. "그런 말은 어디서 들었을까……"

아빠가 한쪽 팔로 조이의 허리를 감는다. "커피 먼저 마셔보렴. 커피가 널 어른으로 만들어줄 거야." 나는 머그잔을 들고 안을 들여다본다. 컵 안은 휘발유처럼, 우주의 블랙홀처럼, 성경책처럼 검다.

"바이올렛이 방금 원두를 갈았단다." 조이가 말한다.

"완전 하느님 커피지." 아빠가 말한다. "어서 마셔봐, 친구."

내 안의 멍청한 일부가 이렇게 말한다. 안 돼, 마시지 마, 마시면 안 돼.

"네 엄만 절대 모를 거야." 아빠가 말한다. "우리만의 비밀이니까."

컵이 얼마나 큰지 마치 방독면처럼 내 코를 가린다.

컵이 얼마나 큰지 내 눈과 내 머리 전체를 가린다.

그리고 그 안에 들어 있는 게 무엇이든 그게 날 마셔버린다.

시간이 흘렀다. 그러나 얼마나 흘렀는지는 모른다. 빛이 스며드는 길고 가느다란 틈새가 눈을 뜨더니 이내 기다란 불꽃이 된다. 차갑고 환한 별의 흰빛. 긁힌 마룻바닥에 놓인 촛대 위의 초 하나. 광택을 잃은 은 아니면 백랍 아니면 납으로 만든 촛대에 기호들이, 혹은 더는 사용되지 않는 언어의 문자가 새겨져 있다. 불꽃은 움직이지 않고, 마치 시간이 풀어졌다가 멈춰버린 것 같다. 어둠 속에 세 개의 얼굴이 떠 있다. 왼쪽에 그레이어 부인이 있는데, 훨씬 더 젊다. 엄마보다도 젊다. 오른쪽에는 조나 그레이어가 있는데 정원에 있던 조나보다 나이가 많다. 두 사람은 쌍둥이인 것 같다. 그들은 후드를 반쯤 내린 회색 망토를 두르고 있다. 남자의 머리는 짧고, 여자의 머리는 길고, 아까처럼 흑발이 아닌 금발이다. 두 사람은 마치 기도를 하듯, 혹은 명상을 하듯, 무릎을 꿇고 앉아 있다. 그들은 밀랍 인형처럼 꼼짝도 하지 않는다. 숨을 쉬고 있는지는 몰라도 내 눈엔 보이지 않는다. 세번째 얼굴은 네이선 비숍의 얼굴이고, 내 맞은편에 있다. 바닥에 세워진, 기다란 직사각형 모양의 거울에 비친 모습이다. 여전히 옥스팸에서 가져온 트위드재킷을 입고 나비넥타이를 매고 있다. 움직이려 해도 움직일 수가 없다. 미동도 할 수 없다. 고개를 돌릴 수도 없고, 손을 들 수도 없고, 말을 할 수도 없고, 눈조차 깜빡일 수 없다. 꼭 마비가 된 것처럼. 무서워 죽겠는데, 입에 재갈이 물린 겁에 질린 사람들처럼 음음 소리조차 낼 수가 없다. 여기가 천국이나 지옥인 것 같지는 않은데, 어쨌든 로디지아가 아닌 것만은 분명하다. 아빠의 숙소는 일종의 환영이었다. 내가 헛것을 보는 게 단순히 발륨 때문이길 기도하지만, 사실 나는 신을 믿지 않는다. 경사진 천장과 서까래를 보니 여긴 다락방이다. 그레이어 가족들도 나처럼 포로가 된 걸까? 그들은 『미드위치의 뻐꾸기들』*에 나오는 사람들 같다. 예후디 메뉴인은 어디 있고, 손님들은 어디 있지? 수아레는? 엄마는 어디 있지?

불꽃이 살아나고, 촛대의 상징이 변하고, 마치 촛대가 빠른 속도로 생각을 하고 있고 촛대에 적힌 기호들이 촛대의 생각인 듯 계속 바뀐다. 조나 그레이어의 머리가 움직인다. 그의 옷이 보스락거린다. "네 어머니가 미안하다는 말을 전해달래." 그가 말하고는, 마치 아직 제대로 붙어 있는지 확인이라도 하려는 듯 자기 얼굴을 만진다. "너희 어머니는 떠날 수밖에 없었어." 나는 "왜요? 어디로요?"라고 물으려 애쓰지만 말을 하는 데 필요한 것들—턱, 혀, 입

---

* 초능력을 지닌 아이들이 등장하는 존 윈덤의 소설.

술—중 움직일 수 있는 게 하나도 없다. 엄마는 왜 날 두고 떠났을까? 거울 속 내가 나를 응시한다. 우리 둘 다 움직일 수가 없다. 노라 그레이어가 이제 막 잠에서 깨어나는 듯 손가락을 풀고 있다. 나한테 뭔가를 주입한 건가? "내 몸으로 다시 돌아올 때마다," 그녀가 말한다. "편안한 느낌이 점점 더 없어지고, 마치 외계인 껍데기를 뒤집어쓰는 것 같아. 갈수록 쇠약해지는 외계인. 그거 알아? 나 진짜 여기서 벗어나고 싶어."

"말이 씨가 되는 수가 있어." 조나가 말한다. "너의 모태육체에 무슨 일이라도 생기는 날엔, 네 영혼은 마치 각설탕처럼 녹아버려서—"

"무슨 일이 일어날지는 나도 아주 잘 알고 있어." 노라 그레이어의 목소리는 아까보다 더 섬뜩하고 거칠다. "그 미용사가 불청객으로 나타났더군."

조나가 묻는다. "어떤 미용사를 말하는 거지?"

"우리의 예전 손님. 너의 '자기' 말이야. 창문에 나타났던데. 그다음엔 계단, 자기 초상화 옆에 나타나서 저애한테 경고를 하려 했어."

"그 여자의 잔상이 창문에 나타났다는 거겠지. 종종 있는 일이잖아. 그 여잔 사라졌어. 수년 전, 라컬섬 근처의 돌풍 속에서 마치 담배 연기처럼 사라졌다고. 해를 끼치지 않아."

갈색 나방 한 마리가 초의 불꽃 근처에서 호들갑을 떤다.

"그들이 점점 더 대범해지고 있어." 노라 그레이어가 말한다. "머지않아 '해를 끼치지 않는 잔상'이 우리의 개방일에 방해 공작을 펼치는 날이 올 거야."

"만약—만약—우리의 상상 극장이 '방해 공작'에 당해서 손님 한 명이 탈출하면, 블랙워터맨한테 연락해서 도로 잡아오라고 하면 돼. 그래서 우리가 그들한테 돈을 지불하는 거잖아. 그것도 아주 후하게."

"넌 평범한 사람들을 과소평가해, 조나. 항상 그랬어."

"노라, 한 번, 딱 한 번만이라도, '잘했어, 아주 훌륭한 주문이었어. 앞으로 구 년 동안 전압을 공급해줄 육즙 많고 야들야들한 영혼을 구해왔구나, 봉 아페티트*!'라고 말해주면 어디가 덧나?"

"네가 생성한 아프리카 숙소는 너무나도 진부하고 어설픈 모조품이었어. 줄에 타잔까지 매달려 있었으면 아주 딱이었을 텐데."

"꼭 사실적일 필요는 없잖아. 우리 손님이 상상했던 부시벨트하고만 맞으면 되는 거지. 어쨌든, 앤 머리가 정상이 아니야. 자기 폐가 기능을 멈춘 것도 알아차리지 못하고 있어." 조나가 가즈 잉그럼처럼 나를 쳐다본다.

사실이다. 나는 숨을 안 쉬고 있다. 전원이 꺼진 내 몸은 경보를 울리지 않았다. 나는 죽고 싶지 않다. 나는 죽고 싶지 않다.

"질질 짜지 좀 마, 젠장." 조나가 신음소리를 낸다. "난 징징거리는 꼴은 못 봐. 네 아버지가 창피해하겠다. 맙소사, 네 나이 때 나는 절대 징징거리지 않았어."

"'절대 징징거리지 않았'다고?" 노라가 코웃음을 친다. "어머니가 돌아가셨을 때—"

---

* '맛있게 드세요'라는 뜻의 프랑스어.

"옛날얘기는 나중에 하자, 노라. 저녁이 준비됐어. 따끈하고, 혼란스럽고, 두려운 상태로, 묘약을 마신 채, 포를 떠주기를 기다리고 있다고."

그레이어 쌍둥이는 손으로 허공에 글자를 쓴다. 촛불 위, 머리보다 조금 높은 위치에 무언가가 서서히 농축된다. 농축되면서 무언가가 만들어진다. 두툼하고, 묵직하고, 주먹 크기의, 불끈거리는 피의 붉은색, 와인의 붉은색, 피의 붉은색, 와인의 붉은색, 더 빨라지고 더 밝아지다가 인간의 머리 크기가 되지만 생김새는 축구공만한 심장 같은 그것이, 허공에 떠 있다. 거기서 해파리의 촉수처럼 혈관이 뻗어나오고 그것들이 허공에서 덩굴처럼 꼬인다. 그것들이 내 쪽으로 온다. 나는 고개를 돌릴 수도 없고 심지어 눈을 감을 수도 없다. 혈관처럼 생긴 촉수 중 일부는 내 입으로 들어오고, 일부는 귀로, 일부는 콧구멍으로 들어온다. 거울 속 내 모습을 본 순간, 할 수만 있다면 비명을 지르거나, 기절이라도 하고 싶지만 그럴 수가 없다. 그러다가 어느 순간 내 이마에 고통의 점이 뚫린다.

거울을 보니, 이마에 검은 점이 있다. 무언가가⋯⋯

⋯⋯스며나오고 그것이 내 눈에서 불과 몇 인치 거리에 떠 있다. 저걸 봐. 오므린 손안에 들어갈 정도로 작은, 투명한 별들의 구름. 나의 영혼.

봐.

봐.

너무 아름다워, 마치, 마치⋯⋯

아름다워.

그레이어 쌍둥이가 몸을 숙이고, 그들의 얼굴이 크리스마스처럼 반짝이고, 나는 그들이 무엇에 굶주렸는지 안다. 그들이 입술을 내밀고 빨아들인다. 동그란 구름이 반죽처럼 늘어나서 두 덩이의 보다 작고 둥근 구름들이 되었다가…… 둘로 나뉜다. 내 영혼의 반은 조나의 입으로, 나머지 반은 노라의 입으로 들어간다. 그들은 엄마가 로열 앨버트 홀에서 블라디미르 아시케나지*를 보았을 때처럼 눈을 감는다. 환희. 환희. 내 두개골 안에서 나는 울부짖고 나의 울부짖음은 울려퍼지고 울려퍼지고 울려퍼지지만 그 무엇도 영원히 지속되지는 않는다…… 박동하는 커다란 심장은 사라지고, 그레이어 쌍둥이는 다시 무릎을 꿇은 자세로 돌아간다. 시간이 서서히 느려지다가 정지한다. 불꽃은 깜박임을 멈춘다. 갈색 나방은 불꽃에서 1인치 떨어진 곳에 얼어붙는다. 차갑고 환한 별의 흰빛. 거울 속의 네이선은 사라졌고, 만약 그가 사라졌다면, 나도―

---

* 러시아 출신의 피아니스트이자 지휘자.

백마 탄 기사

1988

"여러분 안녕하십니까, 10월 22일 토요일 여섯시 오늘자 주요 소식을 전해드립니다. 오늘 다우닝 스트리트의 기자회견에서, 내무장관 더글러스 허드는 정부가 아일랜드 공화당 신 페인의 인터뷰에 방송 금지처분을 내린 것에 대한 비판을 일축했습니다. 허드는 이에 대해……" 나는 라디오를 끄고 차에서 내려 술집을 올려다본다. 폭스 앤드 하운즈. 줄리와 내가 한잔하려고 이곳에 들렀던 때의 기억이 되살아난다. 그때 우리는 집을 물색하던 중이었고, 다음 골목에 있는 크랜버리 애비뉴에서 집을 하나 보고 난 뒤였다. 중개인의 말을 들었을 땐 그럴싸했는데, 막상 가보니 거지 굴이 따로 없었다. 습하고, 음산하고, 시체 하나 파묻기도 마땅치 않을 정도로 정원이 비좁은 집이라 어찌나 맥이 빠지던지 집으로 차를 몰고 가려면 피로회복제 한잔이 필요했다. 그게 벌써 오 년 전이다. 오 년, 한 번의 결혼식, 음울한 한 번의 베네치아행 신혼여행, 줄리의 끔찍한 좌파 성향의 급진적 환경운동가 가족들과 보낸 네 번의 크리스마스, 곡물 시리얼 천오백 그릇에 와인 이백오십 병, 서른 번의 이발, 세 개의 토스터, 고양이 세 마리, 두 번의 승진, 한 대의 복스홀 아스트라*, 콘돔 몇 상자, 두 번의 긴급한 치과 방문, 제각기 다른 규모의 수십 차례의 말다툼과 그후 부풀려진 폭행 혐의 한 번. 줄리는 여전히 숲과 말들이 보이는 우리의 주택에 살고 있고, 나는 복층 주차장 뒤편 아파트에 살고 있다. 존스 판사는 내가 경찰 직무를 박탈당하지 않은 것만도 다행으로 여기라고 했다. 다행히 줄리와 나에게 자식이 없었기에 망정이지, 자식이 있었다면 줄리는 내게 '외모 손상'에 대한 보상에 더해 양육비까지 뜯어내려 했을 것이다. 탐욕스러운 년. 오 년이라는 시간이 사라졌다. 눈 깜짝할 사이에.

나는 웨스트우드 로드를 따라 주위를 찬찬히 살피며 걷는다. 미니스커트에 지저분한 인조 모피를 입고 있는 여자—매춘부라는 데 10파운드를 걸겠다—에게 슬레이드 앨리를 들어보았느냐고 물었지만 여자는 고개를 젓고는 걸음을 멈추지도 않고 지나가버렸다. 주황색과 검은색의 흐릿한 형체로 조깅하는 사람이 지나갔지만 조깅을 하는 인간들은 하나같이 멍청하다. 아시아계 아이들 셋이 스케이트보드를 타고 덜그럭거리며 지나갔지만 카레 냄새 풍기는 녀석들이라면 오늘 볼 만큼 봤기 때문에 그 아이들에게는 묻지

---

* 1979년부터 생산된 영국제 소형 자동차.

않았다. 다문화주의자들은 경찰 조직 내의 인종주의에 대해 푸념을 하지만, 영어 단어라고는 '경찰'하고 '학대' 두 개밖에 모르고, 여자로 추정되는 사람들은 시커먼 텐트를 두르고 돌아다니는, 별의별 희한한 나라 출신의 온갖 인종들로 버글거리는 동네의 공공질서를 그 사람들이 얼마나 잘 유지하는지 한번 보고 싶다. 공공질서라는 것은 손을 잡고 〈Ebony and Ivory〉*를 부른다고 유지되는 게 아니란 말이다.

가로등 불이 켜졌고 비가 올 것 같은 날씨다. 줄리에게 의문의 두통을 일으키곤 했던 그런 날씨. 나는 길고 고된 하루를 보내느라 지쳤고, '다 개나 줘버려' 상태였기 때문에 우리 경찰서장이 트레버 둘런만 아니었다면 이 길로 집에 가서 어젯밤에 사다 먹고 남은 탄두리를 마저 먹고 〈블라인드 데이트〉에 나오는 샤론들과 웨인들이나 보면서 웃다가, 곤조를 비롯한 친구 몇 놈에게 맥주나 한잔하겠느냐고 물었을 것이다. 불행히도 트레버 둘런은 우리의 경찰서장이 맞고 더구나 그는 빌어먹을 인간 거짓말탐지기라서, 월요일이 되면 내가 그 유명한 프레드 핑크의 '단서'를 실제로 추적했어야만 대답을 할 수 있는 관장기 같은 질문을 던질 것이다. 아마도 그 질문은, "먼저 그 골목을 묘사해보게, 에드먼즈, 그리고 그다음엔……" 따위일 것이다. 11월에는 승급 심사가 있고 말리크** 사건

---

* 인종차별에 반대하는 메시지가 담긴 곡으로 폴 매카트니와 스티비 원더가 함께 불렀다.

** 살림 말리크. 1980년대에 잉글랜드 팀에서 활약했던 파키스탄 출신의 크리켓 선수. 승부 조작 혐의로 조사를 받고 1999년에 은퇴했다.

의 수사 현황 보고가 이 주 뒤로 잡혀 있기 때문에 나는 둘런에게 확실하게 아부를 떨어야 한다. 그래서 나는 웨스트우드 로드를 터벅터벅 걸었고, 왼쪽을 보고, 오른쪽을 보고, 위를 보고 아래를 보며 슬레이드 앨리를 찾아보았다. 프레드 핑크 사건 이후 길이 폐쇄되고 슬레이드 앨리 부지가 집주인에게 귀속된 건가? 시의회에서 가끔 그런 조처를 하기도 한다. 우리에게는 실로 축복이 아닐 수 없는 것이, 골목길이야말로 범죄의 온상이기 때문이다. 골목 끝에 다다랐을 때 아우디 A2 한 대가 공원 옆을 스치듯 지나가고 나는 담배를 도랑에 버린다. 코가 작살난 남자가 세인트 존 병원 구급차의 운전대 앞에 앉아 있고 나는 혹시 슬레이드 앨리가 어딘지 아느냐고 그에게 물어보려다가 이내, 에라 관두자, 라고 생각하며 내 차로 향했다. 아무래도 폭스 앤드 하운즈에서 가볍게 맥주나 한잔해야겠다고 생각했다. 줄리의 망령을 떨쳐버릴 겸.

웨스트우드 로드를 반쯤 되돌아갔을 때 나는 우연히 키가 152센티미터 정도 되어 보이는 주차단속원과 그보다 족히 50센티미터는 더 커 보이는 벽돌장 같은 놈들 둘이 논쟁을 벌이고 있는 것을 보았다. 거구들은 노란색 형광 재킷을 입고 내 쪽으로 등을 돌리고 서 있었다. 딱 보아하니, 건설 노동자들이었다. 세 사람 중 누구도 내가 뒤에서 다가가는 것을 알아차리지 못했다. "그럼 네 조그만 노트북이 틀렸네." 건설 노동자 1호가 주차단속원의 넥타이 매듭을 손가락으로 찌르고 있었다. "우린 네시 이후엔 여기 없었거든, 알겠나?"

"난 여기 있었어요." 주차단속원이 씩씩거리며 말했다. 폴란드 대통령 레흐 바웬사를 빼다박은 얼굴에 콧수염이 그보다 좀더 밑으로 처졌다. "내 시계는—"

"네 시계는 틀렸어." 건설 노동자 2호가 말했다.

주차단속원의 얼굴이 분홍빛으로 변했다. "내 시계는 정확합니다."

"법정에서 어디 잘해봐." 건설 노동자 1호가 말했다. "배심원들이 주차단속원보다 더 싫어하는 게 한 가지 있다면, 그건 바로 나폴레옹을 닮은 땅딸보 민간 주차단속원이니까."

"내 키는 빌어먹을 불법 주차와는 아무 상관이 없습니다!"

"이런, 그렇게 상스러운 말을 하다니!" 건설 노동자 2호가 말했다. "언어폭력이잖아. 더구나 '선생님'이라는 호칭도 안 붙였어. 그 똑딱이 단추 넥타이가 부끄럽지도 않냐."

주차단속원이 주차위반 과태료 청구서에 무언가를 쓰더니 한 장을 북 찢어 그들 옆에 서 있는 더러운 흰색 밴의 와이퍼 밑에 끼워넣었다. "십사 일 내로 납부하지 않으면 기소됩니다."

건설 노동자 1호가 청구서를 앞유리에서 꺼내 엉덩이를 닦는 시늉을 한 다음 구겨버렸다.

"세게 나올 작정이신가본데," 레흐 바웬사가 말했다. "그래도 벌금은 내셔야 합니다."

"과연 그럴까? 왜냐하면 우리 둘 다 네가 뇌물을 요구하는 걸 들었거든. 안 그래?"

건설 노동자 2호가 팔짱을 끼었다. "50파운드를 요구하다니. 귀가 의심스러웠다니까, 자네도 들었지?"

주차단속원의 턱이 위아래로 움찔거렸다. "그런 적 없습니다!"

"2 대 1이야. 한번 흙탕물을 뒤집어쓰면 씻어내기 어려울 텐데, 이 찌질한 친구야. 네 쥐꼬리만한 연금을 생각해봐. 현명하게 행동해야지. 이제 돌아서서, 그만 가보—"

"내가 듣기로는 위증을 공모하는 것 같던데." 내가 말했고 건설노동자 둘이 휙 돌아섰다. "공무집행방해도." 둘 중 나이가 많은 사람은 코가 부러졌고 머리를 밀었다. 나이가 어린 사람은 빨간 머리에 주근깨가 있었고 건포도 같은 두 눈이 서로 너무 가까이 붙어있었다. 그가 우리 사이에 있는 보도에 껌을 뱉었다. "오물 투척죄 추가." 내가 덧붙였다.

부러진 코가 앞으로 다가와 날 내려다보았다. "넌 뭐야?"

자랑하기 좋아하는 사람은 아니지만, 이래 봬도 나는 브릭스턴 폭동으로 이 바닥에 입문해 오그리브전투에서 보인 용맹함으로 상까지 받은 사람이었다. 내게 겁을 주려면 적어도 털북숭이 미장이보다는 나은 사람이어야 했다. "영국경찰청 범죄수사과 산하 템스밸리경찰서의 고든 에드먼즈 경위다. 어서 저 벌금 딱지고 껌을 집어들고 똥차 타고 꺼져. 벌금은 월요일에 내고. 그렇게 하면 내가 화요일에 세무감사는 안 할 수도 있어. 그 표정은 뭐야? 빌어먹을 제 말투가 마음에 안 드시나요? 선생님?"

나와 주차단속원은 그들의 차가 멀어지는 것을 지켜보았다. 나는 담배에 불을 붙여 레흐 바웬사에게 한 대를 권했지만 그는 고개를 저었다. "고맙지만 사양하겠습니다. 아내가 날 죽이려 들 거예요. 전 담배 끊었거든요. 확실하게."

여자한테 꽉 잡혀 사는군. 하긴, 놀랄 일도 아니지. "참 생색 안 나는 일이에요, 안 그래요?"

그가 청구서 뭉치를 집어넣는다. "경위님 직업이요? 아니면 제 직업? 아니면 결혼생활?"

"우리 직업이요." 사실 나는 그의 직업을 두고 한 말이었다. "대영제국을 위해 봉사하는 일."

그가 어깨를 으쓱했다. "그래도 경위님께서는 때로 제대로 된 일을 하시잖아요."

"무아*? 지역경비**의 전형적인 사례, 그게 바로 나예요."

밥 말리처럼 생긴 남자가 곧장 우리 쪽으로 다가왔다. 주차단속원은 옆으로 비켜섰지만 나는 그러지 않았다. 레게 머리 스티비 원더는 도발적인 몇 센티미터 간격을 두고 내 곁을 지나갔다. 주차단속원이 자기 시계를 보았다. "우연히 지나시던 길인가요, 경위님?"

"그렇기도 하고 아니기도 해요." 내가 그에게 말했다. "슬레이드 앨리라는 골목을 찾고 있습니다. 하지만 그런 게 실제로 존재하는지도 모르겠네요. 혹시 알아요?"

레흐 바웬사는 당혹스러운 표정을 짓더니 이내 미소를 띠고는 삼류 마술사 같은 과장스러운 동작으로 집 두 채 사이의 좁은 골목

---

* '나'라는 뜻의 프랑스어.
** 특정 지역에 익숙한 경관을 그곳에 배치해 경비를 담당하게 하는 등 지역 주민들과 소통하고, 지역사회와 공조하는 방식의 온건한 치안 활동.

으로 나를 안내했다. 입구에서 안쪽으로 20야드 거리에 모퉁이가 있었는데, 높이 매달린 흐릿한 가로등 밑에서 왼쪽으로 꺾어지는 길이었다.

"여긴가요?" 내가 물었다.

"넵. 보세요, 표지판이 있어요." 그가 오른쪽 집의 측면을 가리켰고 그곳에는 버젓이 슬레이드 앨리라고 적힌 낡고 지저분한 표지판이 붙어 있었다.

"이런 젠장," 내가 말했다. "못 보고 지나쳤나보네요."

"그러게요. 제가 신세를 졌으니 갚아야죠. 그만 가봐야겠습니다. 악한 자들은 절대 쉬는 법이 없으니까요. 또 뵙겠습니다, 경위님."

골목 안은 대로보다 공기가 서늘했다. 나는 첫번째 모퉁이까지 걸었다. 골목은 거기서 왼쪽으로 꺾어졌고 다시 오십 보 정도를 걷자 이번에는 오른쪽으로 꺾어졌다. 위에서 보면 슬레이드 앨리는 스와스티카*를 반으로 자른 형상일 것이다. 골목 전체에 높은 담이 둘러져 있고, 길 쪽으로 난 창문도 없었다. 그야말로 강도들의 천국이었다. 나는 골목 중간 부분을 걸었다. 단지 둘런 서장의 작고 반짝이는 눈을 똑바로 쳐다보면서, 서장님, 슬레이드 앨리를 샅샅이 살펴봤습니다만, 쥐새끼 한 마리 없었습니다, 라고 말하기 위해서. 그게 바로 내가 골목 중간 부분을 반쯤 걸어내려갔을 때 오른쪽에서 조그만 검은색 철문을 발견하게 된 이유다. 그 문은 바로

---

* 만(卍)자 혹은 독일 나치당의 상징.

앞에 서기 전까지는 보이지 않았다. 높이는 내 목까지밖에 오지 않았고 너비는 2피트 정도였다. 대부분의 사람들처럼 나 역시 여러 가지 방식으로 설명될 수 있는 사람이다—웨스트햄 유나이티드 팀을 응원하는 사람, 셰피섬 스왐피*, 갓 이혼한 싱글남, 융통성 있는 친구Flexible Friend**에게 2천 파운드 상당의 빚을 진 사람—그러나 그와 동시에 나는 경찰이고, 경찰인 나는 통행로 쪽으로 나 있는 문이 잠겨 있는지 확인해보지 않고는 못 배긴다. 어두워질 무렵이라면 더더욱. 문에는 손잡이가 달려 있지 않았지만 손바닥을 철문에 대어보는 순간, 어라, 요것 봐라, 빌어먹을 문짝이 멋대로 스르르 열리는 게 아닌가. 그래서 나는 안을 들여다보려고 몸을 숙였고……

……허접하고 자그마한 안뜰 정도를 기대하고 들여다본 곳에, 계단들과 나무들이 있는 기다란 정원이 저멀리 커다란 저택까지 층층이 펼쳐져 있었다. 물론, 잡초와 가시덤불 따위가 자라나 약간 볼품없어진데다, 연못과 관목숲도 분명 더 좋았던 시절이 있었던 것 같았지만 그럼에도 기가 막힌 정원이었다. 여전히 장미들이 피어 있었고 정원 주위를 빙 두른 높은 담장이 비바람을 막아주었는지 과일 나무에 아직 잎이 달려 있었다. 그리고 하느님 맙소사, 집으로 말할 것 같으면…… 진짜 대저택 그 자체였다. 빨간 담쟁이

---

* 셰피섬에서 나고 자란 사람을 일컫는 말.
** 액세스 신용카드의 슬로건.

덩굴이 절반을 뒤덮고 있는 저택은 이 동네의 그 어떤 집보다 웅장했다. 크고 높은 창문들, 현관으로 올라가는 계단, 그리고 주차장까지. 커튼이 드리워 있었지만 저물어가는 저녁 햇살 속에서 저택은 마치 바닐라 사탕처럼 반짝였다. 그저 아름답다는 말 외엔. 아마 어마어마하게 비싸겠지. 더구나 부동산 가격이 천정부지로 치솟는 요즘 같은 때라면 더더욱. 그렇다면 이 집 사람들은 대체 왜 왜 왜 정원 문을 열어놓고 어중이떠중이들이 어슬렁거리거나 침입할 기회를 주는 걸까. 아마 대가리에 문제가 있는 인간들이 틀림없다. 보아하니 도난경보기도 없었다. 그게 진짜 열받는 일인 게, 만약 이런 부자의 집에 강도가 들기라도 하는 날엔, 그 뒤치다꺼리를 누가 하느냔 말이다. 푸른 제복 입은 경찰들이지. 그래서 나는 주택 보안에 관해 집주인과 얘기를 좀 나누어볼 요량으로 자갈길을 따라 올라갔다.

현관문 손잡이에 손을 올려놓는 순간 다정하고 침착한 목소리가 들렸다. "무슨 일이신가요?" 돌아서서 보니 계단 아래 웬 여자가 서 있었다. 내 또래였고, 금발이었으며, 정원사용 바지와 헐렁한 남성용 셔츠 아래에 나올 곳은 모두 제대로 나와 있는 몸을 감춘 여자였다. 고무장화 차림인데도 상당히 매력적이었다.

"템스밸리경찰서의 에드먼즈 경위입니다." 내가 계단을 내려갔다. "안녕하세요. 이 집의 주인 되십니까?"

"네, 전, 저는 클로이 체트윈드라고 해요." 그녀가 손을 내밀었다. 간혹 이런 식으로 손가락을 모으고 손등을 위로 한 채 손을 내미는 여자들이 있는데, 이런 자세로는 악수를 제대로 할 수가 없다. 나는 그녀가 결혼반지를 끼고 있음을 알아차렸다. "무얼 도와드릴까요, 형사님…… 아, 내 정신 좀 봐. 성함이…… 분명히 들었는데, 바로 잊어버렸네요."

"에드먼즈입니다, 체트윈드 부인. 경위이고요."

"그러시군요, 제가……" 클로이 체트윈드가 머리 근처에서 손을 파르르 떨었다. 그러고는 통상적인 질문을 했다. "무슨 사건이라도 있었나요?"

"아직은요, 체트윈드 부인, 아직은 아닙니다. 하지만 정원 문에 자물쇠를 채우지 않으면 사건이 발생할 겁니다. 제가 아닌 누구라도 들어올 수 있었잖아요. 생각해보세요."

"어머나 세상에, 그 문!" 클로이 체트윈드가 얼굴에 흘러내린 밀랍 같은 금발 한 가닥을 뒤로 넘겼다. "거기에 그, 말하자면…… 철사로 된 걸쇠 같은 게 달려 있었는데, 녹이 슬어서 떨어졌어요. 어떻게든 해볼 생각이었는데, 6월에 남편이 죽는 바람에 모든 게 좀…… 엉망이 되었네요."

듣고 보니 많은 부분이 설명이 된다. "아, 그러셨군요. 그런 일을 겪으셨다니 유감입니다. 하지만 강도라도 드는 날엔 지금보다 훨씬 더 엉망이 될 겁니다. 부인 외에 또 누가 이 집에 살고 있습니까, 체트윈드 부인?"

"저밖에 없어요, 형사님. 스튜어트가 죽은 뒤 언니가 이 주쯤 같이 있어주었는데, 언니도 킹스린에 가족이 있어서요. 일주일에 두 번 청소부가 오는데 그 외엔 아무도 없어요. 저, 그리고 쥐들, 그리고 밤중에 쿵쿵거리며 돌아다니는 유령들뿐이죠." 그녀는 딱히 미소라고 할 수 없는 긴장된 웃음을 지어 보였다.

키 큰 자줏빛 꽃들이 흔들렸다. "개를 키우십니까?"

"아뇨. 제 생각엔 개를 키우는 건 좀…… 진부하다고 할까요?"

"진부하건 아니건, 개들이 '철사로 된 걸쇠 같은 것'보다 훨씬 안전합니다. 저 같으면 위, 중간, 아래에 삼중 장붓구멍 자물쇠를 달고 철골 문틀을 설치하겠어요. 사람들은 문이라는 것이 오로지 문틀의 힘으로 버티는 것이란 사실을 잊어요. 돈은 좀 들겠지만 강도가 들면 돈이 더 들죠."

"'삼중 장붓구멍 자물쇠'라고요." 클로이 체트윈드가 입술을 깨물었다.

하느님 맙소사 부자들은 정말이지 더럽게 대책 없는 족속들이다. "우리 경찰서에서 용역을 주는 시공업자가 있어요. 뉴캐슬어폰타인 출신이라 다섯 마디를 하면 한 마디밖에 못 알아듣지만, 그 친구가 저한테 신세를 좀 졌거든요. 오늘 제가 전화하면 아마 내일 아침에 그 친구가 여기 들를 겁니다. 연락해드릴까요?"

클로이 체트윈드가 과장스러운 한숨을 쉬었다. "세상에, 그래주시겠어요? 그럼 저야 너무 감사하죠. 그런 걸 직접 설치하는 데에는 영 소질이 없어서요."

대답을 하기도 전에 저택 측면을 따라 뛰어내려오는 발소리가 들렸다. 전속력으로 달려오는 아이들 둘이 막 모습을 드러내려는 순간, 심지어 나는 아이들에게 길을 터주려고 현관 계단의 맨 아래 칸 위로 올라서기까지 했는데도……

……발소리는 그대로 멀어져버렸다. 이웃집 아이들이 소리로 무슨 장난을 친 모양이었다. 그런데 클로이 체트윈드가 묘한 표정으로 나를 쳐다보고 있었다. "그 소리 들으셨어요?"

"물론 들었습니다. 이웃집 아이들인가봐요?"

그녀는 확신이 없어 보였고 잠시 동안 나는 모든 게 납득이 가지 않았다. 슬픔 때문에 신경이 날카로워진 게 분명했다. 하긴 주체도 못하는 낡고 거대한 무덤 같은 집까지 떠안게 되었으니. 좀더 다정하게 대해주지 못한 것을 후회하며 나는 명함을 내밀었다. "저, 체트윈드 부인, 이게 제 직통 번호인데요, 혹시 무슨 일이라도 생기면……"

그녀는 내 명함을 쓱 훑어보고는 작업복 바지 주머니에 넣었다. 허벅다리 쪽에. "정말 친절하시군요. 한결, 한결 안심이 되네요."

빨간 담쟁이덩굴이 흔들렸다. "슬픔이란 건 참 개같죠. 정말 그래요. 제 거친 언어를 용서하십시오. 슬픔은 세상의 모든 일을 더 힘들게 만들어요." 나는 클로이 체트윈드의 눈동자가 무슨 색인지 정확히 말할 수 없었다. 파란색. 회색. 지독하게 외로운.

여자가 물었다. "형사님은 누굴 잃으셨나요?"

"저의 어머니요. 백혈병. 아주 오래전 일이에요."

"'아주 오래전'이란 건 없어요."

나는 낱낱이 파헤쳐진 것 같은 기분이 들었다. "남편은 사고로 돌아가셨나요?"

"췌장암이었어요. 스튜어트는 의사들이 예측한 것보다는 오래 살았지만…… 결국엔……" 저녁 햇살이 그녀 윗입술의 보드라운

솜털을 비추었다. 그녀가 침을 꿀꺽 삼켰고, 마치 거기 시계가 있다는 듯 손목을 보았지만 시계는 없었다. "세상에, 시간이 벌써 이렇게 됐네. 제가 너무 오래 붙잡아두었네요, 형사님. 못마땅해하시는 그 문으로 안내해드려도 될까요?"

우리는 나무 한 그루 밑을 지났고 작은 부채 모양 잎사귀들이 무수히 떨어져 있었다. 나는 잔디 가장자리에서 허리 높이까지 자란 잡초를 뽑았다. "세상에, 어쩜 좋아." 체트윈드 부인이 한숨을 쉬었다. "제가 이 정원을 완전히 엉망으로 만들어놓았네요, 그렇죠?"

"손이 여간 많이 가지 않겠어요."

"아휴, 정말 이 정글을 손질하려면 엄청난 장비가 필요할 것 같아요."

"정원사를 고용하지 않는 게 놀라울 뿐입니다." 내가 말했다.

"고용했었어요. 폴란드 사람이었는데, 스튜어드가 죽고 나서 다른 일자리를 찾아 떠났어요. 새로 구입한 예초기도 챙겨갔죠."

"도난 신고는 하셨습니까?" 내가 물었다.

그녀는 자신의 손톱을 바라보았다. "괜한 소란을 피우고 싶지 않았어요. 그런 것 말고도 신경쓸 일이 너무 많았거든요. 제 꼴이 너무 한심하긴 하지만……"

"제가 알았더라면 좋았을 텐데요. 그랬다면 도와드렸을 텐데."

"정말 친절하시네요." 우리는 보라색과 흰색 꽃들이 늘어진 격자 구조물 밑으로 걸었다. "여쭈어도 될지 모르겠지만, 경찰 업무차 슬레이드 앨리에 오셨다가 저 문을 보신 건가요? 아니면 우연히 지나시던 길이었나요?"

정원에 발을 들여놓는 순간부터 그 유명한 프레드 핑크는 까맣게 잊고 있었다. "마침 업무차 근처에 와 있었습니다."

"세상에. 대단히 불미스러운 일은 아니길 바라요."

"대단히 쓸데없는 일이에요, 제가 보기엔. 혹시 부인께서 노라 그레이어, 리타와 네이선 비숍이라는 이름을 들어본 적이 있으시다면 또 모를까."

그녀가 얼굴을 찌푸렸다. "노라 그레이어라…… 아뇨. 이상한 이름이네요. 비숍이라면, ITV에서 아침식사 쇼를 진행하는 그 부부 아닌가요?"

"그 사람들은 아니고요." 내가 대답했다. "걱정할 만한 일은 아닙니다. 그저 일종의 괴담이랄까요."

자갈길 끝에 다다랐지만 클로이 체트윈드는 내게 나가는 길을 안내하지 않고 해시계 옆 낮은 담장 위에 앉았다. "바쁘게 돌아가던 저의 사교 일정이 마침 오늘 저녁은 비어 있네요." 약간 유혹적인 말투로, 그녀가 말했다. "혹시 그 괴담을 들려줄 마음이 있으시다면요, 형사님."

좁아터진 아파트로 부리나케 돌아가봤자 뭐해? 나는 가죽재킷에서 담배를 꺼냈다. "피워도 될까요? 피우시겠습니까?"

"네, 피우세요. 그리고 네, 저도 피울게요. 고맙습니다."

그래서 나는 낮은 담장 위, 그녀의 곁에 앉아 그녀가 피울 담배한 대, 내가 피울 담배 한 대에 불을 붙였다. "자, 제1부입니다. 리타와 네이선 비숍은 모자지간이고 기차역 근처에 살고 있었습니다. 그리고 1979년에 실종됐죠. 당시 수사가 진행됐지만 리타 비숍이 빚에 허덕이고 있었고 밴쿠버에 가족이 있다는 사실이 밝혀지자, 아마도 그래서 도주를 한 게 아닌가 추측을 하게 되었고 그렇게 세간의 관심에서 멀어지면서 곧 수사가 시들해졌죠." 살랑거리는 바람 때문에 여자의 담배 연기가 내 얼굴 쪽으로 불어왔지만 나는 개의치 않았다. "제2부. 육 주 전. 로열 버크셔 병원에 혼수상태로 누워 있던 프레드 핑크라는 남자가 깨어났어요."

"아, 그 사람 얘긴 알아요." 클로이 체트윈드가 말했다. "〈메일 온 선데이〉에 나왔잖아요. '죽음에서 돌아온 유리창 청소부'."

"동일인 맞습니다." 나는 개미 몇 마리가 돌아다니는 담장 위에 담뱃재를 떨었다. "자신의 반짝 유명세를 즐기다가 시간이 남을 때면, 프레드 핑크는 그간의 일들을 알아보기 위해 시내 도서관으로 가서 지역신문들을 훑어보았습니다. 바로 거기서 비숍 모자 실종 사건에 관한 기사를 접하게 되었죠. 그런데 놀랍게도 프레드 핑크는 그들을 알아봤어요. 아니면 알아봤다고 생각했거나. 프레드 핑크는 자기가 리타 비숍, 그러니까 실종된 그 어머니와 대화를 나누었다고 주장하고 있습니다. 바로 저 밖에서." 나는 조그만 검은색 철문 쪽으로 고갯짓을 했다. "1979년 10월 27일 토요일 세시경, 슬레이드 앨리에서요."

클로이 체트윈드는 정중하게 놀란 표정을 지었다. "상당히 구체적이네요."

"그날은 프레드 핑크에게 잊을 수 없는 날이었거든요. 리타 비숍이 '노라 그레이어의 집'이 어디냐고 그에게 물었고, 그후 프레드 핑크는 자기 사다리를 끌고 슬레이드 앨리에서 나와 웨스트우드 로드로 접어들었다가 달려오던 택시에 치여 구 년 동안 혼수상태였어요."

"정말 놀라운 얘기네요!" 클로이 체트윈드는 발에 바람을 쏘이려는 듯 장화를 벗었다. "하지만 노라 그레이어가 정말로 상류층 여성이라면 추적이 그렇게 어려울 리 없잖아요."

나는 동의의 제스처를 취했다. "그렇게 생각하시겠죠. 하지만 지금까지 수사에 전혀 진전이 없습니다. 그런 여자가 실제로 존재한다고 가정한다면요."

클로이 체트윈드가 담배를 빨아들이고, 폐에 담배 연기를 가두었다가 내뱉었다. "만약 그런 여자가 실제로 존재했고, 실제로 이 근방에 살았다면, 아마 슬레이드 하우스에 살았을 거예요. 우리집이죠. 이제 저의 집이고요. 하지만 스튜어트와 저는 이 집을 그레이어가 아닌 피트라는 사람한테서 샀고 그 사람들은 이 집에서 오래 살았어요."

"1979년 전부터요?" 내가 물었다.

"전쟁 전부터 살았다고 하던데요. 그리고 1979년도에 저는 룩셈부르크에 살면서 미술사를 전공하는 대학원생이었고 러스킨*에 대한 논문을 마무리하고 있었어요. 물론, 형사님께서 이 집에 의심스러운 점이 있다고 생각하신다면 전 얼마든지 협조해드릴 수 있답니다. 탐지견들을 풀어놓으신다든지 연못 바닥을 훑으신다든

---

* 19세기 영국의 예술비평가이자 사회사상가.

지……"

다람쥐 한 마리가 촘촘한 잔디를 빠르게 가로지르더니 대황 수
풀 속으로 사라졌다. 러스킨이 대체 뭐하는 놈인지. "그럴 필요는
없을 것 같습니다, 체트윈드 부인. 우리 서장은 프레드 핑크란 자
가 겪은 일을 생각해서 그가 제시한 단서를 추적해보는 정도의 성
의는 보여야 한다고 판단했지만, 솔직히, 우리끼리 얘긴데, 그 단
서에서 뭔가 얻어낼 수 있을 거라는 기대는 저희도 별로 안 하고
있어요."

클로이 체트윈드가 고개를 끄덕였다. "핑크 씨에게 그의 말을
진지하게 받아들인다는 걸 보여주려 애쓰신다니, 참 사려 깊은 분
들이시네요. 저 역시 비숍 모자가 어디엔가 무사히 건강하게 살아
있기를 진심으로 바랄게요."

"제가 만약 도박사라면, 그 두 사람이 브리티시컬럼비아 어딘가
에 멀쩡하게 살아 있다는 데 두둑이 걸겠습니다." 굴뚝과 TV 안테
나 위로 달이 떠올랐다. 나의 상상력이 추악한 일면을 드러내며,
내 몸 아래서 등을 대고 누워 꿈틀거리는 클로이 체트윈드의 모습
을 보여주었다. "자, 이제 그만 가보겠습니다. 시공업자에겐 정문
쪽으로 가라고 할까요?"

"편하신 대로 해주세요." 그녀가 일어서더니 조그만 검은색 철
문까지 마지막 몇 발짝 거리를 안내했다. 나는 손가락으로 철문을
두드렸다. 전화번호를 달라고 해야 하나 고민하고 있는데 클로이
체트윈드가 이렇게 말했다. "에드먼즈 부인은 남편을 잘 고르신 것
같네요, 형사님."

요것 봐라? "제 인생에서 그쪽 방면은 대형 열차 사고 현장이나 다름없죠, 체트윈드 부인. 전 버림받았고, 독신이고, 그걸 증명할 멍자국들도 있어요."

"TV에 나오는 최고의 형사들은 모두 가정사가 복잡하더라고요. 그리고, 클로이라고 부르세요. 그래도 괜찮으시다면."

"업무 시간이 아니면, 괜찮습니다. 업무 시간이 아닐 때, 전 고든입니다."

클로이는 헐렁한 셔츠의 소매 단추를 만지작거렸다. "그럼 그렇게 하면 되겠네요, 고든. 오 르부아르*."

나는 머리를 숙이고 슬레이드 앨리 쪽으로 난 터무니없이 작은 문 안으로 몸을 밀어넣었다. 우리는 문 앞에서 악수를 했다. 클로이의 어깨 너머로 슬레이드 하우스의 위층 창문에 얼핏 불이 깜빡이는 것을 본 것도 같았지만 아마 잘못 보았을 것이다. 나는 내 아파트를 생각했다. 설거짓감이 쌓여 있는 싱크대, 물이 새는 라디에이터, 화장실 솔 뒤에 숨겨놓은 〈플레이보이〉. 나는 내가 슬레이드 하우스 안에 있었으면 좋겠다고, 황혼이 내린 정원을 바라보면서 크림색 피부를 옷 속에 감추고 곧 돌아올 클로이를 기다리고 있었으면 좋겠다고 생각했다. "고양이나 한 마리 키우세요." 내가 말하고 있었다.

그녀가 미소를 지으며 동시에 얼굴을 찌푸렸다. "고양이요?"

---

* '또 만나요'라는 뜻의 프랑스어.

다시 웨스트우드 로드로 돌아오니, 모든 차들이 헤드라이트와 와이퍼를 켜고 있었고, 빗방울이 내 목과 '아직은 대머리가 아닌 부위'를 때렸다. 클로이 체트윈드의 집을 방문했을 때 내가 경찰 규정을 엄격히 지키지 않았다는 것을 인정해야만 했다. 나는 경계를 늦추었고, 마지막에는 거의 서로에게 추파를 던진 수준이었고, 트레버 둘런이 들었다면 내가 프레드 핑크에 대해 얘기한 방식을 가장 못마땅해했을 것이다. 그러나 살다보면 때로는 그런 짓을 하게 만드는 여자를 만나게 되는 법. 괜찮다. 클로이 체트윈드는 비밀을 지킬 수 있는 여자란 걸 나는 안다. 줄리는 입이 싼 여자지만—겉으로만 센 척할 뿐 속은 감정에 휘둘리는 젤리 같다—클로이는 그 반대다. 겉으로는 상처 입은 것처럼 보여도 결코 부서지지 않는 알맹이를 지녔다. 마지막에 그녀가 웃던, 혹은 반쯤 웃던 그 순간…… 마치 정전 끝에 불이 들어와 할렐루야!를 외칠 때와 같은 기분이었다. 우리는 나란히 앉아 마치 그것이 세상에서 가장 자연스러운 일이라는 듯 담배를 피웠다. 물론, 클로이 체트윈드는 돈깨나 있을 거고, 그녀의 집은 엄청나게 고가일 것이고, 나로 말하자면 오줌을 눌 요강조차 변변치 않은 인간이지만, 지금 그녀의 삶에 남은 것이라고는 거미들과 쥐들, 병든 남편에 대한 기억뿐이다. 어떤 부분에서는 내가 바보 천치일지 몰라도 여자에 관해서만큼은 대부분의 남자들보다 경험이 많다. 나는 스물두 명의 여자와 잤다. 시어니스 자전거 대리점의 앤지 파이크부터 지난달 수갑에 각별한 관심을 보였던, 서리주 증권 브로커의 권태에 빠진 아내에 이르기까지. 그리고 내가 그녀를 생각하는 것처럼 클로이 체트윈드 역시 나를 생각하고 있다는 것을 알 수 있었다. 내 차로 걸어가면서 내가 늘씬하고 잘빠진 몸매의 강하고 선한 사람인 듯한 기분이 들었고 이제 막 무언가가 시작되었다는 확신이 들었다.

"여러분 안녕하십니까, 10월 29일 토요일 여섯시 오늘자 주요 소식을 전해드립니다. 오늘 아침, 미 국무장관 조지 슐츠는 백악관 기자회견에서, 모스크바에 있는 미국 대사관 벽에서 도청장치가 발견됨에 따라 대사관의 전면 재건축 작업에 착수할 계획이라고 밝혔습니다. 레이건 대통령은 이번 사건에 대해……" 솔직히 그딴 걸 누가 신경이나 쓰나? 나는 라디오를 끄고, 차에서 내린 다음 차문을 잠갔다. 일주일 전과 똑같은 장소, 폭스 앤드 하운즈 바로 앞. 오늘은 재수 옴 붙은 날이었다. 오늘 아침 어떤 약쟁이가 하필 내가 지나갈 때 내근 경사를 공격했고 놈을 감방까지 끌고 가는 데 네 시간이 걸렸고 그 멍청한 개자식이 한 시간 뒤 감방에서 죽었다. 약물 및 독물 검사로 결국 혐의를 벗을 수는 있겠지만 우리는 이미 말리크 사건 수사로 수치스러운 조명을 받고 있는데다, 말리크 사건의 초기 수사에서 발견된 정보들이, 우리는 점심시간에야 알게 되었지만, 빌어먹을 〈가디언〉에 새어나갔다. 빌어먹을 풍속 10짜리 똥 태풍이 몰려오고 있었다. 둘런은 언론의 맹공으로부터 나를 보호하기 위해 "최선을 다하겠다"고 말했다. '최선을 다하겠다'? 그거 참 픽이나 진정성이 느껴지는 개소리다. 불난 집에 부채질하는 격으로, 아버지의 요양원에서 보낸 최후통첩 청구서가 신용카드 회사의 최후 최후통첩 청구서와 함께 오늘 아침 출근 전에 도착했다. 월요일에 대출한도를 늘려야 한다. 혹은 늘리려고 애를 써보기라도 해야 한다. 이 악몽 같은 하루를 밝혀줄 한줄기 햇살이 있다면 오늘 오후 클로이 체트윈드가 전화를 했다는 사실이다. 처음엔 약간 긴장한 듯한 목소리였지만, 내가 지난 토요일부터 그녀 생각을 하고 있었다고 했더니 그녀도 그동안 내 생각을 하고 있었다고 했다—적어도 신체기관 중 두 곳이 좋았어!를 외쳤다. 그래서 퇴근한 뒤 계집애 같은 남자들이나 가는 미용실에서 20파운드를 주고 머리를 자른 다음 카네이션과 콘돔을 파는 텍사코 주유소에 들렀다가 이쪽으로 차를 몰았다. 어쨌든 만반의 준비를 하는 편이 낫지 않은가? 나는 〈When You Wish Upon a Star〉를 휘파람으로 불면서 보도를 서둘러 걸었고, 검은색과 형광 오렌지색 운동복을 입은 남자를 피하기 위해 비켜섰다. 그러자 이번에는 내 또래 남자가 유모차를 밀고 지나갔다. 애새끼는 죽어라고 악을 써대고 있었고 남자의 얼굴은, 왜 도대체 왜 왜 왜 내가 배란기 여자한테 정자를 쏘았을까?라고 말하고 있었다. 너무 늦었어, 친구.

오늘밤에는 슬레이드 앨리 입구에 주차단속원이 보이지 않았다. 나는 서늘한 골목 안으로 들어섰고, 모퉁이까지 걸었고, 거기서 왼쪽으로 돌았고, 거기서 다시 스무 발짝을 걸었더니 다시 이곳에 이르렀다. 조그만 검은색 철문. 나는 문을 힘껏 밀어보지만 오늘밤은 단단히 닫혀 있다. 덜컹거리지도 않고, 밀리지도 않고, 꿈쩍도 하지 않는다. 새 문틀에, 콘크리트를 채웠고, 바닥의 벽돌 작업도 새로 했다. 잘했군. 쇠지렛대를 밀어넣을 틈조차 없겠어. 내가 슬레이드 하우스의 정문을 찾아보려고 골목 끝에 있는 크랜버리 애비뉴 쪽으로 가려는 순간 등뒤에서 딸깍 소리와 철컹거리는 문소리가 들린다. 그리고 그녀가 먼치킨*에게나 맞을 것 같은 크기의 문밖으로 나와 모습을 드러낸다. "안녕하세요, 형사님." 그녀는 허벅지에 달라붙는 검은색 바지에 아즈텍 문양이 있는 판초 비슷한 것을 두르고 있고 가슴에 무언가를 안고 있다. 나는 문으로 돌아오고 가까이에서 보니 엷은 적갈색의 작은 고양이가 보인다. "안녕, 안녕, 안녕하세요." 내가 말한다. "이 친구는 누구죠?"

"고든, 이쪽은 베르주라크예요. 베르주라크, 이쪽은 고든이란다."

"'베르주라크'? TV에 나오는 형사 짐 베르주라크처럼요?"

"그렇게 놀라실 건 없잖아요. 고양이를 키우라고 했던 사람은 형사님이었고, 그래서 그런 이름을 붙이면 좋겠다 싶었어요. 콜롬보라 하기엔 너무 귀엽고, 코작**이라 하기엔 털이 너무 많고, 캐그니와 레이시***라 하기엔 너무 남자고, 그래서 베르주라크로 정했어요. 너무 사랑스럽지 않아요?"

나는 털뭉치를 본다. 그리고 클로이의 눈을 본다. "너무나."

"새로 보수한 문은 어떤가요, 고든. 이 정도면 불청객을 막을 수 있을까요?"

"네, 무릎 높이의 대전차 미사일을 들고 나타나지만 않으면요. 이젠 편안히 주무셔도 되겠네요."

---

* 『오즈의 마법사』에 나오는 난쟁이족.
** 1970년대 미국 범죄 드라마 〈코작〉의 주인공인 대머리 형사.
*** 뉴욕의 두 여성 형사의 활약상을 그린 1980년대 미국 TV 시리즈 〈캐그니와 레이시〉의 두 주인공.

클로이 체트윈드가 목에 두른 검은색 줄 끝에서 작은 은색 조개껍데기가 달랑거린다. "이렇게 들러주시다니 정말 친절하세요. 전화를 끊고 나서 괜히 경찰의 시간을 빼앗는 게 아닌지 걱정했거든요."

"이건 경찰의 시간이 아닙니다. 제 시간이죠. 제가 원하는 방식으로 씁니다."

클로이 체트윈드는 베르주라크를 자신의 보드라운 목 가까이로 끌어안는다. 나는 라벤더와 담배 냄새를 맡고 무슨 일이든 일어날 수 있을 것 같은, 도로에서 이탈한 듯한 기분을 느낀다. 그녀도 머리를 새로 손질했다. "그렇다면요, 고든, 어쩌면 저의 운을 너무 믿는 건지는 모르겠지만, 혹시 정원 쪽으로 들어와서 문을 한번 봐주실 수 있을까요? 저의 최첨단 삼중 장붓구멍 자물쇠가 업계 표준에 맞는지도 좀 봐주실 겸……"

클로이가 소고기의 지글거리는 면을 아래로 해서 주방 식탁 위에 내려놓는다. 나는 냄새를 들이마시고 죽은 소의 환상적으로 짭짤하고 기름진 향이 머리를 가득 채운다. 식탁은 고풍스럽고 거대하다. 주방 역시 마찬가지다. 줄리는 〈컨트리 리빙〉이라는 잡지에 실린 이런 주방 사진을 보고 침을 흘리곤 했다. 오크 목재 들보, 테라코타 타일, 매입형 조명, 경사진 정원이 보이는 전망, 근사한 블라인드, 찻주전자들이 진열되어 있는 찬장, 조그만 아이 하나를 구울 수 있을 만큼 큼직한 레인지, 미국영화에 나오는 것만큼 큰 스웨덴제 스테인리스스틸 냉장고와 냉동고, 빌트인 식기세척기. 구리로 제작한 큼지막한 후드가 달린 벽난로도 있다. "고기를 먹기 좋게 자르세요." 클로이가 말한다. "그게 남자가 할 일이에요."

내가 나이프를 들고 작업에 착수한다. "소고기 냄새가 기가 막히네요."

그녀가 구운 야채를 들고 온다. "어머니의 조리법이에요. 레드 와인, 로즈마리, 민트, 육두구, 계피, 간장, 그것 말고 몇 가지 비밀 재료가 더 있는데, 그것까지 알려드렸다간 제가 형사님을 죽여야 할지도 몰라요." 클로이가 뚜껑을 연다. 파스닙, 감자, 당근, 네모지게 썬 호박. "양념한 소고기 요리에는 특별한 매력을 지닌 와인이 필요하죠. 강렬하고 달지 않은 리오하* 와인 어떠세요?"

나는 당신만 좋다면 나도 좋아요, 라는 표정을 지어 보인다.

"그럼 리오하로 하죠. 저장해둔 81년산 템프라니요**가 분명히 있을 거예요." 줄리가 와인에 대해 얘기할 때는 마치 O 레벨*** 시험도 통과 못한 미용사가 와인 애호가인 척하는 것처럼 들렸고, 실제로 그게 그녀의 현실이었다. 그러나 클로이는 마치 명백한 사실을 말하는 것처럼 들린다. 그녀가 돌아와 와인병과 코르크 마개 뽑는 기구를 건넨다. 묘하게 눈을 반짝이면서. 나는 기구의 뾰족한 쪽을 코르크에 박아넣고 코르크가 펑! 하고 열릴 때까지 음탕한 생각을 한다. "난 그 소리가 참 좋더라." 클로이가 말한다. "안 그래요? '와인 나치'들은 마개를 딴 뒤에 십오 분 정도 와인이 숨을 쉬게 해

---

* 스페인 북부의 유명 와인 생산지.

** 스페인 리오하 와인을 만드는 주요 적포도 품종.

*** 과거 영국에서 보통 열여섯 살 정도의 학생들이 치던 과목별 평가 시험.

주어야 한다지만 전 인생이 짧다고 생각해요. 자, 이 잔에……"
크리스털로 된 와인 잔의 아랫부분이 목재 위에서 덜그럭거린다.
"따라주시죠, 지브스*."

　나는 시키는 대로 한다. 와인 따르는 소리, 쿨럭-쿨럭-쿨럭쿨럭
쿨럭쿨럭.

　티라미수 맛이 환상적이고, 그래서 그렇다고 말한다. 클로이는
입술에 묻은 크림을 냅킨으로 닦는다. "너무 느끼하지도 않고, 너
무 달지도 않고?"

　"오늘밤 제가 먹은 모든 음식처럼, 완벽 그 자체입니다. 요리 공
부는 언제 하셨어요?"

　흡족한 표정으로, 그녀가 와인을 한 모금 마신 뒤 냅킨으로 빨간
얼룩을 찍어낸다. "아부를 잘하시네요."

　"아부라고요? 대체 제가 무슨 동기를 품고 아부를 하겠습니까?
동기가 없잖아요. 그러니까, 사건 종결입니다."

　클로이가 용처럼 생긴 주전자에서 커피를 따른다. "다음번에,
그러니까 제 말은, 만약 당신이 다음에도 제 요리 과잉 문제를 해
결해주실 의향이 있으시다면, 그땐 보드카 셔벗을 만들어드릴게
요. 오늘밤엔 만들지 못했ㅡ"

　바로 그 순간, 우리 옆에서, 여자아이가 소리를 지른다. "조나!"

---

* 영국 소설가 P. G. 우드하우스의 코믹 단편소설 '지브스 시리즈'에 나오는 재치 있
는 집사.

종소리처럼 또렷하다. 그러나 여기 여자아이는 없다. 하지만—

—나는 분명히 들었다. 바로 여기. 여자아이. 그애가 "조나!"라고 소리쳤다.

문 쪽에서 달그락거리는 소리가 나고—

내가 벌떡 일어서고, 내 의자가 바닥을 긁고, 뒤로 기울어지다가 넘어진다.

고양이 문이 흔들린다. 삐걱거리는 소리가 난다. 잠잠해진다.

그때 다시 여자애 목소리가 들린다. "조나?"

내가 상상한 게 아니었다.

다시. "조오-나아!"

나는 서서 싸우거나 달아날 채비를 하지만 클로이는 놀란 표정도 아니고, 그렇다고 나를 정신병자 보듯 쳐다보지도 않는다. 그녀는 침착하고도 냉정하게 나를 지켜본다. 다리가 후들거린다. 내가 그녀에게 묻는다. "저 소리 들었어요?" 내 목소리가 약간 정신 나간 사람 같다.

"네." 그녀는 오히려 안도하는 표정이다. "네, 들었어요."

"여자아이가 있어요." 내가 확인한다. "바로 여기, 주방에."

클로이가 눈을 감고 천천히 고개를 끄덕인다.

"하지만…… 당신은 아이가 없다고 했잖아요."

클로이가 숨을 들이쉬고 내쉰다. "제 아이들이 아니에요."

여전히 종잡을 수가 없다. 입양? 투명인간? "그럼 누구죠?"

"여자아이 이름은 노라예요. 조나의 여자 형제. 그 아이들이 여기 살아요."

팔의 털이 쭈뼛 곤두선다. "난…… 당신은…… 뭐라고요?"

클로이가 내 담배 한 개비를 꺼낸다. "목소리가 들리는데 사람은 보이지 않고, 이 집은 아주 오래된 집이고. 뭐 떠오르는 거 없나요, 형사님?"

차마 내 입으로 '유령'이라는 말을 하지는 못하겠지만, 나는 분명히 들었다. 여자아이가 여기 없는데 분명히 어떤 여자아이가 "조나" 하고 말했다.

"지난 일요일에 발소리를 들었다고 했죠." 클로이가 말을 잇는다. "집 근처에서요. 이웃집 아이들이라고 생각하셨잖아요. 기억나세요?"

오싹하다. 내가 고개를 한 번 끄덕인다.

"옆집엔 아이들이 없어요, 고든. 그때도 노라와 조나였어요. 제 생각에 그 아이들은 쌍둥이인 것 같아요. 자, 한 대 피우세요. 앉으시고요."

나는 그녀가 시키는 대로 한다. 그러나 현기증이 나고 담배에 불을 붙이는 손가락은 서툴다.

"처음 그 아이들의 존재를 알아차린 건 올해 1월이었어요. 처음엔 형사님처럼, 정원에서였어요. 저도 이웃집 아이들이라고 생각했죠. 그러던 어느 날 스튜어트가 항암 치료를 받고 나서 완전히 녹초가 된 상태로 잠이 들었고—하필 그날은 밸런타인데이였어요—저는 계단에 있었는데, 좁은 층계참 괘종시계 옆에서 여자아이가 노래를 흥얼거리는 소리가 들렸어요. 하지만 거긴 아무도 없었죠. 그러다가 문 쪽에서 남자아이 소리가 들리는 거예요. "노라,

네 삶은 달걀 다 됐어!" 그러자 여자아이가 말했어요. "시계태엽 감고 나서 바로 내려갈게!" 그때 저는 생각했어요—어쩌면 바랐던 거겠죠—종달새를 잡으려고, 아니면 그저 모험 삼아 이 집에 숨어든 아이들일 거라고, 하지만…… 하느님 맙소사, 그때 저는 바로 거기, 계단 위에 있었어요. 시계 옆에."

나는 노라라는 투명인간의 이름이 그레이어 부인의 이름과 같다는 사실을 놓치지 않았다. 하지만 그 사실에 어떤 의미가 있는지, 아니면 아무 의미 없는 우연의 일치인지 누가 알겠는가? "남편도 그 아이들의 소리를 들었나요?"

클로이는 고개를 젓는다. "한 번도요. 부활절 무렵, 조나와 노라—그러니까 그 '유령들'—가 곧장 주방으로 걸어들어와서는 블랙잭이라는 이름의 조랑말에 대해 얘기를 나누었고 그때 스튜어트는 지금 당신이 앉아 있는 바로 그 자리에 있었어요. 그는 십자말풀이에서 고개 한 번 들지 않았어요. 제가 물었죠. '방금 그 소리 들었어?' 그랬더니 그가 말했어요. '무슨 소리?' '목소리.' 제가 말했죠. 스튜어트가 이상하고 걱정스러운 눈길로 쳐다봐서 전 위층에 라디오를 켜놓고 내려온 모양이라고 얼버무렸어요." 클로이가 담배에 불을 붙이고는 불이 붙은 담배 끝을 쳐다본다. "스튜어트는 생화학자이고 무신론자여서 유령 따윈 믿지 않았어요. 몇 주 뒤에 여기서 디너파티를 열었는데, 전채 요리를 내려고 나오는데 조나와 노라가 내 옆을 지나가면서 "신부가 오시네, 몸 둘레가 백만 마일이네*"라고 노래를 부르면서 깔깔거리며 웃었어요. 실제 아이들처럼 큰 소리로요. 그때 식탁에 여덟 명이 앉아 있었는데 한 명도 그 소리를 듣지 못했어요."

벽난로 안에서 불꽃이 탁탁 튄다. 나의 영국경찰청 범죄수사과 두뇌는 조현병이라는 단어를 전송한다. 그러나 나 역시 목소리를 들었고 조현병이 전염된다는 얘긴 들어본 적이 없다.

클로이가 마지막 남은 와인을 우리의 잔에 따른다. "혹시 내가 미쳐가는 건 아닌가 겁이 나서—스튜어트한테는 말하지 않고— 의사를 세 명이나 만났고 뇌 검사 같은 것도 받았어요. 아무 이상 도 발견되지 않았어요. 전 스튜어트를 하루종일 간호했고 남편이 급격히 쇠약해져가는 상태였기 때문에, 제가 만난 세 명의 상담사 중 두 명이 스트레스 때문이라는 결론을 내렸어요. 한 명은 제가 아이를 갖고 싶은 소망을 실현하지 못했기 때문에 아이들 목소리 가 들리는 거라고 했고요. 그 사람한테는 다시 가지 않았어요."

나는 와인을 마신다. 담배를 피운다. "그러니까 저 말고는 그 소 리를 아무도 못 들었단 건가요?"

"그래요. 저는, 제가 얼마나 마음이 놓였는지 말로 표현할 수가 없네요. 지난 토요일 당신이 그 소리를 들었다는 걸 알았을 때 말 이에요. 제 외로움이 얼마나 덜어지던지요. 세상에, 정신병자 취급 당할까봐 걱정하지 않고 이런 얘기를 이렇게 터놓고 할 수 있다는 것만으로도…… 당신은 그 심정 몰라요, 고든."

파란 눈동자. 회색 눈동자. "그래서 날 초대했나요?"

수줍은 작은 미소. "그게 유일한 이유는 아니었어요. 이용당했

---

* 결혼식에서 연주되는 신부 행진곡을 장난스럽게 개사한 것.

다고 생각하진 마세요."

"그렇게 생각하진 않아요. 이봐요, 베르주라크도 그 아이들을 감
지했어요. 달아나던데요." 나는 은주전자에서 커피를 따른다. "왜
이 집에 머물고 있는 거죠, 클로이? 왜 집을 팔아버리고 좀더……
유령이 없는 곳으로 가지 않는 거죠?"

클로이가 얼굴을 찌푸리고, 나는 그것이 거북한 질문을 받을 때
그녀가 짓는 표정임을 알아차린다. "슬레이드 하우스는 제 집이에
요. 여기 있으면 안전하다고 느껴요. 그리고…… 노라와 조나가
'워어어' 하고 사람을 놀래주거나 심령체*를 떨어뜨리거나 거울에
으스스한 메시지를 남기는 건 아니니까요. 전…… 저는 그 아이들
이 제가 여기 있는 걸 알고 있긴 한 건지도 잘 모르겠어요. 물론,
그애들 목소리가 매일, 혹은 하루걸러 한두 번씩 들리는 건 사실이
지만 그 아이들은 그저 자기 할일을 하는 것뿐이에요." 클로이가
접시 위에 티스푼을 조심스럽게 균형을 맞춰 걸쳐놓는다. "목소리
가 하나 더 있어요. 항상 너무 부정적인 말만 해서 제가 이요르**라
고 불러요. 그 목소리는 몇 번밖에 못 들었어요. 이요르는 '그들은
거짓말쟁이야' 혹은 '도망쳐' 같은 황당한 소리를 하는데, 약간 신경
이 쓰이긴 하지만 시끄러운 유령이라고 볼 순 없어요. 그런 유령
때문에 슬레이드 하우스를 떠날 생각은 없어요."

베르주라크가 내 정강이에 등을 문지른다. 고양이가 다시 들어

---

* 혼령과 소통하는 영매의 몸에서 방출된다고 하는 신비한 물질.
** 『곰돌이 푸』에 등장하는 늙은 당나귀로 언제나 우울한 것이 특징이다.

오는 걸 보지 못했는데. "그래도 대부분의 사람들보다는 훨씬 담이 크시네요, 클로이. 그러니까 이건…… 글쎄요…… 유령들이라."

클로이가 한숨을 쉰다. "보아뱀을 기르는 사람도 있고, 타란툴라를 기르는 사람도 있잖아요. 그런 것들이 무해한 우리집 아이들보다 훨씬 더 이상하고 더 무섭고 더 위험한 거 아닌가요? 그애들이 진짜 '유령들'이 맞는지도 잘 모르겠고요."

'무해한'이라는 말은, 내 생각이 틀리지 않다면, '해롭지 않은'이라는 뜻이다. "유령들이 아니라면, 그럼 뭐죠?"

"그애들은 그저 평범한 아이들이고, 그들의 시간대에 살면서 그들의 일을 하고 있는데, 그걸 제가 엿듣고 있다는 게 제 이론이에요. 우리의 시간대가 전화선처럼 얽힌 거죠. 우리의 '현재'와 그들의 '현재'를 구분하는 벽이 얇은 거예요. 그저 그뿐인 거예요."

커다란 유리창 위에서 주방에 있는 클로이와 나의 유령 같은 모습이 바깥의 어두운 정원과 포개진다. "내가 그 소리를 직접 듣지 않았다면," 내가 말한다. "당신이 〈예상치 못한 이야기〉* 따위를 너무 많이 봤다고 생각했을 겁니다. 하지만…… 나도 분명히 들었어요. 슬레이드 하우스에 전에 누가 살았었는지 알아볼 생각은 안 해보셨습니까? 어쩌면 조나와 노라라는 쌍둥이를 찾을 수 있을지도 모르잖아요."

그녀가 냅킨을 말아서 접는다. "생각은 해봤는데, 스튜어트가

---

* 영국 작가 로알드 달이 쓴 동명의 단편소설집을 드라마화한 작품으로 반전이 있는 기이한 이야기들을 다룬다.

죽고 난 뒤, 그럴 여력이 없었어요." 클로이가 미안해하는 듯한 표정을 짓는다. 나는 문득 키스하고 싶다는 생각이 든다.

베르주라크가 사타구니 사이로 파고든다. 제발 발톱을 오므리고 있어야 할 텐데. "지역 기록보관소의 자료에 따르면 이 저택의 기록은 1860년도로 거슬러올라갑니다." 내가 클로이에게 말한다. "우리—그러니까 영국경찰청 범죄수사과—가 때로 그쪽 기록을 참고하거든요. 이런 거 저런 거 캐묻지 않고 내가 부탁하는 것들을 알아봐주는, 리언이라는, 아주 협조적인 기록물관리사가 있어요. 이렇게 크고 오래된 집이라면 지역 역사 기록물에 족적을 남기기 마련이죠. 슬쩍 한번 물어볼까요?"

"지난번엔 문을 수리할 사람을 알아봐주시더니 이번엔 기록물관리사까지." 클로이는 감동한 표정이다. "그야말로 걸어다니는 전화번호부시군요. 네, 부탁드릴게요. 그래주시면 정말 감사하죠."

"저한테 맡기세요." 내가 베르주라크를 쓰다듬는다. 녀석이 가르랑거린다.

집주인이 머리를 고쳐 묶는다. "솔직히요, 고든. 여느 남자들 같으면 지금쯤 줄행랑을 쳤을 거예요."

나는 연기를 내뿜는다. "난 여느 남자가 아니거든요."

나와 클로이는 일반적으로 용인되는 것보다 조금 더 오래 서로를 쳐다본다. 그녀가 손을 뻗어 나의 디저트 접시를 자기 접시 위에 포갠다. "오늘 전화드린 게 현명한 행동이었다는 걸 알고 있었어요."

"커피 더 할래요?"보다 더 근사한 말을 할 수 있으면 좋으련만.

"아뇨. 안 돼요. 그랬다간 몇 시간 동안 잠을 못 잘 거예요."

바로 그거예요, 라고 나는 생각한다. "그럼 설거지는 제가 하겠습니다."

"이럴 때 쓰라고 신이 식기세척기를 만들었죠."

이제 보니 그녀는 결혼반지를 빼놓았다. "그럼 난 할 일이 없네요."

파란 눈동자. 회색 눈동자. "딱히 그렇진 않아요."

거칠고 가쁜 숨을 몰아쉬며, 흠뻑 젖은 채, 찝찔하고 끈적한 몸으로, 나는 그녀의 베개 위에 쓰러진다. 나는 먹고, 먹고, 또 먹었고, 하느님의 찬란한 피조물 중 최상의 존재는 잘 먹은 젊은 남자다. 우리는 잠시 그대로 누워 우리의 호흡과 심장박동이 약간 잦아들기를 기다린다. 내가 말한다. "한번 더 달리게 해주면, 이번엔 속도 조절을 좀더 잘해볼게요." 클로이가 말한다. "미리 예약하세요. 당신을 끼워넣을 수 있나 확인해볼게요." 그 말에 내가 웃음을 터뜨리고 그 바람에 바람 빠진 나의 경찰봉이 빠져나온다. 그녀가 나에게 티슈 한 움큼을 건넨 다음 모로 눕더니 자신의 음부를 닦고는 끈적거리는 이불을 몸에 감는다. 그녀가 콘돔을 쓰라고 말하지 않아서 쓰지 않았다. 약간 위험부담이 있긴 하지만 내가 아닌 그녀의 위험이고, 모든 성공한 사업가들은 위험부담의 전가야말로 게임의 기본이라고 말한다. 네 개의 기둥이 있는 침대에는 적갈색 커튼이 드리워 있어서 따뜻하고 어둡고 숨이 막힌다. 내가 말한다. "당신의 삼중 장붓구멍 자물쇠는 확실히 업계 표준에 맞는 것 같네요."

그녀가 손등으로 나를 살짝 친다.

"그거 중죄예요. 경찰관 폭행."

"아아. 그래서 수갑 꺼낼 거예요?"

"가장 음탕한 꿈속에서만 꺼내요."

클로이가 내 젖꼭지에 키스한다. "그럼 이제 주무세요."

"픽도 잘 자겠네요. 발가벗은 여신 옆에 누워 있는데."

그녀가 내 눈꺼풀에 키스한다. "잘 자요, 형사님."

내가 하품을 한다, 아주 크게. "솔직히 난 하나도 졸리지가 않……"

그다음에 눈을 떴을 때, 그녀는 사라지고 없다. 나의 고기와 두 가지 채소*가 기분좋게 노곤하다. 벽 속의 낡은 파이프가 신음하고, 가까이에 있는 욕실에서 물줄기가 바닥을 때린다. 나는 베개 밑에서 시계를 찾는다. 한시 삼십분. 한밤중이다. 상관없다. 오늘은 일요일이니까. 화요일까지는 출근할 필요가 없다. 빌어먹을 화요일, 빌어먹을 업무, 빌어먹을 말리크 수사, 빌어먹을 트레버 둘런. 빌어먹을 영국 대중들. 나와 클로이는 일요일 내내, 한 주 내내, 한 달 내내 집안에 틀어박혀서 이 짓을 해야 하는데…… 그런데 한 가지 걸리는 게 있다. 그게 뭐냐고? 한 가지 생각이다. 바로 이것. 왜 이토록 교양 있고, 똑똑하고, 지독하게 섹시한 여자가 잘 알지도 못하는 남자와 침대에 쓰러지는 걸까? 포르노 세계나 남자

---

* 감자를 포함한 채소 두 가지와 고기로 이루어진 전형적인 영국식 식사를 뜻하는 말이지만, 남성의 성기를 가리키는 속어로 사용되기도 한다.

들의 허풍 속에서는 가능한 일이지만, 현실 속에서 클로이 같은 여자는 두번째 만남에 잠자리를 하지 않는다. 그렇지 않은가?

정신 차려, 고든 에드먼즈, 정신 차리라고. '두번째 만남'이라고? 슬레이드 하우스에 온 게 이번이 다섯번째잖아, 이 멍청아. 식사 횟수를 한번 꼽아봐. 첫번째 토요일, 클로이가 스테이크를 요리했고, 두번째 토요일, 대구와 잘게 썬 감자, 세번째 토요일, 사슴고기와 기네스 파이*, 지난주에는 꿩고기, 오늘밤은 구운 소고기. 자, 봐. 다섯 번의 식사, 다섯 번의 토요일, 다섯 병의 와인이라고. 그리고 우리는 큰 일, 작은 일, 중간 일에 대해 다섯 차례의 긴 대화를 나누었어. 어린 시절, 인생관, 정치관, 그녀의 죽은 남편과 나의 전처, 빅토리아시대의 예술비평가 존 러스킨에 대해. 매일 밤 서로에게 전화해서 "잘 자요" "좋은 꿈 꿔요" "토요일까지 못 기다리겠어요" 따위의 말들을 했다고. 물론 교제 기간이 길었다고 말할 수는 없지만 강렬했고, 진실했고, 전혀 음탕하거나 외설스럽지 않았어. 넌 잘생긴 경찰이고 침대에서 끝내주는 건 확실해. 근데 뭐가 문제지? 클로이 앨버티나 체트윈드는 널 사랑해.

나는 그녀를 사랑하지 않는다, 아직은. 그러나 내 경험에 의하면 사랑은 섹스에서 싹트는 법. 여자의 몸에 빠져들수록 여자에게 빠져드는 것이다. 누가 알겠는가? 우리가 결국 결혼을 하게 될지. 슬레이드 하우스를, 혹은 그 절반을 소유하는 것을 상상해봐. 꼬마 유령 셋 따위가 대수야? 내가 그 유령들의 소리를 듣기 때문에 클

---

* 소고기, 감자, 기네스 맥주로 만든 파이.

로이의 눈에 내가 특별하게 보이는 거야. 슬레이드 하우스는 트레버 둘런과 그의 돈 잘 버는 컨서버티브 클럽 친구들이 살고 있는 언덕 위의 간부용 저택보다 훨씬 크다. 만약 말리크 수사 때문에 내가 늑대들에게 던져진다면 슬레이드 하우스가 나의 구명보트, 내가 다 때려치우고 나올 수 있게 해줄 자금이 될 것이다. 시가가 얼마나 가려나? 10만 파운드? 12만 파운드? 행운은 날마다, 항상, 주인이 바뀐다. 사업을 통해, 축구 도박을 통해, 범죄를 통해, 혹은, 그렇다, 결혼을 통해. 나는 클로이를 안전하게 만들어주고 그녀의 삶에 남자 모양으로 뚫린 구멍을 메워주며, 그녀는 내게 재정적 안정을 제공해줄 것이다. 그만하면 공정한 거래인 것 같다. "고오오오-든!" 옆방에서 그녀의 목소리가 들려온다. "일어났어요?"

내가 소리친다. "일어났어요, 어디 있어요?"

"당 라 두슈*, 그런데 이 샴푸 뚜껑을 못 열겠어요unscrew**……"

이런 발칙한 것 같으니라고. "아, 정말 못 열겠어요?"

"난 비련의 여주인공이라고요, 고든. 위층에 있어요."

복슬복슬한 남성용 갈색 가운이 침대 위에 놓여 있다. 아마 스튜어트의 가운인가본데, 그의 미망인을 가진 판국에, 가운을 좀 걸친다고 뭐 그리 대수겠는가. 가운을 걸치고 침대에서 내려와 두툼하고 빨간 침대 커튼을 통과한 뒤, 희한하게 생긴 둥근 방을 가로지르니 네모난 층계참이 나온다. 왼쪽에 괘종시계가 있고, 오른쪽 아

---

* '샤워실에 있어요'라는 뜻의 프랑스어.
** screw에는 '성교하다'라는 의미가 있다.

래로는 현관으로 내려가는 계단이 있고, 위로는 사진들이 걸려 있는 벽을 지나 꼭대기 층의 옅은 색 문으로 이어진 계단도 있다. 그곳에서 비누를 뒤집어쓴 클로이 체트윈드가 백마 탄 기사를 기다리고 있다. "오고 있어요, 고든?" 아, 곧 갑니다. 곧 가요. 나는 한번에 두 칸씩 계단을 오르며 낡은 가죽재킷을 입은 십대 소년의 초상화를 지난다. 윤기나는 검은 머리카락에 눈이 가느다란 게 반은 중국계인 것 같다. 그다음 사진은 마치 1960년대 걸 밴드의 가수처럼 완벽하게 옷을 차려입은 꿀빛 금발의 여자다. 그녀는 신경질적인 악녀로 변하기 전의 줄리를 연상시키는, 꿈꾸는 듯한 미소를 짓고 있고 나는 단지 그럴 수 있다는 이유로 멈춰 서서 그녀의 입술에 나의 입술을 스친다. 세번째 초상화는 열세 살쯤 되어 보이는 소년이다. 엷은 갈색 머리카락, 큼직한 코, 자신의 몸이, 혹은 아마도 그의 억센 엄마가 억지로 입혔을 트위드재킷이 영 불편해 보이는 표정—

네이선 비숍이다. 그럴 리가 없는데. 하지만 사실이다. 심장이 요동치고 구역질이 나고 정신이 아득해진다. 네이선 비숍, 1979년 슬레이드 앨리에서 프레드 핑크가 목격한 모습 그대로. 네이선 비숍, 프레드 핑크가 신문에서 그 아이 사진을 오려냈다. 그리고 트레버 둘런이 뎁스를 시켜 그 사진을 복사해서 우리 책상 위에 붙여놓도록 했다. 그래야만 그 유명한 프레드 핑크 씨께서 템스밸리경찰서가 그가 제공한 단서를 얼마나 진지하게 받아들이는지 알 수 있을 테니까. 그 여자가 거짓말을 하고 있어요. 부루퉁한 목소리가 나의 귓가에 대고 너무나도 또렷하게 말한다. 나는 펄쩍 뛰고, 하마터면 쓰러질 뻔하고, 웅크리고 앉아 주위를 둘러본다. 아무도 없다. 아저씨 목숨을, 그것보다 더 많은 것을 빼앗을 거예요……

올라가는 계단에도, 내려가는 계단에도, 아무도 없다.

나는 긴장을 풀어보려 애쓴다. 내가 상상한 거야. 그뿐이야.

틈새에 무기가 있을지도 몰라요. 목소리가 말한다.

이 목소리는 주방에서 들었던 조나와 노라의 목소리 같지 않다. 이 목소리는 나에게 말하고 있다. 그걸 내가 어떻게 아는지는 모르겠지만 어쨌든 안다.

그들이 찌꺼기를 버리는 틈새. 소년이 말한다.

틈새? 찌꺼기? 무기? "넌 누구니?" 내가 가까스로 묻는다. 그러나 네이선 비숍의 초상화에 대고 묻는 동안, 영리한 나의 일부는 그가 누구인지 알고 있다.

전 별것 아니에요. 소년이 말한다. 저의 찌꺼기일 뿐이에요.

"나한테 왜," 대체 내가 지금 뭘 하는 거지? 사라진 소년의 초상화에 대고 말을 하고 있는 건가? "나한테 왜 무기가 필요하지?"

저기 한참 아래에서 괘종시계가 똑딱거린다.

다 내 머릿속에서 일어나는 일이다. 아니 그렇지 않다. 한마디 한마디가 욱신거리는 고통이다.

아저씨는 이미 늦었어요. 소년이 말한다. 하지만 무기를 건네주세요.

"누구한테 무기를 건네?" 나는 현실일 수도 있고 그렇지 않을 수도 있는 목소리에 대고 묻는다.

다음번 손님…… 전 이제 끝났어요…… 전 다 써버렸어요……

내가 "얘야?" 하고 불러보지만 소년은 사라졌다. 나는 네이선 비숍의 초상화에서 물러나 뒷걸음질로 기어서 계단을 오르고 이내 나의 시선은 그다음 초상화에 고정된다. 그 초상화를 나는 곧바로 알아본다. 왜냐하면, 그것은 바로 나, 고든 에드먼즈이기 때문이다. 그 사진을 보고 기절초풍을 해야 옳겠지만, 사람이 감당할 수 있는 충격의 양을 넘어서게 되면, 뭐랄까, 신경 회로가 타버리기 마련이다. 그래서 나는 그냥 완전히 등신처럼 우두커니 서서 입을 쩍 벌린다. 나는 실물보다 더 실물처럼 입을 쩍 벌리고 있는 고든 에드먼즈의 초상화를 바라보며 입을 쩍 벌리고 있는 것이다. 북슬북슬한 갈색 가운을 입고 짧게 자른 머리에, 뒤로 물러나는 머리선, 약간 더 갸름하고 반듯하고 잘생긴 필 콜린스*의 얼굴. 그런데 눈이 있어야 할 자리가 빌어먹게 섬뜩한 피부색으로 채워져 있다. 그 얼굴을 바라보다가 마침내 나는 생각한다. 이 집에서 나가야 해. 무슨 일이 닥칠지 몰라. 그러나 그건 찌질한 짓일 뿐 아니라 멍청한 짓이다. 클로이가 나의 초상화를 그렸다고 해서 도망친다고? 나는 생각을 정리하려 애쓰지만 쉽지가 않다. 머릿속이 멍하다. 클로이가 내 초상화를 그렸다면, 다른 초상화들도 그녀가 그렸을 것이다. 다른 초상화들을 그녀가 그렸다면 네이선 비숍도 그렸을 것이다. 그렇다면 네이선 비숍을 모른다고 했던 건 거짓말이었다는 뜻이다. 그렇다면……

클로이는 살인자인가? 정신 차려. 넌 연쇄살인범을 서너 차례 심문했고, 클로이는 그런 똥이나 처먹는 새끼들과 달라. 다시 봐.

---

* 영국의 싱어송라이터이자 드러머.

그렇다, 클로이는 깜짝 선물로 날 그린 거다. 하지만 그렇다고 다른 그림들도 그렸다는 뜻은 아니다. 다른 그림들은 아주 오래전에 그린 것처럼 보인다. 분명 클로이와 스튜어트가 피트로부터 이 집을 살 때부터 걸려 있었을 것이다. 그렇다면 말이 된다. 약간은. 제목도 없고 서명도 없기 때문에 클로이는 이 계단을 지나갈 때마다 자신이 네이선 비숍의 초상화를 지나쳤다는 것을 몰랐을 것이다. 더구나 나는 지난주 정원에서 네이선의 사진을 클로이에게 보여주지 않았다. 나는 그의 이름만 말했을 뿐이다.

그렇다면 방금 전에 들은 목소리, 나가라는 경고는 어쩌지?

어쩌긴 뭘 어째? 유령 같은 목소리를 들었다고 그걸 무슨 복음처럼 받들어야 하나? 조금 전에 내가 들은 목소리는 네이선 비숍이 아니라 클로이가 이요르라고 불렀던 유령의 목소리일지도 모른다. 어쨌든 내가 정말로 그런 소리를 들은 건지 어떻게 알겠는가? 그저 나의 상상이었다면?

이렇게 하자. 클로이를 샤워실에서 데리고 나와서, 그녀에게 네이선 비숍의 초상화가 여기 있다고 말하고, 하지만 그녀가 용의자는 아니라고 안심시키고, 내일 아침 집에 있는 둘런 서장에게 전화를 하자. 처음엔 별로 좋아하지 않겠지만, 그리고 내가 클로이와 자고 있다는 걸 경찰서의 모두가 알게 되는 건 좀 창피하겠지만, 일단 프레드 핑크의 단서가 결국 사람 헷갈리게 하는 헛소리가 아니었다는 걸 둘런이 알게 되면, 바로 태도를 바꿀 것이다.

상황 종료. 이제 들어가자.

그러나 옅은 색 문 안쪽은 클로이가 샤워를 하고 있는 샤워실이 아니라 길고 어두운 다락방이다. 길고 어두운 다락방인데 약간 뭐 같으냐 하면…… 감옥? 꼭 그렇게 생겼다. 공간의 4분의 3이 굵고 튼튼한 철창으로 막혀 있고 각각의 창살은 두께가 1인치에 간격도 1인치다. 너무 어두워서 다락방이 안쪽으로 얼마나 깊은지 보이지 않는다. 철창 밖의 '자유' 구역, 그러니까 내가 서 있는 자리 위쪽에 뚫린 두 개의 채광창에서 희미한 햇살이 스며들지만 빛은 그게 전부다. 다락방에서는 구취와 소나무 살균제 냄새가 진동하고 전체적으로 경찰서의 유치장과 상당히 비슷하다. 엄지손가락으로 스위치를 찾아 누르자 철창 안쪽에 불이 들어온다. 희미한 전구 하나가 높이 달려 있다. 침대 하나, 세면대 하나, 소파 하나, 테이블 하나, 의자 하나, 문이 약간 열려 있는 칸막이 화장실 한 개, 운동용 자전거 한 대가 보이고 침대에서 누군가가 뒤척인다. 담요와 어둠에 반쯤 가려진 채로. 다락방의 폭은 5미터 정도밖에 되지 않지만 길이는 아주 길다. 아마도 슬레이드 하우스 전체 길이인 것 같다. 나는 철창에 얼굴을 최대한 바짝 붙이고 안을 들여다보며 말한다. "이봐요!"

그 혹은 그녀는—어느 쪽인지 분간할 수가 없다—대답을 하지 않는다. 미친 친척인가? 이게 합법적인 건가? 아침에 보고를 해야겠다.

나는 다시 한번 시도한다. "이봐요! 여기서 뭐하시는 거죠?"

숨소리가 들리고 간이 침대가 삐걱거린다.

"영어를 할 줄 아십니까? 도움이 필요하신가요? 혹시—"

여자의 목소리가 내 말을 자른다. "당신은 실재인가요?" 불안정한 목소리.

딱히 정상적인 첫 질문은 아니다. 침대는 다락방의 중간 정도에 있고 제대로 보이지가 않는다―광대뼈, 손, 어깨, 제멋대로 뻗친 잿빛 머리카락. "제 이름은 고든 에드먼즈고, 네, 실재입니다."

그녀가 일어나 앉아 무릎을 끌어안는다. "꿈속 사람들도 항상 자기가 실재라고 말하죠. 그래서 못 믿었어요. 미안해요." 가냘프고 슬픈 목소리지만 조리 있게 말한다. "찰리 채플린이 거대한 손톱깎이를 들고 날 구하러 오는 꿈을 꾼 적도 있었죠." 그녀는 오랜 세월 동안 웃어본 적 없는 것 같은 얼굴로 나를 바라보며 눈을 찌푸린다. "비비언 에어스*가 천장에 구멍을 뚫은 적도 있어요. 제가 구멍 밖으로 기어나가자 그 사람이 절 자기 행글라이더에 묶었고 우린 영국해협을 지나 제델헴으로 날아갔죠. 잠에서 깨어났을 때 울었어요." 라디에이터가 윙윙거린다. "고든 에드먼즈. 처음 뵙는 분이네요."

"네, 그렇습니다." 그녀는 정신병자처럼 말하고 있다. "그럼…… 당신은 환자인가요?"

그녀가 쏘아본다. "당신이 실재라면, 내가 누군지 알 텐데요."

"유감이지만 그렇지 않습니다. 저는 실재이고 당신이 누군지 모릅니다."

여자의 목소리가 거칠어진다. "그 괴물이 내가 구출될 거라고 생각하길 원하는군, 그렇죠? 이건 그 괴물의 오락이야. 난 거들 생

---

* 이 책의 저자 데이비드 미첼의 소설 『클라우드 아틀라스』에 등장하는 작곡가.

각 없다고 전해줘요."

"당신이 구출된다고 생각하길 누가 원한다는 거죠?"

"괴물은 괴물일 뿐이에요. 그 여자 이름을 말하진 않겠어요."

그 여자 이름? 고약한 생각—클로이—이 밀려들지만 분명히 그럴 만한 이유가 있을 것이다. "부인, 전 경찰입니다. 영국경찰청 범죄수사과 템스밸리경찰서의 고든 에드먼즈 경위예요. 왜 여기 있는지 말씀해주시겠습니까? 아니면 왜 여기 있다고 생각하는지라도?"

"가운을 입은 형사라. 잠복근무중이신가봐요?"

"제가 무얼 입었는지는 중요하지 않습니다. 전 경찰이에요."

그녀가 침대에서 나와 잠옷 차림으로 철창을 향해 미끄러지듯 다가온다. "거짓말쟁이."

나는 여자가 칼을 들고 있을 경우에 대비해 물러선다. "제발 이러지 마세요. 전…… 단지 어떻게 된 일인지 알고 싶을 뿐입니다. 이름이라도 알려주세요."

철창 사이의 1인치 공간에 광기어린 눈 하나가 나타난다. "리타."

마치 마술사가 내 입에서 손수건을 뽑아내듯 그 말 한마디가 모든 것을 말한다. "오, 맙소사 이런 젠장, 설마 당신이 리타 비숍이라고 말하는 건……"

여자가 눈을 깜빡인다. "네. 아주 잘 알고 계시네요."

나는 그녀의 얼굴을 찬찬히 살펴보면서, 우리 경찰서 책상 위에 뎁스가 핀으로 붙여놓았던 다른 복사 사진들을 떠올린다. 오, 세상에. 끔찍하게 늙었지만 분명히 그 여자다. "그토록 긴 세월이 흘렀는데," 그녀의 숨결은 시큼하다. "그 괴물은 아직도 아래층에서 이런 팬터마임을 즐기고 있나요?"

나는 피가 절반쯤 빠져나간 기분이다. "그럼 당신은……" 나는 대답이 두렵다. "1979년부터 계속 여기 있었다는 겁니까?"

"아뇨." 그녀가 코웃음을 친다. "그들이 처음엔 날 버킹엄궁전에 숨겨두었어요. 그다음엔 브라이턴부두의 점술사 집에. 그다음에 윌리 웡카*의—"

"됐어요! 됐다고요." 나는 떨고 있다. "네이선은 어디 있죠? 당신 아들."

리타 비숍이 눈을 감고 힘겹게 말을 내뱉는다. "그 여자한테 물어봐요! 노라 그레이어 부인한테, 이번주엔 또 어떤 이름을 쓰는지 모르겠지만. 그 여자가 우리를 슬레이드 하우스로 유인했어요. 우리한테 약을 먹이고, 감금하고, 네이선을 데려갔어요. 아들이 살았는지 죽었는지조차 말해주지 않는다고요!" 그녀가 몸을 숙이더니 바닥에 쓰러져 숨죽여 운다.

나의 정신이 소스라치게 놀라며 덜그럭거린다. 클로이 체트윈드? 노라 그레이어? 같은 여자라고? 어떻게? 어떻게? 그림들은? 왜? 왜 경찰을 잠자리로 유인했을까? 왜 나를 위층으로 불러 그림들을 보게 했을까? 이건 말이 되지 않는다. 내가 확실히 아는 것은 슬레이드 하우스는 경찰서도 아니고 감옥도 아니고 정신병원도 아닌데, 여기 불법 감금 사건이 발생했다는 것뿐이다. 정상적인 상

---

* 로알드 달의 소설 『찰리와 초콜릿 공장』의 등장인물.

황이라면—쳇, '정상적'이라니—나는 차로 돌아가서 무전기로 지원과 영장 발부를 요청하고 몇 시간 뒤에 돌아왔을 것이다. 그러나 이 거지 같은 시나리오에서, 내가 어쩌면—어쩌면—서른 살 먹은 살인마이자 유괴범이자 그 외에 또 무슨 짓을 했는지 모르는 여자와 섹스를 했을지도 모르는 이런 엿 같은 상황에서, 차라리 리타 비숍을 먼저 안전하게 구출하고 슬레이드 하우스에 코드 10*을 발동하는 편이 나을 것 같다. 만약 내 생각이 틀렸다면 트레버 둘런이 내 불알을 뽑겠지만 그럴 테면 그러라지. "비숍 부인. 열쇠가 어디 있는지 아세요?"

그녀는 여전히 바닥에서 작게 흐느껴 울고 있다.

나는 샤워하는 소리가 어느새 멈추었음을 깨닫는다.

"비숍 부인, 절 도와야 제가 당신을 도와요, 제발요."

여자가 고개를 들더니 나에게 증오의 광선을 뿜어낸다. "마치 구 년이 지난 지금 이 문을 열어줄 것처럼 말하는군. 마치."

환장하겠군. "만약 내가 나 자신이 주장하는 사람이 맞다면, 당신은 이 분 내로 슬레이드 하우스에서 벗어날 거고, 하느님께 맹세하건대, 비숍 부인, 삼십 분 내로 무장 경관들이 출동해서 '괴물'을 체포할 거고 아침에 영국경찰청 범죄수사과와 스코틀랜드야드** 그리고 과학수사팀까지 출동해서 네이선의 행방을 수색할 테니 제발 열쇠가 어디 있는지 좀 말해주시겠습니까? 지금 당신이 아들을 다

---

* 폭발 위협 혹은 관할 구역 정찰과 추가 피해 보고를 명령하는 경찰의 무전 암호.
** 영국 런던경찰국의 별칭.

시 볼 수 있는 유일한 기회를 쥐고 있는 사람은 저뿐이에요."

내 목소리의 무언가가 나에게 기회를 주라고 리타 비숍을 설득한다. 그녀가 똑바로 고쳐 앉는다. "열쇠는 갈고리에 걸려 있어요. 당신 바로 뒤쪽에. 괴물은 내가 볼 수 있는 곳에 열쇠를 두는 걸 즐기죠."

내가 뒤를 돌아본다. 길고, 얇고, 가느다란 열쇠. 내가 열쇠를 잡고, 더듬거리고, 그러다 놓친다. 맑은 소리와 함께 열쇠가 마룻바닥을 때린다. 나는 열쇠를 집어들고 철창문에 달린 금속판을 찾아 구멍에 열쇠를 넣는다. 기름칠을 잘 해놓아서 문이 스르르 열리고 리타 비숍은 비틀거리며 일어나 뒷걸음질을 치더니 몸을 앞으로 숙이고 믿을 수 없다는 듯 정면을 바라본다. "자, 어서요, 비숍 부인." 내가 속삭인다. "어서 나오세요. 여기서 나갑시다."

죄수가 감옥 문 쪽으로 확신 없는 몇 걸음을 내딛더니 내 손을 잡고, 문을 나선다. "전, 전……" 그녀의 호흡이 거칠다.

"조심 조심," 내가 그녀에게 말한다. "괜찮아요. 혹시…… '그 여자'인지, '그들'인지가 무기를 갖고 있는지 아세요?"

리타 비숍은 대답하지 못한다. 그녀는 내 가운 자락을 붙잡고, 떨고 있다. "약속해줘요, 약속해줘요, 내가 당신 꿈을 꾸고 있는 게 아니라고."

"약속해요. 갑시다."

그녀의 손톱이 내 손목을 파고든다. "당신도 내 꿈을 꾸고 있는 게 아니죠?"

나는 인내심을 발휘한다. 하긴 구 년 동안 감금당했다면, 나라도 맛이 갔겠지. "장담합니다. 자 어서 여기서 나갑시다."

그녀가 날 놓아준다. "이것 좀 보세요, 형사님."

"비숍 부인, 어서 나가야 해요."

그녀가 내 말을 무시하고 라이터를 꺼낸다.

그녀의 엄지손가락이 휙 젖혀지고 가느다란 불꽃이……

……점점 더 길어지고, 점점 더 엷어지다가 마치 정지화면처럼 얼어붙는다. 이제 더이상 라이터가 아니라, 하나의 촛불이고, 묵직한 금속 촛대에 꽂혀 있고, 촛대에는 온갖 글자들이, 아랍어 아니면 히브리어 아니면 어떤 외국어 같은 글자들이 쓰여 있다. 감옥은 사라진다. 가구들도 전부 사라졌다. 리타 비숍도 사라졌다. 촛불이 유일한 빛이다. 줄어든 다락방은 관 속처럼 어둡고 입구가 봉쇄된 동굴처럼 깊다. 나는 무릎을 꿇고 있고 마비 상태이고, 대체 어떻게 된 건지 모르겠다. 움직여보려 애쓰지만 헛일이다. 손가락 하나조차도. 혀조차도. 나의 몸이 감옥이고, 그 안에 갇힌 사람은 나다. 유일하게 작동하는 것이라고는 나의 눈과 뇌뿐이다. 그렇다면 상황을 파악해봐. 신경가스? 뇌졸중? 미키핀*? 도무지 모르겠다. 그렇다면 단서는 없나, 형사? 어둠 속에 세 개의 얼굴이 있다. 초를 중심으로 맞은편, 그러니까 정면에, 죽은 남자의 가운을 입은 내가 있다. 거울이 분명하다. 나의 왼쪽에 클로이가 모자 달린 두툼한 가운 같은 것을 걸치고 있다. 오른쪽에는…… 남자 클로이가 있

---

* 상대방 모르게 마약이나 약물을 넣어서 주는 음료를 지칭하는 속어.

다. 아마도 클로이의 쌍둥이인 듯한, 클로이의 것과 똑같은 가운을 걸치고 있는 금발의 남자는 히틀러유겐트 타입의 게이 모델처럼 생긴 미남이다. 두 사람 다 움직이지 않는다. 초에서 몇 인치 떨어진 곳에 갈색을 띤 나방이, 허공에, 시간 속에 얼어붙어 있다. 나는 꿈을 꾸는 게 아니다. 그것만큼은 확실하다. 그렇다면 고든 에드먼즈는 결국 이렇게 미쳐가는 건가?

시간이 흐른다. 얼마나 흘렀는지는 알 수 없다. 촛불이 치직거리고 하얀 불꽃이 이리저리 흔들린다. 나방이 어둠의 안과 밖을 퍼덕거리며 드나들어서, 때로는 눈에 보이고, 때로는 보이지 않는다. "너 지금 비웃는 거지." 클로이가 말한다, 만약 이름이 클로이가 맞다면. 나에게 티라미수를 만들어준 여자와 얼굴이 똑같지만 그 여자의 목소리가 매끄럽고 따스했던 반면 이 여자의 목소리는 녹슨 잭나이프 같다.

"비웃는 거 아니야." 남자가 여자의 말을 부정하면서 마치 쥐가 난다는 듯 다리를 움직인다.

나도 움직이려 애써본다. 여전히 움직일 수 없다. 말을 하려 애써본다. 말을 할 수 없다.

"넌 빌어먹을 거짓말쟁이야, 조나." 클로이가 말한다. 그녀는 마치 마음에 드는지 안 드는지 결정을 못한 한 켤레의 장갑인 양, 양손을 들고 있다. "두 순환주기 전에 네가 그 미용사랑 잤을 때 난 비웃지 않았어. 그리고 넌 실제로 체액을 교환했잖아. 난 단지 이 발정난 개한테," 그녀가 역겹다는 듯 내 쪽을 흘긋 쳐다본다. "가상의 뼈를 던져준 것뿐이야."

"설령 내가 웃었다고 해도," 남자가 말한다. "그건 내 하위주문 안에서 네가 펼친 공연에 대한 뿌듯함의 미소였어. 신경쇠약에 걸린 과부 역할을 완벽하게 소화하더군. 물론 다락방의 감옥이라는 설정이 나의 가장 훌륭한 미장센 중 하나였다는 점은 우리 둘 다 인정할 수밖에 없겠지만, 메릴 스트리프라고 해도 가엾은 비숍 부인 역할을 너보다 침착하게 연기할 순 없었을 거야. 정작 난 오래전에 봤던 그 성가신 여자를 겨우 알아봤지 뭐야. 그 여자 목소리 정말 귀에 거슬렸어. 근데 왜 그렇게 시무룩한 표정이야? 또 한번의 개방일이 순조롭게 지나갔고, 우리의 작업방식은 여전히 유효한 것으로 판명되었고, 우리가 잡은 꿩은 털을 뽑아서 양념장까지 발라놓았는데, 대체 왜 그렇게…… 떨떠름한 표정이냐고."

"우리 작업방식은 너무 급조된 잡탕이고, 너무 운에 의존하는—"

"노라, 제발 부탁인데, 이제 곧 식사할 참이잖아. 제발 그냥 좀—"

"—너무 운에 의존한다고, 조나. 아무것도 틀어지지 않는다는 가정에."

남자—조나—가 자신의 여자 형제—노라—를 애정어린 자부심으로 쳐다본다. "오십사 년 동안, 우리의 영혼은 저 크고 넓은 세상을 떠돌아다니면서, 우리가 원하는 육체들을 소유하고, 우리가 원하는 삶을 살았어. 빅토리아시대에 태어난 우리의 동료들은 전부 다 이미 죽었거나 죽어가고 있지만 우린 계속 살잖아. 우리의 방식이 통하는 거라고."

"우리의 방식은 우리의 모태육체가 세속의 시간을 거슬러 냉동건조된 상태로 이 틈새공간에 머물고, 우리 영혼이 그 육체에 깃들어 삶을 유지할 수 있다는 전제하에 통하는 거지. 우리가 구 년에 한 번씩 순진한 능력자를 적절한 주문으로 유인해서 우리의 틈새공간을 충전할 수 있다는 전제하에 통하는 거고. 우리의 손님이 우리에게 속고, 취하고, 이 틈새공간으로 유인된다는 전제하에 통하는 거라고. 전제가 너무 많아, 조나. 지금까진 운이 따라주었다고 쳐. 하지만 영원히 운이 좋을 순 없어. 영원히 운이 좋진 않을 거야."

두 사람이 무슨 얘기를 하는 건지 나로서는 전혀 이해가 가지 않지만 조나는 잔뜩 화가 난 것 같다. "왜 지금 이런 설교를 늘어놓는 건데?"

"불운과 적의 공격에도 끄떡없는 작업방식을 만들어야 해."

"어떤 적을 말하는 거야? 내가 지속적으로 고립을 주장해온 덕분에 심지어 '어둠의 길'조차도 우리에 대해 모르고 있어. 우리의 생명유지장치가 제대로 작동하고 있는데 왜 거기 손을 댄다는 거지? 자, 저녁식사가 준비됐잖아." 조나가 내 쪽을 바라본다. "저녁식사란 바로 당신을 말하는 거야, 형사 양반."

나는 움직이려 애써보지만 움직일 수도, 싸울 수도, 애원할 수도 없다. 심지어 무서워서 오줌을 지릴 수도 없다.

"네 호흡이 멈추었어." 조나가 덤덤하게 말한다.

아니 아니 아니, 난 숨을 쉬고 있어, 나는 생각한다. 난 아직 의식이 있다고.

"오래가진 않아." 조나가 대답한다. "산소 없이 사 분이 지나면 돌이킬 수 없는 뇌손상이 시작되고, 내가 지금 시계를 갖고 있지는 않지만 이 분은 지난 것 같아. 넌 육 분 후에 죽을 거야. 하지만 최후의 고통이 다가오기 전에 우리가 나설 거야. 우리는 가학성애자는 아니거든."

나는 위쪽으로 곤두박질치는 것 같은 기분이 든다. 내가 무슨 짓을 했길래 이런 꼴을 당해야 하지?

"무슨 짓을 했건 안 했건 그게 무슨 상관이야?" 노라 그레이어가 날카로운 눈썹을 치켜세운다. "오늘 아침에 네가 먹은 훈제 돼지고기는 그런 꼴을 당해도 싼 짓을 했나? 그런 질문은 의미가 없어. 넌 베이컨을 먹고 싶었고 돼지는 도살장을 피할 수 없었던 거야. 우리는 우리의 방식에 동력을 공급하기 위해 너의 영혼이 필요하고, 넌 우리의 틈새공간에서 벗어날 수 없어. 그뿐이야."

쉽게 겁을 집어먹는 사람들은 형사 생활을 오래 못한다. 그러나 나는 지금 무서워 죽겠다. 항상 종교를 한심하게 여겨왔지만 갑자기 그게 내가 가진 전부가 된다. 만약 저들이 인간의 영혼을 훔치는 자들이라면 하느님께 기도를 하자. 어떻게 하더라? 하늘에 계신 우리 아버지……

"아주 훌륭한 생각이야." 조나가 말한다. "내가 제안을 하나 하지, 형사 양반. 주기도문을 처음부터 끝까지, 성공회기도서 버전으로 외우면*, 감옥에서 나가는 카드를 줄게. 한번 해봐. 어디까지 하나 보게."

"너무 유치하잖아, 조나." 노라가 한숨을 쉰다.

"공평하게 해야지. 저 친구한테도 기회를 줘야 해. 자, 형사 양

---

* 번역은 '공동번역개정판'을 따랐다.

반 준비하시고, '하늘에 계신 우리 아버지'…… 시작!"

조나라는 자는 스컹크 같은 놈이고 독사 같은 놈이지만 나에겐 선택권이 없다. "하늘에 계신 우리 아버지 온 세상이 아버지가—"

"'아버지가'? 아니면 '아버지를'?" 조나가 묻는다.

나는 이 개자식의 게임에 장단을 맞춰야 한다. 내가 말한다. "아버지를."

"브라보! 계속해, 계속. '아버지를 하느님으로 받들게 하시며'."

그다음이 뭐였더라? "아버지의 나라가 오게 하시며 아버지의 뜻이 하늘에서와 같이 땅에서도 이루어지게 하소서. 오늘 우리에게 필요한 양식을 주시고 우리가 우리에게 잘못한 일을 용서하듯이……"

"오오오! '잘못한 일'? 아니면 '잘못한 이'? 전자야 후자야? 행위야 사람이야?"

젠장 저 빌어먹을 면상에 유리잔을 던지고 싶다. 나는 생각해본다. "사람."

"우리 형사님이 제법이시네! 우리에게 잘못한 이를……"

"우리에게 잘못한 이를 용서하듯이 우, 우, 우……"

"뭐야? 더듬는 거야 아니면 부엉이 흉내내는 거야?"

"우리가 잘못한 것을 용서하시고, 나라와 권세와 영광이 영원토록 아버지의 것입니다, 아멘." 내가 해냈다. 나는 그를 쳐다본다.

그 개자식이 미소를 짓는다. "어쩌지. '우리의 잘못을 용서하시고'였는데. 그다음에 유혹에 빠지지 않게 해달라는 구절이 오지. 그리고 '악에서 구하소서' 행을 잊어버렸네. 아이러니하게도."

나는 죽는다.

이 순간.

지금. 내가.

"이렇게 뜸을 들이는 이유는……?" 노라가 묻는다.

"최후의 순간에 약간의 좌절감을 뿌려주면 영혼에 괜찮은 지상의 뒷맛이 가미되거든. 네가 준비되면 시작할까, 노라?"

노라가 웅얼거린다. "난 항상 준비되어 있어." 그레이어 쌍둥이가 허공에 기호들을 그리기 시작한다. 그리고 주문도 외우는데, 내가 모르는 언어다. 초의 불꽃 위, 눈높이 조금 위에 무언가가 나타난다. 허공에 난 피멍, 빛나는 덩어리, 속이 불그스름하게 반짝이고, 심장처럼 펄떡이고, 뇌의 크기다. 거기서 벌레인지 뿌리인지 혈관인지 알 수 없는 무언가가 뱀처럼 뻗어나온다. 몇 개는 쌍둥이에게로 향하고 몇 개는 내 쪽으로 다가오는데, 나는 고개를 젖히거나 손으로 밀치거나 아니면 비명을 지르거나 눈이라도 감고 싶지만 그럴 수가 없다. 그것들이 내 입, 귀, 콧구멍으로 날카로운 손가락처럼 파고들어 내 속에서 작업을 시작한다. 이마를 꿰뚫는 통증이 느껴지고 나는 거울 속에서 이마에 난 검은 점을 본다…… 피가 아니다. 몇 초가 흐른다. 무언가가 밖으로 스며나와 허공에 떠 있다. 크기와 모양이 골프공과 비슷한 덩어리가 바로 내 눈앞에 떠 있다. 마치 젤처럼 거의 투명하거나 달걀의 흰색이고, 반짝이는 먼지 같은 것이 가득 들어 있다. 아니면 은하계 같은, 아니면……

맙소사, 아름답다.

세상에, 아른아른 빛난다.

살아 있고, 나의 것이다……

……쌍둥이의 얼굴들이 내 앞에 불쑥 나타난다. 왼쪽에 조나, 오른쪽에 노라가 있고, 매끄러운 피부에, 굶주린 그들이, 휘파람을 부는 것처럼 입술을 오므리고는, 아주 힘차게, 나의 영혼을—그게 내 영혼이 아니면 무엇이겠는가?—빨아들이고, 나의 영혼은 천천히 그러나 분명하게 블루택*처럼 늘어난다. 내 영혼의 반은 노라의 입으로 반은 조나의 입으로 연기처럼 흘러들어간다. 할 수만 있다면 흐느꼈을 것이다. 아니면 너희들을 가만두지 않겠어 죽여버리겠어 대가를 치르게 하겠어, 라고 말했을 것이다. 그러나 나는 이제 고든 에드먼즈의 잔해일 뿐. 나는 그의 껍데기다. 나는 그의 살과 피부로 이루어진 겉옷일 뿐이다. 쌍둥이들이 숨을 들이켜고는 약이 혈관에 닿는 순간 마약쟁이들이 내는 것 같은 여린 신음소리를 낸다. 그러더니 세상의 종말보다 더 요란한 소음이 밀려든다. 그리고 이제 세상의 종말 다음날 아침과 상당히 비슷하다. 떠다니는 뇌 같은 물질은 사라졌다. 허공의 혈관들도 사라졌다. 마치 아무것도 없었던 것처럼. 그레이어 쌍둥이는 초를 사이에 두고 무릎을 꿇은 채 마주보고 있는데, 움직이지 않는 불꽃처럼 정지 상태다. 거울은 비어 있다. 불에 그을린 얇은 종잇장 같은 부스러기를 보라. 저기, 마룻바닥에. 그것은 나방이었다, 한때는.

---

* 껌처럼 늘여서 사용하는 다용도 접착제.

꿀꿀

1997

"다섯이라." 이렇게 말하는 사람은 액설 하드윅, 천체물리학과 대학원생, 검고 곱실거리는 머리, 코듀로이를 입었고, 진짜 이름은 액설이 아니라 앨런이지만 액설이라는 이름이 좀더 건스 앤드 로지스* 느낌이라고 생각하고 있다. 액설은 오늘 나타나지 않은 사람들이 바로 우리라는 듯, 우리를 쳐다본다. "죽은 나뭇가지는 떨어져나가기 마련이니까 인원이 줄어드는 건 어쩔 수 없지만, 이 시점에 다섯 명이라니, 솔직히 암울하긴 하다." 아래층의 메인 바에서 술 취한 사람들의 소음이 계단을 타고 올라오고 나의 정신은 다른 곳으로 흘러간다. 그리고 자문한다. 신입생 주간에 초자연 동호회 대신 사진 동호회에 갔더라면 사람을 더 많이 만났을까. 하지만 그

---

* 미국의 하드록 밴드.

랬다면 토드를 못 만났겠지.

토드 코스그로브, 수학과 2학년이고, 수줍음 많고 요정 같은 남자, 검은 코트, 흰 티셔츠, 적갈색 바지에 캐멀 부츠를 신었고 초자연 동호회 부회장이며 더 스미스*의 팬이다. 토드는 테이블 맞은편에 앉아 뉴캐슬 브라운 에일을 마신다. 어수선하고 기이한 머리카락도 에일처럼 갈색인데 우유를 넣기 전 진하게 우려낸 차의 갈색이다. 토드는 시내에서 부모님과 함께 살고 있지만 음침하거나 무기력하지 않고, 똑똑하고 친절하고 강한 애라, 아직도 부모님과 함께 살고 있는 데는 그럴 만한 이유가 있을 것이다. 토드에게 말이라도 걸어볼라치면 나의 입과 뇌가 얼어붙지만, 밤중에 눈을 감으면 거기 토드가 있다. 이건 미친 짓이다. 그러나 역사 속의 모든 사랑 노래가 이야기하듯, 사랑은 미친 짓이다.

"망설이던 애들 중에 많이 걸어야 해서 안 온 애들도 있을걸." 앤젤리카 기번스의 의견이다. 앤젤리카라는 이름보다는 기번스라는 성이 확실히 더 어울리는 인류학 전공의 2학년으로 축 늘어진 남색 머리카락에 닥터 마틴 신발을 신었고 점성술사 같은 옷을 입었으며 체격이 나처럼 우람하다. 나는 우리가 친구가 될 수도 있겠다고 생각했지만 텔레파시 테스트에서 우리의 텔레파시 점수가 18퍼센트가 나오자 그녀는 '잠재적 초능력이고 뭐고 아무것도 없다'며 나를 비난했다. 그녀는 '이고 뭐고'라는 표현을 그런 식으로 썼다.

액설이 인상을 쓴다. "폭스 앤드 하운즈는 캠퍼스에서 이십 분

---

* 영국의 얼터너티브록 그룹.

거리야. 그것도 넉넉잡아서. 초자연 동호회 예산을 겨우 2마일 거리의 버스비로 낭비하고 싶진 않았어." 그가 잔 받침을 돌리기 시작한다. 벽난로 위에 걸린, 에나멜을 칠한 기네스 맥주 광고판의 레프러콘*이 내 시선을 끈다. 레프러콘은 춤추는 큰부리새를 위해 바이올린을 연주하고 있다.

"전적으로 동의해, 액셀." 앤젤리카가 말한다. "그냥 한번 해본 말이었어."

"어쩌면 한 패거리가 오다가 단체로 길을 잃었는지도 모르지." 랜스 아놋, 철학과 졸업반, 비듬, 핑크 플로이드의 '더 월' 티셔츠, 햄버거 악취. 랜스는 실체스터의 로마 유적지에서 나한테 수작을 걸었다. 엘름 스트리트의 프라이트메어** 찍을 일 있나. 나는 몰번에 남자친구가 있다고 거짓말을 했지만 그는 내가 괜히 튕기는 거라고 생각한다. 그가 편을 돌아본다. "이번엔 왜 네 친구 안 데려왔어, 퍼니?"

편 펜할리건도 나와 같은 1학년이지만 연극 전공이고 라푼젤 머리카락에 모델처럼 말랐고, 콘월에서 태어나 첼시에서 자랐고, 알렉산더 매퀸 바지에, 유니언잭 파카를 입었고, 자신이 출연하는 연극판 〈고스트〉 때문에 초자연현상을 공부하러 이곳에 왔다. 그녀가 입술을 삐죽거린다. "내 이름은 편이고, 내 '친구' 누굴 말하는

---

* 아일랜드 민화에 나오는 작은 남자 요정.
** 공포영화 〈엘름 스트리트의 악몽〉을 변형한 말장난. 프라이트메어(frightmare)는 경악(fright)과 악몽(nightmare)의 합성어로 매력없는 사람을 일컫는 말로도 쓰인다.

건데?" 그녀는 랜스가 사겠다고 자청한 쿠앵트로*를 한 모금 마신
다. 하지만 자신에게도 희망이 있다고 생각한다면, 랜스는 보기보
다 훨씬 더 모자란 놈인 게 분명하다.

"세인트앨프릭스에 왔던 친구 말이야. 그 어마어마한." 랜스가
젖가슴을 몸짓으로 표현한다. "친구. 웨일스 여자."

펀이 유리잔의 얼음을 흔든다. "야스민 말하는 거구나."

"야스민. 오늘밤 더 좋은 건수가 있었나보네, 그렇지? 안 그래?
보요**?" 랜스가 토드를 향해 우스꽝스러운 표정을 지어 보인다. 나
는 토드에게 텔레파시로, 랜스는 무시해. 멍청한 새끼야, 라고 말한
다. 그런데 이게 웬일인가. 토드는 랜스를 무시하고, 따라서 잠재
적 초능력 '이고 뭐고' 아무것도 없는 사람은 아무래도 앤젤리카인
가보다. 나는 다시 한번 시도해본다. 내 손톱 좀 봐줘, 토드, 공작새
파란색으로 칠했어. 하지만 토드는 사과씨 같은 갈색 눈동자를 펀에
게 고정하고 있고, 펀은 오늘 오지 않은 친구 야스민이 지난번 우
리의 현장실습에 별 감흥이 없었다는 얘기를 하고 있다.

"감흥이 없었다고?" 액설이 잔 받침을 돌리는 것을 멈춘다. "누
가 뭐래도 세인트앨프릭스는 영국에서 가장 유령이 많은 교회야."

펀이 어깨를 으쓱한다. "보고 싶었던 유령은 코빼기도 못 보고
코감기만 걸려서 돌아갔으니까."

"초자연적인 존재가 휘파람을 분다고 나타나진 않아." 앤젤리카

---

* 오렌지 껍질로 만든 무색의 프랑스산 혼성주.

** 웨일스에서 소년이나 젊은 남자를 부를 때 쓰는 비격식 호칭.

가 말한다. "무슨 필리피노 입주 가정부도 아니고."

나라면 그 말에 상처를 받았을 테지만 펀에게 그런 말은 오리 등에 뛴 물일 뿐이다. "필리핀 여자는 '필리피나'라고 해. 그리고 너희가 그 여자들을 보면, 물론 나는 알고 있는 사실이지만, 무지하게, 엄청나게 우아하다는 걸 알게 될 거야." 펀이 골루아즈 담배 한 개비를 입에 물고 불을 붙인다. 앤젤리카가 마치 한 마리 벌레처럼 깔아뭉개졌고 나는 속으로 이렇게 생각한다, 제대로 한 방 먹었군! 그리고 펀이 나에게 내 마음을 안다는 표정을 지어 보인다.

"난 오지 않을 사람이나 제때 나타나지 않는 사람한테는 미련 없어." 액설이 선언하고는 1997년 10월 25일, 초자연 동호회 현장실습 개요라는 제목에 슬레이드 앨리 실종이라는 부제가 붙은 얄팍한 인쇄물을 나눠준다. 표지 다음 장에는 두 장의 사진이 실려 있다. 상단의 사진은 반으로 나뉘어 있다. 왼쪽 반은 어느 소년의 흐릿한 학교 사진으로 열두 살쯤 되어 보이고, 괴짜스러운 머리에 코가 이상스럽게 큼직하다. 나머지 반은 삼십대 후반의 엄격해 보이는 여자의 사진으로 짙은 머리카락을 위로 틀어올렸고, 호리호리하고, 목 부분에 프릴이 달린 블라우스를 입었고, 진주 장신구를 하고 카디건을 입었다. 한눈에 보아도 어머니와 아들이다. 두 사람 모두 편치 않은 얼굴로 카메라를 바라보고 있다. 사진에는 네이선과 리타 비숍, 1979년 10월 27일 토요일, 슬레이드 앨리에서 마지막으로 목격됨이라는 설명이 붙어 있다. 하단 사진은 서른 살 정도 되어 보이는 남자로, 맥주를 마시며 카메라를 향해 미소를 짓고 있고, 〈마이 애미 바이스〉*에 나오는 형사 같은 차림이지만, 머리가 벗어지기 시작했고 몸이 호리호리하지도 않다. 사진에는 고든 에드먼즈 형사, 1988년 10월 29일 토요일, 슬레이드 앨리로 들어가는 모습이 마지막으로 목격됨이라는 설명이 붙어 있다. 그러니까 내 짐작대로다. 그는 경찰이다. 그 페이지의 맨 밑에는 저작권 액설 하드윅 1997이라고 적혀 있다. 내용은 그게 전부다.

"슬레이드 앨리 실종 사건이라." 랜스가 말한다. "근사하네."

"음, 내 생각엔 다들 제목은 읽을 줄 알 것 같은데." 앤젤리카가 말한다.

"이 사건의 세부 내용을 일일이 다 적으려면 시간이 엄청 많이 걸릴 것 같아서," 액설이 말한다. "내가 구두로 설명해줄게."

"폭풍이 몰아치는 어두운 밤이었습니다!" 코믹한 서머싯 억양으로 랜스가 말한다.

"진지하게 참여할 생각 없으면," 앤젤리카가 그에게 말한다. "넌 그만—"

"분위기를 좀 잡아본 것뿐이야. 계속해, 액설."

액설이 랜스를 쳐다보며 눈빛으로 철 좀 들어, 라고 말한다. "사건은 지금으로부터 십팔 년 전, 1979년 11월 초로 거슬러올라가. 열받은 집주인이 리타 비숍이 세 들어 살고 있는 집의 문을 쾅쾅 두드리지. 리타 비숍은 네이선의 이혼한 어머니이고, 이 사진의 주인공이야. 집세가 밀린 거였어. 또다시. 이웃 사람은 집주인에게 리타 비숍과 그 아들을 열흘 넘게 보지 못했다고 말했어. 그 말을

* 1980년대에 방영된 미국의 TV 범죄 드라마.

116

듣고 집주인이 경찰에 신고했고, 경찰 조사에 의해 네이선이 10월 마지막 금요일 이후 학교에 나오지 않았다는 사실이 밝혀졌지. 경찰은 수사에 착수하는 시늉을 했어. 왜 시늉만 했냐고? 왜냐하면 리타 비숍은 영국과 캐나다의 이중국적 소유자였고 그녀의 전남편은 짐바브웨, 당시 명칭으로는 로디지아에 살고 있었고, 빚이 늘어가는 상황이었거든. 경찰은 그녀가 경제적인 이유로 도주했을 거라 추측하고 사건을 WGT 파일로 분류했어."

펀이 자신의 숱 많은 머리칼을 턴다. "WGT?"

"'개뿔도 관심 없음Who Gives a Toss'의 약자야." 액설이 맥주를 홀짝이고 앤젤리카는 흥미를 느끼는 척한다. "다음, 1988년 9월로 넘어가보자. 로열 버크셔 병원 병실에서 프레드 핑크라는 환자가 혼수상태에서 깨어났어. 웨스트우드 로드에서 음주 택시에 치여 혼수상태로 구 년을 누워 있었지."

"여기가 웨스트우드 로드 맞지?" 내가 묻는다.

"그건 오늘 약속 일정표에 적혀 있었잖아." 앤젤리카가 말한다.

한심한 소리 하고 앉았네. 다이어트 콜라를 홀짝이면서 내가 펀이었으면 좋겠다고, 그래서 남을 깔아뭉개는 가시 돋친 말을 할 수 있었으면 좋겠다고 생각한다. 남자들도 유혹하고 말이다. 토드 같은 남자. 굳이 예를 든다면.

"프레드 핑크는 과거 지역신문을 전부 읽어보기 시작했어. 그가 스스로 '긴 잠'이라 표현하는 기간 동안 무슨 일이 있었는지 알아보기 위해서였지. 얼마 지나지 않아 그는 실종된 리타와 네이선 비숍의 사진을 찾았어. 그런데 그 사람들이 어딘가 낯이 익은 거야.

왜냐고? 왜냐하면 1979년, 택시 운전사가 그를 들이받기 직전, 프레드 핑크는 웨스트우드 로드에서 한 골목 위, 슬레이드 앨리의 입구가 있는 크랜버리 애비뉴에서 리타 비숍과 얘기를 나누었거든. 여자가 그에게 노라 그레이어라는 귀부인이 어디 사는지 아느냐고 물었어. 프레드 핑크는 모른다고 하고 가던 길을 가다가 골목 끝에서 택시에 치인 거야."

"쾅! 끽! 쿵!" 랜스가 조금도 수치스러워하는 기색 없이 자기 성기의 위치를 조정한다.

"핑크 씨를 무시하는 건 아니지만," 토드가 말한다. "그 사람을 얼마나 신빙성 있는 증인으로 봐야 하지?" 그의 목소리에는 시골내기의 비음이 살짝 섞여 있지만, 그 비음은 상당히 섹시하다.

액설이 고개를 끄덕이는 것은 좋은 질문이야, 라는 뜻이다. "경찰도 회의적이었어. 이 동네가 빈민가는 아니지만, 그렇다고 부유한 동네도 아니잖아. 만약 진짜 '귀부인'이 이곳에 자신의 '저택'을 갖고 있었다면, 부풀어오른 엄지손가락처럼 눈에 띄었을 거라고. 어쨌든 영국경찰청 범죄수사과는 프레드 핑크가 자신의 진술이 무시당한다고 생각하는 걸 원치 않았고, 그래서 슬레이드 하우스를 대강 한번 둘러보라고 경찰을 파견했어. 그게 바로 고든 에드먼즈 경위지." 액설이 A4용지에 인쇄된 두번째 사진을 두드린다. "1988년 10월 22일, 그가 슬레이드 앨리에 갔다가 벽에 난 문을 발견했어. 문이 열려 있었지. 그는 안으로 들어가서 정원과 슬레이드 하우스라고 불리는 '으리으리한 저택'을 발견했어."

"그럼 그때 슬레이드 하우스에 살고 있던 사람이 그레이어 부

인이야?" 손가락으로 남색 머리카락을 동그랗게 말며 앤젤리카가
묻는다.

"아니. 1988년 당시, 그 저택 소유자는 클로이 체트윈드라는 젊
은 과부였어. 에드먼즈 반장의 간략한 보고서에 의하면—그게 오
늘 현장실습의 주된 자료인데—클로이 체트윈드는 그레이어 부인
이나 사라진 비숍 모자에 대해서는 전혀 아는 바가 없었어."

"그야 그 여자 입장에서는 당연히 그렇게 말하지 않겠어?" 편이
담배를 비벼 끈다. "짜릿한 빅토리아시대 소설들을 보면 젊은 과
부를 조심해야 해. 특히 매력적인 과부들."

"안타깝게도 고든 에드먼즈한테 그 말을 해준 사람은 아무도 없
었어." 액설이 말한다. "그다음주 토요일 그는 슬레이드 하우스로
돌아갔어. 그가 클로이 체트윈드한테 정원 문을 수리하라면서 보
안 전문 시공업자를 소개해주었고 클로이가 제대로 시공이 되었는
지 봐달라고 요청한 것으로 보여. 저녁 여섯시에 그가 웨스트우드
로드에 차를 세우는 걸 본 증인이 있지만," 액설은 극적인 효과를
위해 뜸을 들이고 싶은 욕망을 참지 못한다. "그뒤로는 아무도 에
드먼즈 경위를 볼 수 없었지."

"경찰이 실종되면," 앤젤리카가 말한다. "짭새들은 자기 동료를
찾을 때까지 절대 가만히 있지 않아. 당연히 언론도 가담할 거고."

"맞아." 액설이 대답한다. "고든 에드먼즈는 신문 전면을 장식
했지, 며칠 동안은. IRA 납치설과 자살설이 한동안 들끓었지만, 살
아서든 죽어서든 에드먼즈는 결국 나타나지 않았고, 다이애나 왕
세자비의 엉덩이나 인두세 폭동 혹은 '오늘의 이혼' 따위의 기사가

〈섹스 신문News of the Screws〉*의 1면을 점령했기 때문에 에드먼즈 반장의 이야기는 레이더에서 벗어나고 말았어."

앤젤리카가 묻는다. "이 사건에 대한 클로이 체트윈드의 입장은 뭔데?"

"이 이야기에 이상한 반전이 있는 게," 액설이 말한다. "클로이 체트윈드는 한 번도 경찰에 노출된 적이 없어."

우리는 우리가 놓친 게 무언지 몰라 서로를 쳐다본다.

"잠깐만." 랜스가 말한다. "그럼 경찰들이 고든 에드먼즈를 수색하는 과정에서 그 집 문을 두드렸을 땐 누가 나왔는데?"

"또 한번의 이상한 반전이 뭐냐 하면," 액설이 자기 맥주를 홀짝거린다. "슬레이드 하우스는 클로이 체트윈드만큼이나 찾기가 힘들었다는 거야."

"가만, 가만, 가만." 랜스가 말한다. "그럼 그 집도 실종됐다는 거야?"

"거대한 석조 주택은," 편이 지적한다. "정상normal적인 상황이라면 안개 속으로 사라지지 않아."

액설이 코웃음을 친다. "내가 알기로 우린 초자연paranormal 동호회야."

아래층 바에서 슬롯머신이 동전 한 무더기를 토해낸다.

"이거 제대로 된 엑스파일이네." 랜스가 의자를 앞뒤로 흔들며

* 1843년부터 2011년까지 발행된 영국의 타블로이드 신문 〈뉴스 오브 더 월드〉의 별칭.

말한다.

"만약," 펀이 나선다. "고든 에드먼즈가 슬레이드 하우스 이야기를 제멋대로 지어낸 거고, 클로이 체트윈드라는 여자도 상상한 거라면?"

"왜 그런 허술한 거짓말에 그렇게 많은 걸 걸겠어?" 앤젤리카가 묻는다.

"그야 모르지." 펀이 말한다. "신경쇠약? 아니면 연쇄 몽상가? 누가 알겠어? 하지만 진지하게 말해봐, 뭐가 더 그럴듯해? 경찰 기록의 조작? 아니면 집 한 채가 물리학의 법칙을 거스르고 휙! 하고 사라져버리는 것?"

"보안 시공업자는 뭐라고 했어?" 토드가 묻는다.

액설은 지금의 상황을 즐기지 않는 척하지만 사실은 무척 즐기고 있다. "그자는 슬레이드 하우스에 관한 그 어떤 연락도 받은 적이 없다고 맹세했어. 클로이 체트윈드도 에드먼즈 경위도 연락한 적이 없대."

"살인자들은 거짓말을 하지." 앤젤리카가 말한다.

"영국경찰청이 그 사람을 조사했어." 액설이 말한다. "그리고 모든 열쇠 수리공, 건축 시공업자, 그 지역에 있는 모든 관련자들을 조사했어. 그런데 전혀, 아무것도, 티끌 하나도 발견하지 못했어. 슬레이드 하우스는 물론이고, 웨스트우드 로드 근방에서 시공을 한 사람이 한 명도 없었지."

토드가 묻는다. "1988년 고든 에드먼즈의 실종과 1979년 비숍 모자 실종의 공통분모가 슬레이드 앨리라는 게 당시에도 공론화됐어?"

액셀이 고개를 젓는다. "흥미 위주의 보도는 자제시켰지. 경찰은 슬레이드 앨리가 진짜 범죄자들의 온상이 되는 걸 원치 않았거든."

"진실을 감추는 건 파시스트 짭새들의 전형적인 태도지." 앤젤리카가 말한다.

나는 앤젤리카에게 경찰이 하나도 없는 사회는 얼마나 더 안전할 것 같냐고 묻고 싶지만 그럴 배짱이 없다. 토드가 묻는다. "너는 그 두 실종 사건을 어떻게 연관짓게 됐는데, 액셀?"

"어떤 제보자 때문에 이 사건에 관심을 갖게 됐어." 액셀이 무언가 숨기는 듯한 표정을 짓는다. "그 사람이 초자연 동호회에서 한번 다루어보면 어떻겠느냐고 제안했고."

"어떤 제보자?" 랜스가 코를 후비더니 코딱지를 테이블 밑에 버린다. 나는 그저 약간 과체중인 정도지만 랜스는 정말 역겨운 수준이다.

"우리 삼촌," 액셀이 잠시 망설이다가 결국 털어놓는다. "프레드 핑크."

"프레드 핑크가 네 삼촌이라고?" 앤젤리카가 얼빠진 표정으로 그를 바라본다. "말도 안 돼! 그 혼수상태에 빠졌던 유리창 청소부? 하지만 넌 하드윅이잖아. 핑크가 아니고."

"프레드 핑크는 우리 엄마의 남자 형제야. 엄마의 결혼 전 성이 핑크거든. 프레드 삼촌은 슬레이드 앨리에 집착하고 있어. 유감스럽게도."

"뭐가 유감스러워?" 펀이 내가 묻고 싶은 질문을 한다.

액설이 입에 주름을 만든다. "프레드 삼촌은 자기가…… 아, '선택'받았다고 생각하거든."

"어떤 일에 선택을 받아?" 펀이 다그친다. "누가 선택하는데?"

액설이 어깨를 으쓱한다. "슬레이드 하우스의 진실을 밝히는 일에. 삼촌은 구 년 동안 혼수상태로 있다가 깨어난 뒤에, 현실세계에 적응하는 데 어려움을 겪다가 결국 지금은, 음, 보호시설에 있어. 슬라우 외곽. 어느…… 정신병동에."

"완전 대박." 랜스가 말하고는 자기가 곧 트림을 할 거라는 사실을 알리기 위해 양손을 펴 들고는, 이내 트림을 한다. "모든 초자연적 사건에는 현실적인 설명과 함께 초자연적인 설명이 있어야 하지. 말하자면, 과연 우리의 주인공은 실제로 유령을 보았는가? 아니면 핵무기급 정신병을 갖고 있는가? 난 이 사건 완전 마음에 들어. 난 할래, 액스."

"인원이 많을수록 재미있지." 액설이 전혀 즐겁지 않은 목소리로 말한다.

앤젤리카가 맥주를 홀짝인다. "흥미진진한 사건이긴 하지만, 그 수많은 경찰들이 실패한 사건인데 우리 여섯 명이 무슨 수로 슬레이드 하우스를 찾고 이 실종자들을 찾아?"

"어떻게 찾느냐가 문제가 아니야." 액설이 말한다. "언제 찾느냐가 문제지. 다들 날짜를 좀 봐." 그가 A4용지를 두드린다. "뇌를 좀 써보라고."

나는 다시 인쇄물을 들여다보지만 내 눈에 보이는 것이라고는 시커멓게 복사된 사진 속에서 나를 쳐다보는 남자, 여자, 그리고 소년의 모습뿐이다. 그들은 아무것도 몰랐다. 내 손가락이 뉴욕에 사는 언니가 보낸 비취 펜던트로 향한다. 오늘 아침에 도착했다. 비취는 영원의 상징이고 나는 이게 마음에 든다.

수학 전공인 토드가 먼저 알아차린다. "맙소사, 뭔지 알겠다. 비숍 모자는 10월 마지막 주 토요일에 실종됐어. 그로부터 구 년 후, 고든 에드먼즈가 1988년 10월 마지막 주 토요일에 사라졌고. 거기서 다시 구 년 후가 언제냐 하면……" 그가 액설을 쳐다보고 액설이 고개를 끄덕인다. "바로 오늘이야."

"1997년 10월 마지막 토요일." 랜스가 말한다. "완전 대박인데, 액설. 오늘. 오늘이잖아!" 랜스는 사람을 놀리면서 동시에 진지할 수 있는 애다. "구 년에 한 번씩만 모습을 드러내는 미스터리의 집. 나 지금 버크셔 흑돼지 크기로 발기했어. 어서들 마시자!"

웨스트우드 로드 거리의 가로등마다 가랑비 섞인 오렌지색 후광이 감싸고 있다. 차들이 과속방지턱을 차례로 넘는다. 세인트 존 병원의 구급차 한 대가 우리를 스쳐가지만, 서두르지는 않는다. 남자애들이 앞장을 서고, 랜스는 슬레이드 하우스가 소형 블랙홀의 입구일 수도 있다는 이론을 설파한다. 토드가 감탄할 만한 예리한 말 한마디를 덧붙이고 싶지만, 나는 항상 너무 느리다. 앤젤리카와 편은 〈해리가 샐리를 만났을 때〉가 여성에게 모욕감을 주는 영화인지 아닌지에 대해 논쟁을 벌이고 있어서 나는 맨 뒤로 처진다. 늘 내 차지인 자리로. 나는 커튼이 젖혀진 방들 안에서 소파, 램프, 그림 들, 그리고 7월처럼 파란 방에서 피아노 연습을 하는 소녀를 본다. 짧은 머리에 파란색과 회색이 섞인 학교 교복을 입고 있다. 이름은 그레이스라고 불러야겠다. 그레이스는 자신의 피아노곡을 완벽하게 연주하지 못해 화가 난 것 같다. 그러나 그녀의 언니인 나는 타고난 피아니스트라 그레이스를 도울 수 있다. 나는 절대로 "체중을 좀 줄이면 너 자신에 대해 한결 만족하게 될 거야"라고 말하지 않을 것이다. 엄마가 안쪽에서 저녁을 준비하고 있다. 싸가지 없는 셸오일 직원 부인 열두 명을 위해서가 아니라 아빠, 그레이스, 나, 그리고 졸업하자마자 미국으로 날아가지 않고 주말마다 나와 놀러다니기 위해 런던에서 취직한 프레야만을 위해. 엄마는 퓨전 음식, 반 채식, 혹은 그때그때 유행하는 별난 음식이 아닌 감자, 당근과 그레이비소스를 곁들인 로스트치킨을 만든다. 내가 그레이비를 젓는다. 아빠는 역에서 집까지 걸어온다. 왜냐하면 아빠는 스톡옵션에 더해 연봉 19만 파운드를 받는 정유 회사 간부가 아니기 때문이다―아빠는 겨우 4만 파운드를 받고 그린피스에서 일한다. 좋다, 6만 파운드라고 해두자. 나의 시선을 느낀 그레이스가 시선을 들어 창밖을 내다본다. 나는 살짝 손을 흔들지만 그녀는 커튼을 내린다. 날 보았는지는 알 수 없다.

"괜찮아, 샐리?" 앗, 토드다. 바로 내 옆에 서 있다.

"응." 내가 말하고 얼른 태연한 척한다. "응, 난……"

다른 아이들이 날 쳐다보며 기다리고 있다.

"다들 미안해, 내가, 좀……"

"요정들하고 어디 다녀왔어?" 펀이 묻는다. 아주 퉁명스럽지는 않게.

"어쩌면." 내가 시인한다. "하지만 이제 다시 돌아왔어."

"그럼 다시 출발." 랜스가 말하고 우리는 출발하지만 토드는 여전히 내 곁에 있다. 그는 헐렁한 더플코트를 입고 있고 코트 주머니는 우리 둘의 손이 전부 들어갈 정도로 큼직하다. 나는 텔레파시로 토드에게, 내 손을 잡아, 라고 말하지만 그는 그러지 않는다. 왜 항상 랜스처럼 재수없는 애들만 나한테 치근대는 걸까? 내가 좀더 날씬하고, 좀더 재미있고, 좀더 섹시했다면 지금 토드에게 뭐라고 해야 할지 알았을 것이고 그랬다면 슬레이드 앨리를 찾기도 전에 토드가 나에게 "샐리, 중국 음식 포장해가지고 우리집에 가서 커피나 한잔하는 게 어때?"라고 말했을 것이고 나는 "다 좋은데 음식은 관두는 게 어때?"라고 대답했을 것이다. 우리는 긴 코트를 입고 선글라스를 낀 여자를 쫓아가는 아프간하운드 한 마리를 피해 비켜선다. 여자는 우리를 외면한다. "엄청 잘났군." 내가 중얼거린다.

토드는 '음' 하는 소리를 내는 것으로 나와 같은 생각임을 보여준다.

우리는 몇 발짝을 더 걷는다. 보이지 않는 무언가가 우리 둘을 연결하고 있다. 어디선가 섹스의 신음 같은 헐떡거리는 소리가 점점 더 크게 들려오지만 알고 보니 조깅하는 사람이 지나가는 소리다. 마치 광란의 파티에서 탈출한 사람처럼 검은색과 형광 오렌지색이 섞인 옷을 입고 있다.

"샐," 토드가 말한다. "이렇게 말하면 너무 노골적으로 들릴지도 모르겠지만—"

"아니, 전혀." 내가 긴장하며 말한다. 나의 심장이 쌩하고 질주한다. "난 괜찮아. 괜찮고말고." 그가 혼란스러워하며 말을 멈춘다. "나 아직 물어보지도 않았는데."

샐리 팀스, 이 미련한 꿀꿀이. "그러니까 내 말은, 어서 물어보라고!"

"얘들아, 찾았어!" 몇 발짝 앞에서 랜스가 외치고, 그렇게 그 순간은 지나가버리고 내 마음은 '안 돼!'라고 외친다. 토드는 손전등을 들어 놓치기 쉬운 거리 표지판 하나를 비춘다. 슬레이드 앨리. 골목은 어둡고 좁아서 유모차 하나가 간신히 지나갈 정도다. 랜스가 말한다. "뭐가 이렇게 으스스하냐?"

"으스스한 게 당연하잖아." 편이 프랑스 담배에 불을 붙이며 말한다. "거의 밤인데다 양쪽이 막힌 공간이니까."

"난 느껴져." 떨리는 목소리로 앤젤리카가 말한다. "여기 어떤 존재가 있어."

내 마음 일부는, 당연히 그러시겠지, 어련하시겠어, 하고 말하지만 또 한편으로는 뭐랄까…… 앤젤리카의 말이 무슨 뜻인지 알 것 같다. 슬레이드 앨리는 새까만 어둠 속을 지나 흐릿하게 깜빡이는 가로등 아래에서 갑자기 왼쪽으로 꺾어진다. 만약 내가 그런 '존재'였다면, 꼭 이런 곳으로 이끌릴 것 같다.

"그럼 유령들을 누가 먼저 건드려볼까?" 랜스가 무표정한 얼굴로 말한다.

"만약 네가 영적인 능력을 지녔다면," 앤젤리카가 말한다. "그렇게 자신만만할 수 없을걸."

"프레드는 우리 삼촌이야." 액설이 말한다. "그러니까 내가 앞장설게. 준비됐어?"

랜스, 앤젤리카, 펀, 나, 그리고 토드가 차례로 액설의 뒤를 따른다. 토드가 내 뒤에 있어서 안전한 기분이 든다. 나는 장갑 낀 손으로 양쪽 벽돌담을 훑으며 걷는다. 슬레이드 앨리는 폭이 1미터도 되지 않는다. 정말로 뚱뚱한 사람—그러니까 나보다 뚱뚱한 사람—이라면 맞은편에서 들어오는 사람을 피해 비켜설 곳이 없다. "춥다." 누구에게랄 것도 없이 내가 중얼거리지만 토드가 그 말을 듣는다. "진짜. 바람이 목을 칼로 베는 것 같아."

"차가운 메아리," 랜스가 말한다. "깊은 곳의 발로그*여! 내가 너희를 부르노라!"

"섣불리 자극하지 않는 게 좋을걸." 앤젤리카가 선생님처럼 훈계하듯 말한다.

랜스가 갑자기 쩌렁쩌렁 울리는 목소리로 〈보헤미안 랩소디〉를 부르기 시작하고 액설이 그에게, "입 좀 다물어, 랜스"라고 말한다. 그가 가로등 밑 모퉁이에 다다르고 잠시 후 우리 여섯 명이 그곳에 모인다. 거기서 왼쪽으로 꺾으면 골목이 사십 보에서 오십 보 정도 이어지고—잘 보이지가 않는다—또하나의 높고 깜빡이는 가로등 아래서 다시 오른쪽으로 꺾어진다. "저건 항상 불길한 징조야." 랜스가 말한다. "저 깜빡거리는 전구 말이야. 〈캔디맨〉 본 사람?" 나는 그 영화를 봤지만 대답하지 않고 다른 애들도 아무도

---

* J. R. R. 톨킨의 판타지 소설에 등장하는 괴물.

봤다고 하지 않는다. 슬레이드 앨리는 그저 평범한 동네의 골목일 뿐인데도 벽돌담이 사람 키의 두 배이고 시야를 완벽하게 차단하고 있다. 하늘은 우리 머리 위에 떠 있는, 걸쭉한 황혼의 기다란 조각일 뿐이다. 토드가 내 등뒤에 바짝 붙어 있다. 토드에게서 축축한 울냄새와 온기와 민트 향이 배어난다. 기회가 닿는 대로 아까 큰길에서 하려던 질문이 뭐였는지 물어봐야지. 그러면 내게 데이트 신청을 할 용기를 끌어낼 수 있을 것이다. 나는 어떻게든 이 일을 성사시켜야 하고, 이번만큼은 내가 주도해야 한다. "문이 안 보이네." 랜스가 말한다. "길게 이어진 벽 하나뿐이잖아."

"벽 두 개겠지." 앤젤리카가 짜증스럽게 말한다.

"좋아." 액설이 말한다. "이 골목이 어쩌면 POS일지도 몰라."

"POS가 무슨 뜻이야?" 랜스가 묻는다.

"초자연현상 발생 지점Paranormal Occurrence Site. 그래서 앤젤리카가 어떤 존재를 느낄 수 있었던 거지." 앤젤리카는 무지 뿌듯해하는 표정이다. "랜스, 펀, 토드, 너희는 오른쪽 벽을 살펴봐. 샅샅이, 저 끝까지. 앤젤리카, 샐리와 나는 왼쪽을 맡을게. 지금부터 PAI를 찾는 거야. 그게 무엇의 약자인지 아는 사람?"

토드가 헛기침을 한다. "초자연적 이상 지표Psychic Anomaly Indicators?"

"훌륭해." 액설이 말하고, 왠지 나도 뿌듯하다.

"PAI가 어떻게 생겼는지 정확히 다시 한번 알려줘." 펀이 말한다.

"물건, 표지, 글씨." 액설이 말한다. "다양한 형태로 나타나. 어딘가 주변과 어울리지 않는 건 뭐든 PAI가 될 수 있어."

"난 막의 찢긴 부분을 찾을 거야." 앤젤리카가 말한다.

"어떤 막?" 앤젤리카가 바라던 대로 펀이 묻는다.

"두 세계 사이의 막. 보이진 않아. 고감성자한테만 보여. 우리 중에 차크라*의 예지력이 발달된 사람만 볼 수 있어."

"아, 물론 그렇지." 펀이 무척 감동받았다는 듯이 말한다. "그 막을 말하는 거구나."

"열린 마음을 갖는다는 건 참 좋은 일이야." 앤젤리카가 말한다. "너도 언제 한번 시도해봐."

펀이 담배에 불을 하나 더 붙인다. "마음을 너무 열어놓다보면, 뇌가 쏟아져나오지." 어둠 속에서 앤젤리카의 얼굴을 볼 수는 없지만 펀을 향해 살기어린 광선을 발사하고 있을 게 분명하다. "이게 PAI인지는 모르겠지만," 몇 야드 떨어진 곳에서 랜스가 소리친다. "어쨌든 문인 건 맞네." 모두 랜스 곁에 모여든다. 랜스는 조그만 검은색 철문 앞에 웅크리고 앉아 있다. 적어도 내가 보기엔 문이다. 낮고 무척 좁은 것이, 마치 호빗족들을 위해 만들어놓은 것 같지만 손잡이도 걸쇠도 문패도, 아무것도 없다.

"PAI는 종종 평범한 사물로 위장되곤 하지." 액설이 말한다.

"견고해 보이네." 펀이 문을 두드린다. "실제로 견고해."

"노크하지 마!" 앤젤리카가 펀에게 말한다. "공격적인 심령체를 깨우기라도 하면 어쩌려고." 그녀가 손바닥을 문에 대어본다. "안에서 발산되는 기운이 느껴져. 확실히."

---

* 인간 신체에서 기가 모이는 부위.

"모퉁이에서 우리 중 누구도 이걸 못 봤다는 게 이상하네." 내가 말한다.

"좁은 문이잖아." 펀이 말한다. "각도도 애매하고."

"열쇠 구멍도 없어." 랜스가 말한다. "자물쇠가 안쪽에 달려 있나 봐." 그가 문 이곳저곳을 밀어본다.

"지금 뭐하는 거야?" 앤젤리카가 묻는다.

"걸쇠를 풀어보려고." 그러나 문은 꿈쩍도 하지 않는다. "내가 네 어깨 위에 올라서면," 랜스가 액셀에게 말한다. "어쩌면 내가 그냥 저 안으로—"

"그전에 내 뼈가 으스러지겠지." 액셀이—당연히 한 덩치 하는 샐리 팀스가 아닌—펀에게로 돌아선다. "펀, 혹시 네가 좀—"

"됐어." 펀이 말한다. "만약 슬레이드 하우스가 이 문 안에 있다면, 요 조그만 문이 유일한 출입문일 리가 없잖아. 이 골목을 따라 걸어나가서 반대편에서 정문을 찾아보는 게 어떨까?"

일리가 있는 얘기였지만 랜스는 주장을 굽히지 않는다. "아, 그게 그렇게 간단하다면, 경찰이 벌써 찾지 않았을까? 차원 이동 웜홀은 '맞은편'이나 '정문'이 없어. 이게 유일한 출입문이야." 랜스의 말투에 조롱기가 섞여 있지만 내 머릿속의 무언가가, 랜스 말을 믿지 마, 랜스가 우리 모두를 농락하고 있어, 라고 말한다. 그때 아주 이상한 일이 벌어진다. 나의 손이 그 문을 힘껏 밀어보기로 한 것이다. 손바닥에 후끈 열기가 전해진다. 나는 밟힌 강아지처럼 화들짝 놀라 비명을 지르고 그 순간 조그만 검은색 철문이 열린다. 마치 기다리고 있었다는 듯이. 문이 우리를 기다리고 있다, 열린 채로……

"날 죽여라 아주." 랜스가 말한다. "그렇다고 진짜 죽이라는 얘기는 아니고, 액설."

"샐이 마법의 손을 가졌나 봐." 토드가 말한다.

"어쩌면 처음부터 열려 있었는지도 몰라." 앤젤리카가 말하지만 나는 너무 겁에 질린 나머지 뭐라고 떠들건 상관하지 않는다.

우리는 관목 수풀에서 빠져나와 길게 뻗은 잔디 끝에 서 있는 크고 오래된 석조 저택을 바라본다. 황혼 속에서 검붉은빛으로 물든 미국담쟁이덩굴이 저택의 한쪽 외벽을 타고 자랐다. 구름 사이로 여린 별이 반짝이지만 하늘은 골목보다 약간 밝고 공기는 약간 더 따스하다. "초자연적이지 않은 내 눈에는," 펀이 말한다. "슬레이드 하우스가 '두 세계 사이의 막'이라기보다는 〈로키 호러 픽처 쇼〉 같은데?" 펀이 말하지만 앤젤리카는 그 말에 발끈하며 낚이지 않는다. 왜냐하면 펀의 말이 맞기 때문이다. 우리는 핼러윈 파티가 한창인 기숙사를 보고 있다. 일스의 〈Novocaine for the Soul〉이 울려퍼지고, 빌 클린턴과 수녀가 벤치에 앉아 서로를 애무하고 있고, 고릴라 한 마리, 저승사자, 사악한 서쪽 마녀가 해시계 주위에 둘러앉아 담배를 피운다. "이런, 이런. 액설, 이 교활한 자식." 랜스가 말한다.

"어?" 액설이 어리둥절해하며 묻는다. 그러고는 날카롭게 덧붙인다. "교활하다고?"

"네가 순진한 우리 회원들을 이 거나한 술판으로 유인한 거 아냐?"

"난 그 누구도 어디로도 유인한 적 없어." 액설이 쏘아붙인다.

"잠깐만." 편이 말한다. "이 슬레이드 하우스가 템스밸리 경찰 전체가 머리를 맞대고도 못 찾았다는 그 슬레이드 하우스 맞아?"

액설이 웅얼거린다. "맞는 것 같아. 그런데⋯⋯" 그의 '그런데' 는 흐지부지된다.

"좋아." 편이 말한다. "그나마 우리가 제정신일 때 얘기하는 건데, 우리가 방금 블랙홀을 지나왔을 가능성을 배제할 수 있을까?"

"편?" 사악한 서쪽 마녀가 우리 쪽으로 다가온다. "편! 어째 너인 것 같더라니!" 마녀는 미국인이고 가면은 초록색이다. "우리 마빈 교수님의 제임스 1세 시대 연극 세미나에서 만났었잖아. 나 케이트 차일즈야. 블라이스우드대학 교환학생. 비록 지금은," 그녀가 한 바퀴를 빙 돈다. "악의 세력을 위해 몰래 부업을 하고 있지만. 근데 편, 나 이 얘긴 꼭 해야겠어. 〈원숭이 손〉* 공연 때 네 연기는 그야말로 대-박이었어."

"케이트!" 미래의 유명인사 편은 함께 온 창피한 친구들을 잊는다. "한낱 원숭이 따위에 관심을 가져주어서** 고마워."

"지금 장난해?" 케이트 차일즈가 마리화나를 길게 한 모금 빤 다음 연기를 내뿜는다. "나 샘나서 죽는 줄 알았는데."

랜스가 묻는다. "너 지금 내가 생각하는 그거 피우고 있는 거 맞

---

* 원작은 W.W. 제이콥스의 단편소설로 초현실적인 이야기를 다룬다.

** 원서의 표현은 'give a monkey's about monkey's'로 관심을 갖는다는 의미의 관용구 'give a monkey's'를 사용한 말장난이다.

아? 진짜 무지하게 사악한, 사악한 마녀네."

"그야." 미국 여자애가 모호한 표정으로 랜스를 쳐다본다. "내가 무얼 피우고 있다고 생각하느냐에 따라 다르지."

"잠깐 입 좀 다물어봐, 랜스." 앤젤리카가 말한다. "저기, 실례 좀 할게, 케이트. 한 가지 좀 확인해주었으면 좋겠는데. 이 건물이 슬레이드 하우스 맞아?"

약간 곤란한 질문일 수도 있다는 듯 케이트 차일즈가 미소를 짓는다. "지난 삼십 분 동안 이름이 바뀌지 않았다면, 맞아."

"고마워." 앤젤리카가 말을 잇는다. "그럼 여기 누가 살아?"

"나하고 에라스뮈스 교환 연구원 열다섯 명. 너희들 핼러윈 파티에 온 거 맞지?"

"맞고말고." 랜스가 말한다. "우리 여섯은 초자연현상 연구원들이야."

"그러니까 네 말은," 앤젤리카가 말한다. "너희가 살고 있는 건물인 슬레이드 하우스가 대학 소유란 거지?"

"엄밀히 말하면, 에라스뮈스연구소 소유야. 대학 관리인이 거지 같은 잔디깎이로 이곳 잔디까지 깎고 있긴 하지만 말이야. 정문에 간판이 있…… 어머, 방금 내가 '거지 같은 잔디깎이'라고 했나?" 케이트 차일즈가 몸을 숙인 채 조용히 웃고, 그 웃음은 온 것만큼이나 빨리 사라져버린다. "미안. 근데 무슨 얘기 하고 있었지?"

"간판." 액설이 말한다. "정문에 간판이 있다고."

"'슬레이드 하우스, 에라스뮈스 장학재단, 1982년부터 교육에서의 다문화적 이해 증진'. 그 간판을 매일 지나쳐. 간판은," 그녀가 슬레이드 하우스의 지붕 너머를 손가락으로 가리킨다. "정문 옆에 있어. 어쨌든 궁금증이 다 해결되었으면……" 케이트 차일즈가 저택을 가리킨다. "먹고, 마시고, 즐겨. 내일이면 우린……" 그녀가 마지막 말을 내뱉으려고 손을 흔들지만 이내 포기하고 랜스에게 마리화나를 권한다.

랜스가 우리 쪽으로 돌아선다. "너희들 나중에 보자."

"초자연 동호회의 자료에 대해 정식으로 사과할게." 액설이 앤젤리카, 펀, 토드 그리고 나와 함께 저택 쪽으로 걸어가며 말한다. "삼촌은 슬레이드 하우스가 한 번도 발견된 적이 없다고 맹세했거든." 액설이 건물의 석조 벽을 손바닥으로 때린다. "삼촌이 거짓말쟁이거나 정신병자거나 둘 중 하나겠지. 어느 쪽이든 알 게 뭐야? 삼촌 말을 믿은 게 내 첫번째 실수야."

나는 액설이 안됐다는 생각이 든다. "그분은 네 삼촌이잖아. 삼촌을 믿었다고 죄책감을 느낄 필요는 없어."

"샐 말이 옳아." 토드가 말한다. "무슨 해를 끼친 것도 아닌데 뭘."

액설은 우리를 무시한다. "나의 두번째 실수는 여길 사전에 답사해보지 않았다는 거야. 크랜버리 애비뉴를 잠깐만 둘러봤어도 알 수 있었을 텐데. 그건 용서받을 수 없는 일이야." 액설은 거의 눈물을 터뜨릴 것 같다. "난 둔감하고 서툴러."

"그런 걸 누가 신경쓴다고 그래?" 펀이 말한다. "이렇게 비밀스럽고 근사한 파티가 열리고 있는데."

액설이 스카프를 고쳐 맨다. "나는 신경써. 초자연 동호회는 추후 공지가 있을 때까지 활동 중지야. 그럼 이만." 그 말과 함께 그는 슬레이드 하우스의 측면 쪽으로 난 길을 따라 걸어가버린다.

"액설," 앤젤리카가 그의 뒤를 쫓아간다. "진정하고⋯⋯"

토드는 그들이 사라지는 것을 지켜본다. "가엾은 액설."

"가엾은 앤젤리카." 펀이 말하고 나는 그 말을 이해할 수 없다. 나는 펀이 앤젤리카를 싫어한다고 생각하고 있었기 때문이다. "이왕 로마에 왔으니⋯⋯" 그녀가 말하고는 계단을 올라가 안으로 들어간다. 토드가 나를 돌아보며 오늘밤 끝내주겠는데!라고 말하는 듯한 표정을 짓는다. 나는 누가 아니래!라고 말하는 듯한 표정을 짓는다. 그가 안경을 고쳐 쓴다. 만약 내가 그의 여자친구라면 나는 그에게 비운의 시인 같은 잘생긴 외모를 빛내줄 무테안경을 쓰게 했을 것이다. "토드, 너 아까 나한테 뭐 물어보려고 했었지."

토드는 궁지에 몰린 듯한 표정이다. "내가?"

"조금 전에. 큰길에서. 랜스가 골목을 찾기 전에."

토드가 목을 긁는다. "내가? 나는 잘⋯⋯" 나는 맥이 빠진다. 토드는 겁을 먹고 잊어버린 척하고 있다. 이게 다 비쩍 마른 몸뚱이로 흐느적거리며 돌아다니는 말라깽이 여자애들 때문이다. "안으로 들어가서 얘기하는 게 어때, 샐." 토드가 말한다. "그럼 생각이 날 거야. 그러니까 내 말은, 오늘밤 너한테 다른 계획이 없다면 말이야. 간단히 마시면서 얘기나 하자. 마음 편하게."

"여자 형제만 한 명이라고." 내가 토드에게 두번째로, 더 크게 말한다. 스테레오에서 슈퍼그래스의 〈Caught by the Fuzz〉가 쿵

쿵 울려퍼진다. 우리는 시끄러운 환풍기가 달린 오븐 옆 구석자리에 웅크리고 앉아 있다. 주방은 북적이고 담배 연기가 자욱하고 쓰레기통 냄새가 난다. 토드는 타이거 맥주를 병째 마시고 있고 나는 플라스틱 컵에 따른 싸구려 레드와인을 마신다.

"여자 형제라면 왠지 언니일 것 같아." 토드가 말한다.

"확률이 반반이니까 그렇게 넘겨짚은 거야? 아니면 확실히 표시가 나?"

"82퍼센트의 직감이랄까. 이름이 뭐야?"

"프레야. 지금 뉴욕에 살아."

가까이에서 큰 웃음이 터진다. 토드가 손을 컵 모양으로 오므려 귀에 댄다. "뭐라고?"

"프레야. 프레야는 원래 죽여주는 노르웨이 여신 이름인데 뭘 상징하느냐면…… 음……"

"사랑, 섹스, 아름다움, 다산, 황금, 전쟁 그리고 죽음."

"바로 그거." 내가 말한다. "'샐리'하고 반대지. 불운한 석탄 운반용 조랑말이나 디킨스 소설에 나오는 이스트엔드부두의 매춘부 같잖아."

"그렇지 않아!" 토드가 정말로 상처받은 듯한 표정을 짓는다. "샐리는 밝은 이름이야. 친절한 이름이고."

"모든 조사 결과가 샐리보다는 프레야가 훨씬 잘나간다는 사실을 입증해주고 있어. 샐리 중에 유명한 사람 한 명만 대봐. 어서. 못하겠잖아, 그렇지? 언니는 학교에서 딸 수 있는 모든 메달을 땄어. 싱가포르에서 만다린어를 배웠고 제네바에서는 프랑스어를 유창하게 익혔고 올해 6월에 저널리즘 전공으로 임페리얼대학을 졸업하고 남자친구가 있는 브루클린으로 가서 같이 살고 있고, 당연히 그 남자친구는 잘나가는 중국계 미국인으로 다큐멘터리 제작자야. 게다가 언니는 블리커 스트리트에 있는 사진 에이전시에 취직했어. 인턴이 아니라, 정식 월급을 받아. 그 모든 게 JFK공항에 내린 순간부터 이 주 내에 일어난 일이야. 너무나 프레야답지. 내가 질투하는 것처럼 들릴지 모르겠는데, 질투하는 거 맞아. 맙소사 토드, 너 혹시 내 와인에 진실의 묘약이라도 탄 거야?"

"아니, 하지만 멈추지는 마, 샐. 나는 네가 얘기하는 걸 듣는 게 좋아."

사실 나는 그의 말을 너무도 또렷하게 들었지만 토드가 '나는'과 '네가'와 '좋아'라는 말을 그렇게 붙여서 하는 게 좋아서 그에게 묻는다. "지금 뭐라고 했어?"

"네가 얘기하는 걸 듣는 게 좋다고 했어. 어쩌면 프레야도 널 질투하고 있을지 몰라."

"픽이나! 내 주장을 뒷받침하기 위해 이번엔 내 전기를 간략하게 읊어주지. 샐리 팀스, 1979년 캔터베리 출생." 토드는 주의깊게 듣는다. 마치 진짜 궁금하다는 듯이. "아빠는 셸오일 맨, 엄마는 셸오일 부인. 현재도 동일. 셸은 마치 호텔 캘리포니아 같아서, 체크아웃은 가능해도 떠나는 것은 불가.* 내가 여덟 살 때 아빠가 승진하면서 싱가포르 지점으로 발령을 받아 우리 가족 모두 이사. 싱

---

* 록 밴드 이글스의 노래 〈Hotel California〉의 가사.

가포르는 온통 규제 천지, 옴짝달싹도 못하게 규격화된 나라. 열두 살 때 난 일종의…… 신경쇠약 증세를 보였고 그래서 결국……" 나는 머뭇거리면서 토드가 나의 정직한 모습을 좋아할지 아니면, 이거 정신병자네, 정신병자, 이상 철수!라고 생각할지 궁금하지만 그의 아름다운 갈색 눈동자가 나에게 계속하라고 격려한다. "우리 부모님은 내가 싱가포르의 문화에 적응할 수 없다고 판단, 결국 난 우스터셔의 그레이트몰번에 있는 여학교로 전학. 그때부터 육 년 동안 영국 날씨, 형편없는 영국 음식, 그리고 아이러니하게도 수많은 싱가포르 출신 학생들, 나 같은 부잣집의 속썩이는 딸들을 견뎌야 했음." 다만 그들은 나보다 더 날씬하고, 더 예쁘고, 더 못된 애들이었다. "그 학교에 잘 적응하는 게 내가 해야 할 일이었지만…… 사실 난 그 학교를 혐오했어."

토드가 묻는다. "부모님께서 네가 그렇게 힘들어한다는 걸 아셨어?"

나는 어깨를 으쓱한다. "결국 다 자업자득이니까. 아빠는 승진해서 브루나이로 갔고 엄마는 싱가포르에 남았고 프레야는 시드니로 떠났고, 물론 이 모든 게 이메일이 나오기 이전의 일이라, 우리 모두 어쩔 수 없이…… 각자의 삶을, 상당히 독립적으로 구축해야 했어. 여름이나 크리스마스 때만 모였는데, 엄마하고 프레야는 마치 헤어진 자매가 상봉하는 것 같았지만 나는 집안의…… '미운 오리 새끼'라고 내가 말하곤 하는데, 오리는 귀엽기라도 하지. 토드, 네가 내 넋두리를 듣고 싶어하다니 정말 믿기지가 않는다."

"넋두리가 아니잖아. 넌 실제로 힘든 시간을 보냈어."

나는 형편없는 와인을 한 모금 마신다. "에이즈에 걸린 고아나 북한 사람들이나 셸오일 부인의 가정부에 비할 바는 아니지. 내가 운이 좋은 사람이란 걸 자꾸 잊어."

"누군들 안 그래?" 토드가 말하고 내가 "넌 안 그럴 것 같은데" 라고 말하려는 찰나 흰색으로 머리를 염색한 흑인 남자가 우리 옆 의 오븐을 연다. "잠깐만요, 잠깐만요, 여러분." 그가 마늘빵이 담 긴 트레이를 꺼내 우리에게 한 조각을 권한다. "자, 자. 먹고 싶잖 아요, 하나씩 들어요." 진짜 런던 억양인지 아니면 조롱 섞인 런던 토박이 흉내인지 모르겠지만 마늘빵은 냄새가 기가 막히다. 나는 망설인다. "네가 먹으면 나도 먹을래." 토드가 말한다.

"우리 엄만 시각장애인이야." 우리가 세번째 조각을 먹고 있을 때 토드가 말한다.

사실 나는 네번째 조각을 먹고 있지만 씹는 것을 멈춘다. "토드."

"야, 그게 무슨 큰일이라고 그래. 더 심한 장애를 갖고 사는 사 람들도 많은데."

"큰일이 아닌 것도 아니잖아. 그래서 네가 부모님 집에 사는 거 야?"

"응. 에든버러대학교에 합격했고 엄마와 아빠 모두 '떠나라, 네 인생을 살아야지'라고 했지만, 아빠 나이도 있고, 내가 외아들이라 그냥 집에 남았어. 후회는 안 해. 난 창고 위에 있는 별채에 살고 있는데 모든 설비가 다 갖추어져 있어서," 토드는 만약 '여자친구 가 와도'라고 말하면 나한테 들이대는 것처럼 들릴 거란 사실을 깨닫는다. "그래서……"

"사생활이 보장되고 독립적인 생활이 가능하다고?" 내가 거들며 최대한 눈에 띄지 않게 턱에 묻은 버터를 닦아낸다.

"사생활이 보장되고 독립적인 생활이 가능해. 나 이 표현 써도 돼?"

나는 대범하게 "나하고 얘기할 때만"이라고 말한다. 토드가 싱긋 웃으며 자기 손가락에 묻은 갈릭 버터를 핥을 때 나는 추파를 던지지 않으려 애쓴다. "너무 사적인 질문인지 모르겠는데, 토드, 어머니의 장애가 선천적인 건지 후천적인 건지 물어봐도 돼?"

"후천적인 거야. 내가 열한 살 때 진단받으셨어. 망막색소변성증Retinitis Pigmentosa, 그쪽에선 RP라고 불러. 일 년 만에 시력이 90퍼센트에서 10퍼센트로 떨어졌어. 좋은 시절은 아니었지. 요즘엔 밤인지 낮인지만 겨우 분간하는 정도야. 그래도 우린 운이 좋은 편이지. RP는 보통 난청과 만성피로 증세가 수반되는데, 우리 엄만 내가 욕하는 소리를 1마일 밖에서도 들을 수 있거든. 엄만 일도 해. 오디오북을 점자로 기록해. 크리스핀 허시*의 소설 『데시케이티드 엠브리오스』도 엄마가 했어."

나는 "대단하다"고 말하지만 그 책이 굉장히 과대평가됐다고 생각한다는 말은 하지 않는다. 토드의 무릎이 거의 내 무릎에 닿는다. 만약 내가 좀더 술에 취했다면, 아니면 내가 편이라면, 아니면 프레야라면, 내 손을 그의 무릎 위에 얹고 "키스하라고, 이 멍청

---

* 데이비드 미첼의 소설 『본 클락스*The Bone Clocks*』에 등장하는 소설가.

아. 네가 키스해주길 바라는 거 모르겠어?"라고 말할 테고, 그러면 상당히 세련되어 보일 텐데. 하지만 내가 그랬다간 술 취한 뚱보 머저리 창녀—여자 랜스—처럼 보일 테고, 나는 그럴 수 없고, 그러지 않을 거고, 그래서는 안 되고, 그러지 않는다. "대단하다."

"넌 우리 엄마하고 잘 맞을 것 같아." 토드가 일어선다. "아주 잘."

지금 이건 초대인가? "그렇게 되면 나 진짜 좋을 것 같아, 토드." 한 문장 안에 '나' '좋다' '토드'를 넣어서 내가 말한다. "너희 어머니를 만날 수 있으면 진짜 좋겠다."

"자리를 만들어보자. 잠깐만, 나 화장실 좀 다녀올게. 아무데도 안 가겠다고 약속해."

"약속할게. 엄숙하게 맹세해." 나는 그가 사람들 틈으로 사라지는 것을 지켜본다. 토드 코스그로브. 남자친구 이름으로 그럴듯하다. '토드'는 계급이 느껴지지 않는 이름이지만 코스그로브는 고상함의 경계에 있다. 근사한 밸런스다. '샐리 팀스'는 허접한 이벤트 기획자 이름 같지만 '샐 코스그로브'는 BBC의 떠오르는 스타, 유명인들을 고객으로 거느린 인테리어 디자이너, 혹은 전설적인 에디터 같다. 샐 코스그로브는 뚱뚱하지도 않다. 그녀는 대용량 초콜릿 한 봉지를 혼자 거덜내고 화장실 변기에 억지로 토한 적도 없다. 물론 토드와 제대로 된 대화를 나눈 건 이제 겨우 삼십 분이 지났지만, 옛날 옛적부터 모든 불멸의 사랑은 겨우 삼십 분 만에 시작되곤 했다.

내 뒤쪽에서 다스 베이더가 빗자루처럼 마른 헐크에게 사회학 강사 흉을 보고 있고, 내 앞에서는 저승사자가 날개 구겨진 검은

천사와 시시덕거린다. 그러는 사이 그 혹은 그녀의 큼직한 낯이 바닥으로 미끄러진다. 나는 핸드백을 열고 티파니 브랜드의 휴대용 거울을 꺼낸다. 8월에 너무 바빠서 나를 뉴욕으로 초대하지 못해 미안하다며 프레야가 보낸 '사과의' 선물이다. 거울 속 여자가 립스틱을 고친다. 토드가 내 정식 남자친구가 된다면 다이어트를 열심히 해야지. 아침에는 과일만 먹고 식사량은 반으로 줄일 거야. 날 보는 순간 엄마와 프레야의 입이 쩍 벌어지겠지. 맙소사, 그럼 진짜 짜릿할 텐데! 결정이 끝났고, 나는 음식 진열대로 다가간다. 팝콘, 더 많은 마늘빵, 그리고 두 개의 웨지우드 케이크 받침대에 브라우니가 잔뜩 쌓여 있다. 둘 중 한쪽에는 해시 브라우니*라고 적힌 작은 깃발이 맨 위에 놓인 브라우니에 꽂혀 있고, 다른 한쪽에는 노no해시 브라우니라고 적힌 깃발이 꽂혀 있다. 초서** 세미나가 끝나고 간식을 먹은 것 말고는, 그리고 도서관에서 프링글스 한 통을 먹은 것 말고는 점심식사 이후 먹은 게 없다. 마늘빵을 슬쩍 제외한다면 말이다. 더구나 나는 폭스 앤드 하운즈까지 걸어오느라 칼로리를 많이 태웠다. 그러니까 노해시 브라우니 한 쪽 먹는다고 해가 될 건……

……이런 젠장, 입안에 실제로 거품이 일고, 그만큼 맛있다. 다크초콜릿, 헤이즐넛, 럼주와 건포도. 두번째 브라우니를 먹으려는 찰나, 그을린 피부, 금발에 파란 눈의 액션맨이 근육이 드러나는

---

* 대마초를 넣은 브라우니.
** 14세기 영국 시인.

검은 옷을 입고 나타나 순도 높은 24캐럿짜리 호주 토박이 억양으로 묻는다. "우리 모리시* 공연에서 만나지 않았나?"

만났다면 기억을 했을 것이다. "미안하지만, 사람 잘못 본 것 같은데."

"늘 이 모양이라니까. 하지만 진짜로, 너 도플갱어가 있는지도 몰라. 난 마이크야. 마게이트** 마이크가 아니라, 멜버른*** 마이크. 만나서 반가워…… 이름이?"

우리는 악수를 한다. "난 샐." 내가 말한다. "싱가포르 샐이라고 해야 하나. 나한테 출신지라는 게 있다면." 실제로 살아본 적 없는 사람들에게는 싱가포르가 멜버른보다 더 이국적이다.

멜버른 마이크는 미스터리의 남자답게 눈썹을 치켜세운다. "싱가포르 샐. 언젠가 칵테일 바에서 그런 이름의 술을 세 잔 정도 마셨던 것 같은데. 샐, 너 혼자야?"

지금껏 술에 취하지 않은 상태로 나한테 치근댔던 남자들 중에, 물론 그런 남자들이 그렇게 많은 건 아니지만, 멜버른 마이크가 단연코 가장 미남이다. 하지만 나에겐 토드가 있고, 나는 마이크에게 미안해하는 듯한 미소를 지어 보인다. "미안해서 어쩌지."

멜버른 마이크가 허리를 굽혀 인사를 한다. "운좋은 친구네. 해피 핼러윈." 그가 자리를 뜬다. 엿이나 먹어라, 그레이트몰번 비컨 여학교의 이졸데 델라헌티 패거리들, 외모지상주의 파시스트 바비

---

* 영국 밴드 '더 스미스'의 멤버였던 가수.
** 잉글랜드 켄트주 북동부의 해안 도시.
*** 호주 빅토리아주의 해안 도시.

인형들아! 장장 팔 년에 걸쳐 계단에서 나를 지나칠 때마다 아니면 하키를 마치고 샤워할 때마다, 마치 친근한 애칭이라도 되는 양 나를 "꿀꿀이"라고 부르면서 "꿀꿀이가 꿀꿀, 꿀꿀!" 하고 놀려댔고 나는 마치 그게 재미있는 농담이라는 듯 애써 미소를 지어야 했지만, 그게 장난이 아니라는 걸 너희들은 알았고 그게 독이라는 것도 너희들은 알았어. 오늘 저녁 너희들이 어디서 뭘 하는지 몰라도, 엿 먹어, 이졸데 델라헌티, 엿 먹어 너희들 전부 다. 왜냐하면 내가 이겼거든. 꿀꿀이가 방금 금발의 반신반인 호주 서퍼를 찼다 이거야. 그가 돌아와 여전히 미소를 머금고는 두 개의 브라우니 케이크 받침대를 가리킨다. "그건 그렇고, 싱가포르 샐, 어쩌면 어떤 녀석이 장난으로 이름표를 바꾸어놓았을지도 몰라."

나는 씹던 것을 멈춘다. "그건 너무 위험하잖아."

"그런 애들 꼭 있잖아? 덜떨어진 녀석들."

계단 아래 은색 양철나무꾼 복장을 한, 아마도 인도 출신인 것 같은 여자애가 내 마음을 읽는다. "화장실은 이쪽으로 가다가 오른쪽으로 꺾어서 쭉 내려가면 나와. 매니큐어 색깔 예쁘다. 공작새 파란색이야?" 나는 "웅"과 "고마워" 사이에서 우물거리다가 결국 "긍마워"라고 말한다. 나는 창피해하며 그녀가 일러준 방향으로 향하고 TV룸에서 남자들 몇 명이 소파에 앉아 〈엑소시스트〉를 보고 있지만, 그 방에는 들어가지 않는다. 잠시나마 가장 친했던 친구의 전 남자친구의 친구인 피어스에게 내가 처녀성을 잃었던 몰번의 파티에서도 〈엑소시스트〉를 틀어놓았었다. 떠올리고 싶지 않은 기억이다. 이졸데 델라헌티가 '꿀꿀이의 뜨거운 밤'에 대해 어김없이 학교 전체에 떠벌렸고, 피어스가 나와 자고 나서 했다는 얘기도 광고하고 다녔다. 어느덧 나는 비요크의 〈Hyperballad〉가 울려퍼지는 파란 조명의 복도에 서 있다. 나는 높다란 두 짝의 문을 열고 들여다본다. 한때 무도회장이었을 것 같은 방에서, 흐릿한 오렌지색 조명 아래 서른 명 남짓한 사람들이 춤을 추고 있다. 변장 의상을 반만 벗은 채로 춤을 추는 사람도 있고 티셔츠나 조끼만 걸치고 있는 사람들도 있다. 자기 몸과 목을 더듬고 있는 랜스의 모습이 보인다. 그는 비듬투성이의 덥수룩한 머리를 휙 털고는, 문 앞에 서 있는 나를 알아보고 섹스의 신과 같은 도발적인 손가락으로 내게 들어오라는 시늉을 한다. 나는 토하기 전에 서둘러 서늘한 복도를 지나 모퉁이를 돈 다음 계단을 올라간다. 조금 더 걷다보니 퇴창이 하나 나온다. 창밖으로 두 개의 큼직한 문기둥이 있는, 아마도 슬레이드 하우스의 정문인 것 같은 풍경이 펼쳐져 있지만 가로등과 나무 그림자와 선 들이 안개와 김이 서린 창문 때문에 흐릿하게 보이는데다 솔직히 방향감각은 주방에 두고 왔다. 〈Hyperballad〉는 어느새 매시브 어택의 〈Safe from Harm〉으로 바뀌어 있다. 펀이 내 이름을 부른다. 펀은 벽감 속에 놓인 거대한 소파에 축 늘어져 한 손에는 프랑스 담배, 다른 손에는 유리잔을 들고 마치 사진 촬영을 하는 것 같은 장면을 연출하고 있다. "안녕. 파티 재미있어?"

"응, 재미있네. 토드 봤어?"

"너한테 넋이 나가 있는 건 봤어."

나는 그 얘기가 너무, 너무 듣고 싶어서 잠시 그녀의 곁에 앉는다. 가죽소파가 차갑다. 나는 그 소파에 깊숙이 앉는다. 건조한 뽀드득 소리가 난다. 새로 내린 눈이나 폴리스티렌 소리 같은, 누군가가 적당한 형용사를 만들어내야 할 것 같은 소리다. "그렇게 생각해?"

"대성공이던데, 샐. 오늘밤 토드가 나타난 건 초자연적 체험 때문이 아니었어. 두 사람 언제 데이트할 거야? 오늘밤?"

나는 덤덤한 척하지만 속으론 아주 오랜만에…… 아니 평생 그어느 때보다도 행복하다. "상황에 따라 다르지. 이런 일은 그 나름의 속도가 있는 거잖아."

"헛소리하지 마." 펀의 담배가 유리잔 속에서 쉭 소리를 낸다. "속도는 네가 정하는 거지. 토드는 괜찮은 애야. 정말 멋진 남자지. 꼭 우리 오빠 같아."

펀은 한 번도 자기 오빠 얘기를 한 적이 없다. 우리가 많은 대화를 나누었던 건 아니지만. "네 오빠도 학생이야? 아니면 배우? 아니면……"

"지금은 아무것도 아니야. 죽었거든."

"이런! 내가 이렇게 눈치가 없다니까. 펀, 난ㅡ"

"아냐 괜찮아. 그게 그러니까…… 벌써 오 년 전 크리스마스 때 일어난 일이거든. 이제 다 지난 일이야." 펀이 음료 속에서 보글거리는 담배를 쳐다본다.

나는 실수를 만회하려 애쓴다. "사고였어? 아니면 병?"

"자살. 조니는 낭떠러지 아래로 차를 몰았어."

"정말 끔찍하다. 미안해. 오빠가 왜…… 그러니까 내 말은, 아냐, 잊어버려. 이런 얘기는―"

"유서를 남기진 않았지만, 낭떠러지가 트레바도―트루로 근처에 있는 우리 조상의 옛 저택이야―로 가는 도로에서 한참 떨어져 있거든. 그래서 우린 사고가 아니었다는 걸 알아." 펀이 짐짓 미소를 짓는다. "아빠의 빈티지 애스턴 마틴*을 자기 관으로 사용했어. 그 행동 자체가 유서라고 할 수도 있겠지."

"캐물을 생각은 아니었어, 펀. 미안해. 난 멍청이야, 난―"

"사과 좀 그만해! 멍청한 건 조니였어. 이건 정말 불공평해. 그때는 아빠가 세상을 떠난 지 이 년이 되던 해였고, 엄마는 완전히 제정신이 아니었고, 그래서 조니 혼자 법적인 절차, 상속세 문제, 케임브리지 학위 취득, 거기에다 우울증과 싸우고 있었는데 우린 모르고 있었어…… 포커 빚과 명예 때문에 그런 짓을 저지르다니, 진짜 멍청했지. 너무너무 멍청한 짓이었다고. 부동산을 좀 팔 수도 있었는데 말이야." 우리는 뿌연 창문으로 뿌연 밤을 쳐다본다. "솔직히 난, 그래서 초자연 동호회에 들어온 거야." 펀이 말한다. "내가 한 번만, 단 한 번이라도 유령을 볼 수 있다면, 그게 로마의 지휘관이건 머리 없는 기수이건, 아니면 네이선과 리타 비숍이건, 누구든 상관없어…… 유령을 한 번만 본다면 알게 되겠지. 죽음이 끝이 아닌 하나의 문이라는 걸. 그 문의 반대편에는 조니가 있을 거라는 걸. 젠장, 샐리. 만약 그 황당한 오후에, 조니가 그냥 그렇

---

* 영국제 고급 승용차.

148

게…… 멈춰버린 게 아니라는 것만 알 수 있다면 난 무슨 짓이든 할 수 있을 것 같아. 무슨 짓이든. 정말이야. 당장," 펀이 손가락으로 탁 하는 소리를 낸다. "하겠어."

나는 어두운 벽감의 크고 차가운 가죽소파로부터 얼굴을 떼어낸다. 〈Safe from Harm〉이 여전히 울려퍼지고 있는 것을 보니 그렇게 오래 잔 것 같지는 않다. 펀은 사라졌고 조금 떨어진 곳에 북슬북슬한 갈색 털 가운을 입은 남자가, 털 난 다리와 털 난 가슴으로 짐작해보건대 가운 말고는 걸친 게 별로 없는 것 같은 남자가 앉아 있다. 그렇다. 그가 내게 추파를 던지고 있는 건 아니다. 사실 그는 텅 빈 벽을 보고 있다. 거기 퇴창이 있다고 생각했는데, 아닌가보다. 가운을 입은 남자는 나이가 그리 많지는 않지만 머리가 벗어져가고 있다. 잠을 못 잔 것 같은 올빼미 눈에 거의 일자 눈썹이다. 내가 아는 사람인가? 어떻게 아는 사람인지 모르겠다. 펀이 자기 오빠 이야기를 쏟아내고 나서 곧바로 그렇게 사라져버리다니 이상한 일이지만 배우가 달리 배우겠는가. 내가 졸아서 화가 났을지도 모른다. 펀을 찾아서 바로잡아야 한다. 가엾은 펀. 가엾은 펀의 오빠. 사람들은 가면을 쓰고 그 속에 또 가면을 쓰고 그 속에 또 가면을 쓴다. 지금쯤 토드는 주방에 돌아왔겠지만 소파가 나를 놓아주지 않는다. "실례지만," 내가 가운을 입은 남자에게 묻는다. "주방으로 가려면 어느 쪽으로 가야 하는지 아세요?"

가운을 입은 남자는 나를 없는 사람 취급한다.

내가 그에게 말한다. "고맙네요, 아주 큰 도움이 됐어요."

그의 주름이 깊어지고, 그러다가 천천히, 그가 입을 벌린다. 웃기려는 건가? 그의 목소리는 먼지처럼 메말랐고 단어 사이에 한참씩 뜸을 들인다. "내가…… 아직…… 그…… 집에…… 있나?"

세상에, 완전히 맛이 갔네. "네, 트래펄가광장은 아니에요. 그건 확실히 말씀드릴 수 있어요."

잠시 시간이 흐른다. 그는 여전히 텅 빈 벽에 대고 말한다. 너무 이상하다. "그들이…… 내…… 이름을…… 빼앗아갔어."

내가 장단을 맞춘다. "아침이 되면 분명히 다시 찾을 수 있을 거예요."

남자가 내 쪽을 바라보지만 나를 보진 않는다. 마치 내 목소리가 어디서 나오는지 잘 모르겠다는 듯이. "놈들은…… 제대로…… 죽는…… 것…… 조차…… 허락하지…… 않는군……"

지금까지로 보아서는 완전히 정신병자다. "무얼 피우셨는지 모르겠지만 전 그거 근처에도 안 갈래요. 진지하게 말하는 거예요."

그가 빡빡 깎은 머리를 갸우뚱하더니 눈살을 찌푸린다. 마치 멀리서 들려오는 소리를 들으려는 듯이. "네가…… 다음…… 번……"

나는 키득거리며 웃는다. 웃지 않을 수가 없다. "다음번 뭐요? 다음번 메시아?"

〈Safe from Harm〉의 요란한 베이스 소리에 소파가 진동한다.

"블랙커피 한 잔 진하게 드세요." 가운을 입은 남자에게 내가 말한다.

남자가 움찔한다. 마치 내가 한 말이 돌멩이가 되어 그의 얼굴을 때리는 것처럼. 나는 그를 비웃은 게 미안해진다. 마치 무언가를 기억해내려는 듯 그가 벌건 눈을 찌푸린다. "손님." 그가 말하고 알츠하이머 환자처럼 눈을 깜빡인다.

나는 좀더 기다려보지만 그게 전부다. "제가 다음번 손님이냐고요? 그걸 묻는 건가요? 다음번 손님이냐고?"

다시 입을 열었을 때 그는 놀라운 복화술을 발휘하여 입을 움직이고 나서 일 초 혹은 이 초 후에야 소리가 들리게 한다. "내가……틈새…… 에서…… 무기를 …… 찾았어."

그의 음성 지연 속임수는 놀랍지만 무기 얘기가 나오는 순간 경고등이 켜진다. "알겠어요. 그런데 전 딱히 무기가 필요하지 않아서—" 그러나 마약에 취한 가엾은 반라의 남자의 가운 주머니에서 6인치 정도 길이의 짤막한 은색 꼬챙이가 나온다. 나는 혹시 날 위협하려는 것일까봐 움찔하지만 알고 보니 그는 내게 그것을 일종의 선물처럼 건네고 있다. 뾰족하지 않은 한쪽 끝부분에는 여우 머리 모양 장식이 있고, 은이고 조그맣지만 묵직하고 여우 눈에는 보석이 박혀 있다. "예쁘네요." 내가 말하며 빙글빙글 돌려본다. "오래된 물건 같아요. 혹시 이거 무슨, 게이샤의 머리핀 같은 건가요?"

나는 가죽소파 위에 홀로 남겨져 있다. 복도에는 아무도 없다. 어디에도 아무도 없다. 가운을 입은 남자도 사라진 지 오래인 것 같지만, 나는 여전히 여우 머리핀을 손에 쥐고 있다. 이런, 또 졸았나보네. 이건 좋지 않은 습관이다. 〈Safe from Harm〉은 오브의 〈Little Fluffy Clouds〉로 바뀌어 있다. 여기 빈 벽이 있었던 것으로 기억하는데, 이제 보니 조그만 검은색 철문이 있다. 슬레이드 앨리에 있는 것과 완전히 똑같이 생긴 문이다. 다만 이 문은 이미 조금 열려 있다. 나는 그 문으로 다가가서, 웅크리고 앉아, 문을 밀고, 머리만 들이밀어 밖을 본다. 슬레이드 앨리와 상당히 비슷해 보이지만 그럴 리가 없기 때문에 그럴 리가 없다. 내 무릎은 여전히 슬레이드 하우스의 카펫 위에 있다. 어둡고, 담장이 아주 높고 사람도 없다. 무덤처럼 적막하다. 사람들이 흔히 쓰는 표현처럼. 여기는 〈Little Fluffy Clouds〉가 나오지 않는다. 마치 내 머리가 방음벽을 통과한 것 같다. 내 왼쪽으로 50미터 정도 거리, 가로등 불빛이 깜빡이는 곳에서 골목이 오른쪽으로 꺾어진다. 내 오른쪽으로 똑같은 거리에 또하나의 가로등이 있고, 또하나의 모퉁이가 있다. 슬레이드 앨리일 리가 없다. 나는 집안의 복도에 있다. 그렇다면 골목에서 50, 80, 100미터쯤 떨어져 있을 텐데―나는 거리 감각이 무디다. 그렇다면…… 마약인가? 마약. 어떤 머저리 같은 놈이 노해서 브라우니에 마약을 넣었다면, 곱절로 미친 또다른 놈이 그보다 더 센 무언가를 펀치볼에 타 넣었을 수도 있다. 있을 수 있는 일이다. 프레야가 시드니에서 알았다는 두 학생이 인도네시아에 갔는데, 거기서 환각 버섯이 들어간 스튜를 먹고 나서 본다이 비치의 집까지 헤엄쳐 갈 수 있다고 생각했단다. 그중 한 명은 구조되었지만 다른 한 명의 시신은 끝내 발견되지 않았다. 환각 상태에서 도저히 존재할 수 없는 골목이 나왔다면 어떻게 해야 하지? 골목을 따라가보나? 그럴 수도 있을 것이다. 그 골목이 웨스트우드 로드로 이어지는지 확인해볼 수도 있을 것이다. 하지만 지금쯤 주방에서 기다리면서 내가 어디 갔는지 궁금해할 토드는 어쩌고.

안 돼. 아무래도 그만 돌아가봐야겠어. 하지만……

하지만……

만약 슬레이드 하우스 자체가 일종의 환상이라면, 그리고 이 문이 돌아가는 문이라면? 이 문이 이상한 나라로 가는 토끼굴이 아니라 집으로 돌아가는 토끼굴이라면? 만약—

누군가 내 등을 건드리고 나는 몸을 안으로 홱 끌어들여 슬레이드 하우스의 복도로, 음악소리로, 파티로 돌아와, 나를 내려다보는 사악한 서쪽 마녀를 보고 깜짝 놀란다. "이봐, 샐리 팀스. 괜찮아? 뭐 잃어버렸어?"

"안녕." 나는 그녀의 이름을 생각해본다. "케이트."

"너 괜찮아? 뭐 잃어버린 거야?"

"아니, 아니야. 이 문이 어디로 가는 문인지 궁금해서."

마녀는 약간 당황한 표정이다. "어떤 문?"

"이 문." 내가 케이트 차일즈에게 보여준다—텅 빈 벽을. 문이 없는 텅 빈 벽. 내가 벽을 만져본다. 단단하다. 나는 일어서서, 시간을 벌어보려 애쓰며, 이 상황을 어떻게 모면할지 궁리한다. 머릿속이 빙글빙글 돈다. 그래, 난 환각 상태야. 맞아, 내가 약이 든 무언가를 먹거나 마신 거야. 케이트에게 누군가가 나한테 약을 먹인 것 같다는 말은 도저히 못하겠다. "저기, 난 그만 집에 가봐야 할 것 같아."

"하지만 아직 초저녁이야, 샐리 팀스."

"미안, 두통이 있어서. 생리를 시작했거든."

케이트가 울퉁불퉁한 서쪽 마녀 가면을 벗고 바비 인형 같은 금발에 둘러싸인, 언니처럼 걱정하는 얼굴을 드러낸다. "그럼 내가 택시 불러줄게. 그게 내가 타고난 마법의 능력이거든. 손가락만 한 번 까딱하면 돼." 그녀가 마치 공항 보안요원처럼 자신의 몸 곳곳을 더듬는다. "마침 너무도 편리한 최첨단 휴대전화를 여기…… 마녀 주머니 중 한 곳에 넣어두었어."

택시를 부르면 좋겠지만 나는 2파운드밖에 없다. "그냥 걸어갈래."

그녀가 못 미덥다는 표정을 짓는다. "아프다면서 괜찮겠어?"

"괜찮아. 고마워. 바람을 좀 쐬면 나아질 것 같아."

가면을 벗은 마녀는 영 마음이 안 놓인다. "토드 코스그로브한테 집까지 안전하게 바래다달라고 하지 그래? 토드는 영국의 몇 안 남은 신사잖아."

케이트가 토드를 아는 줄은 몰랐다. "실은, 안 그래도 토드를 찾고 있었어."

"토드도 널 찾고 있던데, 샐리. 위층 게임룸에서."

오늘밤은 마치 술 취한 M. C. 에스허르*와 흥분 상태의 스티븐 킹이 공동 설계한 보드게임 같다. "게임룸은 어느 쪽이야?"

"가장 빠른 길은 TV룸을 지나, 복도를 따라 내려가다가, 계단이 나오면 계속 올라가는 거야. 그렇게 가면 절대 놓칠 일 없어."

---

* 네덜란드 판화가로 삼차원 현실에서 구현할 수 없는 초현실적인 공간을 주로 표현했다.

중요한 사건이 터졌을 때면 그렇듯이 사람들이 TV 화면에 바짝 붙어 있다. 나는 반은 본래 모습으로 돌아온 늑대인간에게 무슨 일이냐고 묻는다. "어떤 여자애가 납치됐다나봐." 늑대인간은 북부 출신이다. 그는 나를 돌아보지 않는다. "학생이고, 여자고, 우리 학교 애래."

"맙소사. 납치됐다고?"

"응, 그렇다네."

"이름이 뭔데?"

"폴리였나, 아니면 세라, 아니면……" 늑대인간은 취했다. "애니였나? 실종된 지 닷새밖에 안 됐는데, 개인 소지품이 발견되는 바람에 경찰에선…… 진짜 납치 사건이 아닌가 우려하고 있어. 아니면 더 끔찍한 사건이거나."

"어떤 소지품?"

"거울." 늑대인간이 웅얼거린다. "화장 거울이라던가. 어, 지금 나온다……" TV 화면에 우리 대학 학생관이 보이고, 여자 리포터가 커다란 분홍색 마이크를 들고 있다. "고마워요, 밥, 오늘밤 이곳 캠퍼스는 다소 우울하고 침체된 분위기라고 말씀드릴 수 있겠습니다. 경찰은 토요일 밤 웨스트우드 로드에서 마지막으로 목격된, 열여덟 살 샐리 팀스의 행방에 관한 제보를 기다리고 있습니다." 리포터의 목소리가 한꺼번에 뒤엉켜 뭉개진다. 실종됐다고? 닷새 동안? 토요일부터? 아직 토요일인데! 내가 슬레이드 하우스에 온 지 이제 겨우 한 시간 됐는데! 분명 다른 샐리 팀스일 거야. 하지만 내 얼굴 사진이 화면을 가득 채우고, 사진을 보니 내가 맞고, 정말 내가 맞고, 더구나 화면 속의 샐리 팀스는 지금 내가 입고 있는 옷과 똑같은, 완벽하게 똑같은 옷을 입고 있다. 지지 히카루 재킷에 프레야가 보내서 오늘 도착한 마오리족 비취 목걸이를 하고 있다. 그 소포를 찾기 위해 수위실에서 서명을 한 게 겨우 열두 시간 전인데. 누가 저 사진을 찍었지? 언제? 어떻게? 리포터가 커다란 마이크를 랜스에게, 랜스 아웃에게 들이밀고, 랜스는 지금 이 집에서 춤을 추고 있는 게 분명한데, 그와 동시에 2마일 거리에 있는 리포터에게, "네, 맞아요. 샐리가 실종되기 직전에 제가 파티에서 샐리를 보았고—"라고 말하고, 랜스의 대구 같은 입술이 계속 움직이지만 나의 청력은 일종의 마비 상태다. 불을 켜고 소리쳐야지. "아냐 아냐 아냐! 이봐요들! 뭐가 단단히 잘못된 것 같은데, 내가 바로 샐리 팀스야! 난 여기 있고, 무사해!" 그러나 그로 인한 소동, 수치심, 구경거리가 되는 것, 뉴스의 주인공이 되는 것이 두려워 도저히 그럴 수가 없다. 그러는 사이 랜스 아웃이 미심쩍은 표정을 짓는다. "좀 그런 면이 있긴 했어요. 샐리는 학교생활에 적응하는 걸 무척이나 힘들어했죠. 약간 비극적인 성향이랄까요. 쉽게 상처받고, 세상 물정은 잘 모르고, 무슨 얘긴지 아시죠? 마약을 하고 질 나쁜 남자친구를 사귄다는, 그런 안 좋은 소문도 있었고요." 이제 나는 극도로 두렵고 혼란스러울 뿐 아니라 화가 치밀어오른다. 감히 생방송 TV에서 날 저런 식으로 얘기하다니. 자길 좋아하지 않는다고 해서 내가 비극적인 성향이고 쉽게 상처받는 마약중독자라고? 리포터가 다시 카메라 쪽으로 돌아선다. "실종된 학생은 분명 불행한 여학생이었던 것으로 드러나고 있는데요. 외톨이이고,

체중 조절에 문제가 있고, 싱가포르와 그레이트몰번에서 사립학교를 졸업하고 난 뒤 현실 생활에 적응하는 데 어려움을 겪었던 것으로 보입니다. 오늘 실종된 여학생의 휴대용 거울이, 음," 리포터가 노트를 뒤적인다. "슬레이드 앨리에서 발견된 이후, 샐리 팀스의 가족과 친지들은 여전히 희망의 끈을 놓지 않고 있지만, 시간이 흐를수록 최악의 상황을 두려워할 수밖에 없는 상태입니다. 지금까지 생방송 〈사우스 투데이〉의 리포터 제시카 킬링글리였습니다. 스튜디오 나와주세요, 밥."

프레야, 엄마, 아빠는 대체 이걸 보고 무슨 생각을 할까.

사실 나는 그들이 무슨 생각을 하고 있을지 안다. 내가 살해되었다고 생각할 것이다. 내가 무사하다는 걸 어서 그들에게 알려야 한다. 경찰은 수색을 철회해야 한다. 그러나 여기서 말할 순 없다. 나는 늑대인간으로부터 물러서다가 테이블에 부딪힌다. 손에 고무 같은 무언가가 닿는다. 미스 피기* 가면이다. 이졸데 델라헌티 패거리 덕분에 돼지들하고는 관계가 썩 좋진 않지만 그 가면을 쓰지 않으면, 언제 사람들이 나를 알아보고 손가락질을 하며 비명을 지를지 모른다. 그래서 나는 가면 끈을 머리에 두르고 얼굴을 가린다. 좋았어. 그래도 숨쉴 공간이 약간은 있군. 휴대용 거울에 대해 리포터가 뭐라고 했지? 나는 토드가 자리를 뜨고 난 뒤 그 거울을 주방에서 사용했다. 아닌가? 핸드백을 확인해보니……

……없다. 평상시 같으면 계단을 내려가 거울을 찾아보겠지만

---

* 미국 TV 인형극의 주인공으로 돼지를 의인화한 모습이다.

지금은 프레야의 선물을 되찾고 싶은 마음보다 이 집을 떠나고 싶은 마음이 더 크다. 프레야는 이해할 것이다. 그래야 할 것이다. 토드라면 어떻게 하는 게 좋을지 알 텐데. 토드는 당황하지 않는다. 우리는 여기서 빠져나가서 이 상황을 해결할 방법을 찾을 것이다. 그와 내가 함께.

계단 아래 은색 양철나무꾼 복장을 한 아마도 인도 출신인 것 같은 여자애가 말한다. "실종됐다는 샐리 팀스 소식 들었어?"

"응, 들었어." 나는 지나가려 하지만 그녀가 내 길을 막고 있다.

"너 샐리 팀스하고 친해?" 양철나무꾼 소녀가 묻는다.

"별로." 내가 대답하고는, 지나쳐 계단을 오른다. 계단 난간이 내 손끝 아래서 미끄러지고 아래층에서 들려오는 왁자지껄한 소음이 서서히 희미해진다. 마치 내가 침묵의 안개 속으로 올라가고 있는 것처럼. 계단 바닥에 깔린 카펫은 마가린의 크림색이고, 패널을 덧댄 벽에는 초상화들이 걸려 있고, 저만치 위에 조그맣고 네모난 층계참이 있고, 그 옆에 괘종시계가 버티고 서 있다. 학생 기숙사에 엷은 색 카펫과 앤티크 시계라니, 제아무리 에라스뮈스 장학생들이라도 손이 많이 갈 텐데. 첫번째 초상화는 주근깨 난 소녀의 얼굴이고, 너무도 사실적이다. 그다음은 왁스로 콧수염을 손질한 늙은 군인의 초상화로, "알았다, 오버, 돌격 앞으로!"라고 외칠 것만 같다. 나는 숨이 차지만 그렇게 많이 올라왔을 리가 없다. 아무래도 운동을 시작해야겠다. 나는 마침내 괘종시계 앞에 다다른다. 시계 문자판에는 바늘이 없고, 현재 시간, 과거 시간, 시간이 아닌 시간이라고만 적혀 있다. 너무 형이상학적이고, 참 쓸모없다. 내 왼쪽으로 문이 하나 있다. 벽과 어울리게 패널을 댄 문이다. 오른쪽으로는 옅은 색 문으로 이어지는 계단이 있고 그 계단의 벽에도 초상화들이 걸려 있다. 저기가 게임룸인가? 나는 패널을 덧댄 문을 두드린다.

녹이 슬어 기름을 친 시계의 심장소리만 들린다.

나는 한번 더 노크한다. 이번엔 좀더 세게. 아무 소리도……

……오직 리듬이 있는 톱니바퀴 소리만 들린다.

그렇다면 손잡이를 돌려봐야지. 문을 열고. 1인치만. 안을 들여다보자.

이글루 모양의 방이고, 침대맡 램프에 불이 밝혀져 있고, 창문은 없고, 카펫도 없고, 네 개의 기둥이 달린 커다란 침대 말고는 별다른 게 없다. 침대에 적갈색 커튼이 드리워져 있다. 기계 돌아가는 소리는 멈추었지만, 그래도 혹시 그가 침대에 있을 수도 있다는 생각에, 나지막이 "토드?" 하고 불러본다. "토드? 샐이야."

대답이 없지만 만약 토드가 해시 브라우니—아니면 실제로는 노해시 브라우니—를 먹었다면 잠들었을지도 모른다. 나지막이 코를 골면서, 마치 골딜락스*처럼, 저 침대에.

커튼만 살짝 젖혀봐야지. 그런다고 잘못될 일은 없을 테니까.

---

* 영국 동화에 나오는 금발 소녀로 우연히 세 마리 곰이 사는 집에 들어갔다가 침대에서 잠들어버린다.

어차피 미스 피기 가면을 쓰고 있어서 나를 알아보지 못할 것이다.

그래서 나는 거친 마룻바닥을 슬금슬금 가로질러 벨벳 커튼을 살짝 젖혀본다. 1인치만…… "미스 피기!" 어두운 핏빛 고치 속에서 땀으로 번들거리는 남자가―액설?―소리치고 나는 비명을 반만 삼킨다. 침대는 벌거벗은 사지들, 가슴들, 젖가슴들, 사타구니들, 어깨들, 발가락들, 엉덩이들, 갑상샘종들, 음낭들이 기괴한 형상을 이루며 점령하고 있고, 묘사가 불가능한 뼈로 만든 우리, 살로 짠 직물, 샴쌍둥이 몇 명을 해체했다 다시 뭉쳐놓은 트위스터 게임*이며 위에는 남색 머리카락이 엉겨붙은 앤젤리카의 머리가 피어싱 보석이 박힌 혀를 내밀고 있는가 하면, 저 밑에는 액설의 머리가 있고, 그 사이에는 프랜시스 베이컨**의 포르노 악몽처럼 거대하게 자줏빛으로 부풀어오른 성기들이 보이고, 썩은 생선 냄새가 고약하게 풍기고, 커튼 틈으로, 그리고 미스 피기의 눈구멍을 통해 액설의 머리가 나를 바라보며 웃고, 그가 말을 하지만 앤젤리카의 목소리다. "우리―꿀꿀이가―베이컨―샌드위치가―먹고―싶은가?" 앤젤리카의 머리는 살이 늘어진 허벅지에 붙어 있고 귀가 있어야 할 자리에 손목이 있고, 이번에는 액설의 목소리가 대답한다. "못되게―굴지―마―샐리는―그렇게―부르는―거―엄청―싫어하거든……"

---

* 커다란 게임 보드 위에서 특정 위치에 손과 발을 붙이고 하는 게임으로 참여자들의 신체가 뒤엉키게(twist) 된다.

** 아일랜드 태생의 초현실주의 영국 화가로 누드화를 포함해 기이한 인체화를 그린 것으로 유명하다.

나는 재빨리 마룻바닥을 가로질러 패널을 덧댄 문 밖으로 나가서는 문을 쾅 닫고 몸을 떤다. 혐오감에, 공포감에, 그리고…… 괘종시계는 고요하고 침착하다. 저기 저 아래, 검은색과 흰색 타일이 깔린 복도는 조용하다. 저기 저 위, 옅은 색 문이 기다리고 있다. 이건 나쁜 환각 체험이다. 이런 얘기를 들어본 적 있다. 나의 '남자친구 아닌 첫 남자' 피어스는 이런 경험을 한 적이 있다고 했고, 그의 얘기가 꼭 이런 식이었다. 액설과 앤젤리카는 섹스를 하고 있었지만 내가 약에 전 색안경을 통해 그것을 본 것이다. 어서 빨리 토드를 찾아서 토드에게 날 좀 지켜봐달라고 해야지. 나는 계단을 오르고, 두 개의 초상화를 지난다. 첫번째는 헤어크림을 바른 머리에 셔츠를 반쯤 풀어헤친 젊은 로커빌리* 타입의 남자이고, 그다음은 클레오파트라처럼 아이라인을 그리고 마사 앤드 더 밴델라스**처럼 머리를 높이 틀어올린 여자의 초상화다. 그다음 초상화를 보는 순간 나는 그 자리에 얼어붙는다. 교복을 입은 소년의 모습이고, 나는 오늘밤에 이미 그 소년을 보았다…… 나는 액설이 준 A4용지를 재킷 주머니에서 꺼내 비교해본다. 네이선 비숍이다. 내 발이 나를 다음 초상화로 데려가고, 이번에는 조금 전에 만났던 가운을 입은 남자다. 액설의 조사 자료를 코앞에 들고 있어서 나는 그 사람의 이름을 말할 수 있다. 고든 에드먼즈. 조금 전에, 차가운 소파에서 나와 대화를 했던 사람. 혹은 대화하는 꿈을 꾸었던 사람. 어

---

* 로큰롤과 컨트리음악을 혼합한 미국음악.
** 미국의 여성 밴드.

느 쪽이 맞는지 모르겠다. 마지막 초상화 속에서 지지 히카루 재킷 차림에 프레야가 보낸 마오리족 펜던트 목걸이를 한 샐리 팀스가 나를 쳐다보고 있을 때, 내가 과연 그렇게 충격을 받았는지 잘 모르겠다. TV에 나온 것과 똑같은 모습이다. 다만 초상화 속 나의 눈은 섬뜩하게 비어 있고, 왜 앞이 보이지 않는지 이해할 수 없다는 듯 얼굴을 찌푸리고 있고, 내가 쳐다보는 동안 그녀가 검지를 들어 안쪽에서 캔버스 뒷면을 두드리고…… 나는 반은 기겁을 하고 반은 비명을 지르고 반은 미끄러지고 반은 넘어지면서 계단 꼭대기로 올라간 다음, 손을 뻗어 옅은 색 문에 달린 반짝이는 손잡이를 움켜잡으며 몸을 지탱하고……

……문이 열리자 갑자기 토드가 그 안에서 핏기 없이 깜짝 놀란 얼굴로 나를 쳐다본다. 내가 "토드?"라고 말하자 그가 펄쩍 뛰며 뒤로 물러서고 그 순간 내가 가면을 쓰고 있음을 깨달은 나는 얼른 가면을 당겨 벗은 다음 다시 그의 이름을 부르고 그가 말한다. "샐, 너였구나. 맙소사 고맙습니다. 이제야 널 찾았네." 그리고 우리는 서로를 끌어안는다. 토드는 앙상하고 비쩍 말랐지만 근육이 강철 같다. 그러나 그는 서리 내린 밤을 걸어온 사람처럼 너무도 차갑다. 그의 뒤쪽으로는 어두운 다락방의 경사진 천장이 보인다. 토드가 포옹을 풀고 옅은 색 문을 닫는다. "이 집에서 심상치 않은 일이 벌어지고 있어, 샐. 여기서 나가야 해."

우리 둘 다 속삭이고 있다. "맞아, 나도 알아, 누군가 우리 음료에 약을 탔어. 난 아주 이상한…… 있을 수 없는 일들을 보고 있어. 예를 들면." 어디서부터 시작해야 하지? "토드, TV에 내가 실종된 지 닷새가 되었다고 나왔어. 실종이라니! 그럴 리가 없잖아. 그리고 봐—" 내가 눈 없는 나의 초상화를 가리킨다. 지금은 움직이지 않는다. "저건 나야. 저 그림은 나라고, 이걸 걸고 있어." 내가 진짜 목걸이를 토드에게 보여주기 위해 들어 보인다. "오늘 받은 건데. 진짜 황당해."

토드가 침을 삼킨다. "내 생각에는 환각 체험보다 더 끔찍한 일이 벌어지고 있는 것 같아, 샐."

그가 진지하게 하는 말임을 알 수 있다. 나는 그게 무슨 의미인지 생각해본다. "그게 뭔데?"

"우린 초자연적인 체험을 하려고 초자연 동호회에 가입했잖아. 우리가 그걸 찾은 거야. 그런데 이자들은 선하지 않아. 우리가 여기서 나가는 걸 막으려 할 거야."

나는 물어보기가 두렵다. "우리가 나가는 걸 누가 막는다는 거야?"

토드가 우리 뒤쪽 옅은 색 문을 바라본다. "우릴 초대한 사람들. 쌍둥이. 내가…… 재웠지만 이제 곧 깨어날 거야. 화가 나고 굶주린 상태로."

"쌍둥이? 어떤 쌍둥이? 그들이 원하는 게 뭔데?"

토드가 낮고도 침착하게 말한다. "네 영혼을 마시는 것."

나는 그가 농담이라고 말해주기를 기다린다. 기다리고 또 기다린다.

토드가 내 양쪽 팔꿈치를 잡는다. "슬레이드 하우스는 그들의 생명유지장치야, 샐. 하지만 이 저택을 작동하게 하려면 영혼이 필요한데 그저 평범한 영혼으로는 안 돼. 말하자면, 혈액형하고 비슷해. 그들이 필요로 하는 유형은 아주 희귀한데, 네 영혼이 바로 그희귀한 유형인 거야. 어서 여기서 나가야 해. 지금 당장. 계단을 내려가서, 주방을 지나서, 정원을 가로지르고, 슬레이드 앨리로 나가기만 하면 우린 안전할 거야. 적어도 여기보다는."

이마에 토드의 숨결이 느껴진다. "크랜버리 애비뉴로 통하는 커다란 문을 봤어. 복도에서 조그만 검은색 철문도 봤고."

토드가 고개를 젓는다. "그건 널 속이기 위해 만든 벽지일 뿐이야. 들어온 길이 나가는 유일한 길이야. 그 조그만 구멍."

"펀, 랜스, 액설, 앤젤리카는?"

토드의 뺨 근육이 움찔한다. "그애들은 내 능력 밖이야."

"그게 무슨 소리야? 그럼 개들은 어떻게 되는데?"

토드가 머뭇거린다. "네가 알맹이고 개들은 속껍질, 씨, 껍데기야. 개들은 버려졌어."

"하지만……" 내가 계단 아래쪽 네모난 층계참을 가리키지만—계단이 더 생겨난 건가?—이글루로 난 문은 사라져버렸다. "내가, 내가 액설하고 앤젤리카를 저 아래에서…… 봤어. 그러니까, 본 셈이라고 해야 하나."

"넌 액설과 앤젤리카의 실감나는 3D 폴라로이드를 본 거고 가까이에서 제대로 보면 그다지 정밀하지 않아. 내 말 들어." 토드가내 손을 잡는다. "잘 들어야 해. 나가는 길에 누구와도 얘기하지 마. 누구에게도 대답하지 마. 누구와도 눈을 마주치지 마. 어떤 제안도

받아들이지 말고, 아무것도 먹지 말고, 아무것도 마시지 마. 슬레이드 하우스는 현실로 형상화된 그림자 인형극이야. 네가 거기 동참하면, 쌍둥이들이 널 감지할 거야. 그들이 깨어날 거고, 네 영혼을 추출할 거야. 알아듣겠어?"

어쩌면. 응. 아니. "그럼 넌 누군데?"

"난 일종의…… 보디가드야. 이봐, 샐. 내가 우리 부모님 집에 가면 다 설명해줄게. 어서 가야만 해, 샐, 지금 가지 않으면 너무 늦어. 기억해. 무조건 침묵할 것, 시선을 아래로 향하고, 내 손 놓지 마. 내가 최대한 우리를 숨길 테니까. 다시 그 마스크를 써. 마스크가 약간의 혼란을 유발할 수도 있으니까."

토드가 자신의 차가운 손으로 나의 뜨거운 손을 잡고, 나는 초상화들을 보지 않으려고 내 발에 시선을 집중한다. 시간이 흐르고, 우리의 발밑에서 발걸음이 날듯이 지나가고, 우리는 괘종시계 앞에 다다른다. 덩 당 울리는 괘종시계 소리가 갑자기 살아난다. 이글루 방으로 들어가는 패널 문은 도로 생기지 않았다. "여기 문이 있었어." 내가 속삭인다. "내가 꿈을 꾼 건가?" "움직이는 벽의 미로에 갇힌 쥐들도 똑같은 질문을 하지." 토드가 웅얼거린다. 층계참 아래쪽 계단을 반쯤 내려갔을 때 학생들이 나타나기 시작하고, 그들이 수다를 떨고, 말다툼을 하고, 담배를 피우고, 추파를 던진다. 한 발짝 내디딜 때마다 소음이 커진다. "결국 찾았구나." 양철나무꾼 소녀가 웃으며 말하고는 검은 음료를 자신의 은색 뺨에 대고 누른다. "난 어바시라고 해. 네 이름은 뭐야?" 토드가 대답하지 말라는 의미로 내 손을 꽉 움켜쥔다. 자동차로 장거리를 여행할 때 아빠와 나, 프레야가 했던 '네 아니요로 말하지 않기' 게임과 비슷하지만 여기선 그 어떤 얘기도 해선 안 된다. 양철나무꾼 어바시가 내 얼굴에 자기 얼굴을 바짝 들이댄다. "어이, 미스 피기! 대답해! 안 그러면 평생 미스 피기로 살게 될 줄 알아! 이봐!" 그러나 토드가 나를 잡아끌고 어바시는 흐릿한 얼굴들, 가면들, 육체들 틈으로 사라지고 우리는 다시 주방으로 돌아왔다. 슈퍼그래스의 〈Caught by the Fuzz〉가 스테레오에서 쿵쿵 울려퍼진다. 토드가 나를 데리고 모퉁이를 돌 때까지는 모든 게 순조롭다. 그곳에서 우리는 시끄러운 환풍기가 달린 오븐 옆 구석자리에 웅크리고 앉아 있는 토드 코스그로브와 샐리 팀스의 곁을 불과 몇 인치 거리를 두고 지나친다. 나는 멈춰 선다. 가짜 토드는 인도 맥주를 병째 들이켜고 있고, 가짜 나는 플라스틱 컵으로 형편없는 레드와인을 마시고 있다. "여자 형제라면 왠지 언니일 것 같아." 가짜 토드가 말하고 가짜 샐리가 고개를 끄덕이면서 "확률이 반반이니까 그렇게 넘겨짚은 거야? 아니면 확실히 표시가 나?"라고 말한다. 토드가—진짜 토드—가 내 귀에 대고 계속 가, 샐, 저들은 파리 잡는 끈끈이일 뿐이야, 라고 말하며 나를 재촉하고, 그의 팔이 내 허리를 감싸고 있고, 우리는 병, 캔, 펀치볼, 브라우니가 잔뜩 쌓여 있는 두 개의 웨지우드 케이크 받침대가 진열된 테이블을 지난다. 우리는 아치문을 통과해 다용도실로 들어가고 우리와 문 사이에는 열두어 명 남짓한 사람들이 있고 그들 중에는 무덤에서 파낸 시체, 붕대가 풀려가는 미라, 뚜껑 대신 빨간 양동이를 뒤집어쓴 콜게이트 치약이 있고, 마치 오래된 지옥도 속의 떠돌이 영혼 같은 모습으로 랜스 아웃이 내 앞을 가로막는다. "이 집엔 사악한 기운이 있어!" 랜스가 아니야. 토드가 내 귓속에 대고 말하지만 랜스가 내 옷깃을 움켜쥔다. 랜스가 맞다. 퀴퀴한 암내가 나는 걸 보니. "제발, 셸, 내가 개자식이었던 건 아는데, 제발 날 두고 가지 마! 제발!"

"알았어, 알았어." 내가 속삭인다. "너도 데리고 갈게."

곧바로 랜스의 얼굴이 뚝뚝 흘러내리더니 그 속에 있던 더 앙상하고, 더 굶주리고, 더 이를 드러낸 무언가가 드러난다. 나는 비명을 지르려 하지만 목이 잠겨 있다. 토드가 나와 랜스 사이를 가로막고 나서더니 허공에 기호를 그리고—나는 그가 허공에 그린 살아 있는 검은 선들이 사라지기 전에 얼핏 본다—랜스 아웃으로 변장하고 있던 것이 나타났다가 사라졌다가 다시 나타나고…… 결국엔 완전히 사라진다.

나는 숨을 헉 들이켠다. "뭐 이런 엿 같은—"

내가 모뎀을 뽑았어, 라고 토드가 말하고, 잠시 후 그가 텔레파시를 통해 말했다는 것을 깨닫지만, 즉시 받아들인다. 하지만 쌍둥이들이 깨어나고 있어. 주방은 잠잠하다.

나의 심장이 방망이질을 하고 그와 함께 내 목안의 정맥이 움찔거린다. 파티에 참석했던 사람들 중 몇 명이 우리가 그들과 같은 부류가 아님을 알아차리고 우리 쪽을 돌아본다. 평범하게 행동해, 토드의 목소리. 두려움을 보이지 마. 그가 나를 뒷문 쪽으로 이끈다. 잠겨 있다. 두려움을 보이지 않는 것과는 별개로, 나는 두려움을 느낀다. 두려움이 살갗 바로 밑에서 내 몸을 미끄러지듯 휘감는다. 토드가 손가락으로 실을 꿰는 것 같은 동작을 하자 문이 열린다. 그가 나와 함께 그 문을 통과한다. 이제 저들이 못 나오도록 문을 잠글게. 토드가 말하고는 돌아서서 문에 기호를 쓴다. 밖은 어둡다. 정원의 관목 수풀 뒤로 슬레이드 앨리 쪽 돌담이 보인다. 펀 펜할리건이 즐거운 표정으로 나타난다. "샐, 이거 소파에 두고 갔더라, 받아!" 그녀가 나의 티파니 콤팩트, 프레야의 선물을 던지고, 나는 그걸 받고—

어두운 폭죽의 불꽃이 대리석 같은 하늘에 지그재그를 그리고, 지그재그가 하프시코드의 현을 뜯고 나는 사해를 떠다니고, 그 상태로 영원히 머물 수도 있었지만, 통증의 물결이 나를 높이 들어올리고, 교회 첨탑들만큼 높이 들어올렸다가 슬레이드 하우스 앞 자갈 위로 힘껏 내동댕이친다. 토드의 겁먹은 얼굴이 가까이 나타난다. "샐! 내 말 들려? 샐?" 나의 피부가 뽁뽁이처럼 터지고 나는 들린다는 말을 힘겹게 내뱉는다. "주문이 붕괴되고 있어. 걸을 수 있겠어?" 내가 대답을 하기도 전에 토드가 나를 일으켜세우고 나의 다리는 무겁고 구부정하고 어느 순간 내가 무언가 깨어지는 것—나의 티파니 거울—을 밟고 우리는 비틀거리며 위쪽 정원을 가로지른다. 우리는 등나무 격자 터널에 다다르고 거기서 섬뜩한 충격파가 우릴 덮치더니 부채 모양의 작은 잎사귀로 뒤덮인 손질한 잔디 위로 우리를 쓰러뜨린다. 나는 그 상태로 영원히 누워 있고 싶지만 토드가 다시 나를 일으켜세우고, 한밤의 슬레이드 하우스는 팽창하거나 축소되고, 반사되거나 굴절되면서 일렁인다. 그

일렁임 속에서 사람들이 걸어온다. 사람들의 행렬과 무리가, 마치 서둘러야 할 필요가 없다는 걸 아는 사람들처럼, 느긋하게 걸어온다. 그들의 몸은 흐릿하지만 액설의 얼굴이 있고, 앤젤리카의 얼굴이 있고, 초서 세미나 수업을 같이 듣는 학생들 모두의 얼굴이 있고, 그레이트몰번의 선생님들, 이졸데 델라헌티와 그녀의 바비 인형들, 엄마, 아빠, 프레야가 있다. 토드가 나를 끌어당긴다. "뛰어, 셀!" 그리고 우리는 뛰려고 애쓰지만, 정말이지 죽어라 애쓰지만, 마치 물속에서 뛰는 것 같고, 장미 가시가 내 눈을 긁고, 출렁대는 길이 우릴 비틀거리게 하고, 자두나무들이 우리를 할퀴고, 관목 수풀이 들고일어나 뿌리로 우리의 발목을 감으려 하지만 이제 조그만 검은색 철문이 보인다. 멍청하게도 나는, 수많은 이야기에 등장하는 금기를 어기고, 뒤를 돌아본다. 사람들이 점점 더 가까이 다가온다. 그중에는 꿀꿀이와의 하룻밤은 마치 바닷가에 떠내려온 뚱뚱한 죽은 고래와 섹스하는 것 같았고, 단지 냄새만 더 심했을 뿐이라고 말했던 피어스도 있다.

토드가 내게 말한다. "구멍을 열어야 해, 셀."

검은색 철문을 말하는 것이다. 어떻게? "어떻게 열어?"

"열어! 아까 열었던 것처럼! 난 못해."

얼굴 없는 행인들이 점점 더 거리를 좁혀온다.

나는 떨고 있다. "내가 아까 어떻게 했는데?"

"네가 문을 눌렀잖아. 손바닥으로!"

그래서 나는 손바닥으로 조그만 검은색 철문을 누르고—

—철문이 꿈쩍도 하지 않고 버틴다.

"왜 안 되는 거지?"

"네가 너무 겁에 질려서 그래. 두려움이 네 전압을 가로막고 있어."

나는 뒤를 돌아본다. 겨우 몇 미터 거리. 그들이 우릴 잡을 것이다.

토드가 애원한다. "두려움을 떨쳐버려, 샐. 제발."

"못하겠어!"

"넌 할 수 있어."

"못하겠다고!"

토드가 양손으로 내 뺨을 지그시 누르고 부드럽게, 그리고 단호하게, 내 입술에 키스하며 속삭인다. "제발, 샐." 나는 여전히 두렵지만, 잠겨 있던 무언가가 열리고, 그것이 내 손을 타고 흐르고, 문이 벌컥 열리고 토드는 나를 밖으로 밀어내고 그곳은……

……별도 없고, 육체도 없고, 고통도 없고, 시간도 없는 암흑이다. 여기 얼마나 오래 있었는지 모르겠다. 몇 분인지, 몇 년인지, 도무지 모르겠다. 내가 죽은 게 분명하다고 생각한 순간이 있었지만, 나의 정신은 아직 살아 있다. 그 정신이 내 몸속에 있는 건지는 확실치 않지만. 나는 하느님께 도와달라고, 빛이라도 달라고 기도하고, 하느님을 믿지 않은 것을 사죄하면서 구약성서와 요한계시록에서 그가 얼마나 반사회적 꼴통인지 생각하지 않으려 애썼지만 아무 응답도 듣지 못했다. 나는 프레야와 엄마와 아빠를 생각했고, 그들에게 내가 마지막으로 한 말을 떠올려보려 했는데 기억이 나지 않았다. 나는 토드를 생각했다. 만약 그가 살아남았다면 경찰이 나를 찾도록 도울 것이다. 비록 내가 있는 곳이 수색견이 감지할

수 있는 장소인 것 같진 않지만. 내가 가짜 편과 교류하고 거울을 받은 것에 대해 토드가 화를 내지 않았으면 좋겠는데. 그게 치명적인 실수였을까? 마치 오르페우스가 뒤를 돌아본 것처럼? 만약 그렇다면 그것은 더러운 속임수다. 내 손은 그저 내 거울을 되찾기 위해 반사적으로 반응했을 뿐인데. 전설이나 설화는 삶이 그렇듯이 항상 더러운 속임수들로 가득차 있고 아무리 긴 시간이 흘렀어도 달라진 것은 아무것도 없고, 내 곁에 남아서 별도 없고, 육체도 없고, 고통도 없고, 시간도 없는 이 암흑 속에서 정신을 잃지 않도록 날 지켜주는 것이라고는 오직 기억들—그중 가장 찬란한 기억은 토드의 다급한 키스다—뿐이다.

몇 분 혹은 몇 달이 지난 뒤, 흐릿한 빛의 점이 나타난다. 나는 토드의 엄마처럼 나도 장님이 되었을까봐 두려웠다. 몇 초 혹은 몇 년이 지나고, 점은 가느다란 한줄기 불꽃, 초의 불꽃이 되고, 이상한 촛대에 꽂힌 초가 내 앞, 맨마룻바닥 위에 놓여 있다. 불꽃은 완전히 정지한 상태다. 방안을 많이 밝힐 정도로 환하지는 않지만—다락방인가?—불빛에 세 개의 얼굴이 드러난다. 오른쪽에 사악한 서쪽 마녀 케이트 차일즈가 아랍 스타일 망토를 입고 있는데, 다만 지금은 나이가 삼십대 중반이다. 내가 여기 그렇게 오래 있었나? 몇 년이라는 시간을 도둑맞은 건가? 내 왼쪽에는 어딘가 낯익은 또하나의 얼굴이 떠다니는데…… 젠장 멜버른 마이크다. 그는 나이든 케이트 차일즈와 같은 나이이고 역시 꼼짝 않고 부처님 자세로 앉아, 같은 잿빛 가운을 걸치고 있다. 두 사람을 같은 시야

안에서 보고 있자니 그들이 쌍둥이임을 깨닫게 된다. 세번째 얼굴
은 미스 피기이고 겨우 여섯 발짝 정도 떨어진 거리에서 촛불 너
머로 나를 바라보고 있다. 그보다는, 미스 피기 가면을 쓴 채 무릎
을 꿇고 있는 여자애라고 말해야 하나. 지지 히카루 재킷에 마오리
족 펜던트를 통통한 목에 두르고 있는 여자애. 나, 혹은 나의 상像.
나는 움직여보려고, 말을 해보려고, 심지어 끙끙거리려고 애쓰지
만 몸이 말을 듣지 않는다. 나의 뇌는 작동하고, 눈도 작동하지만
그뿐이다. 프레야가 보내준 책,『잠수종과 나비』에 나온 병명이 뭐
더라…… 감금증후군에 걸린 프랑스 남자처럼. 그러나 그 남자는
한쪽 눈꺼풀을 움직일 수 있었고 그것으로 의사소통을 했다. 나는
그것조차 할 수가 없다. 거울의 왼쪽에는 황금 손잡이가 달린 옅은
색 문이 있다. 전에 보았던 그 문의 기억이 선명해진다…… 슬레
이드 하우스 꼭대기에 있던 방. '게임룸'. 우리 셋이 약에 취해 이
리로 끌려온 건가? 누가 끌고 왔지? 토드는 어디 있지?

"코스그로브라는 친구는 보냈어. 네가 끌고 온 그 어중이떠중이
들하고 같이." 케이트 차일즈가 말한다. 초의 불꽃이 흔들린다. 미
국 억양은 온데간데없고, 우리 엄마의 말투와 다르지 않은 까칠한
상류층 영국인 억양으로 바뀌었다. "넌 나와 나의 남자 형제의 지
령에 따라 슬레이드 하우스에 있는 거야. 난 노라, 그리고 이쪽은
조나야."

'코스그로브란 친구는 보냈다'니, 그게 무슨 뜻이죠?라고 물어보
려 애쓰지만 내 입은 옴짝달싹도 하지 않는다.

"죽었다고. 고통은 없었어. 애달파할 것 없어. 걘 널 사랑한 적

이 없으니까. 지난 몇 주 동안, 오늘밤 공연의 대미를 장식하기 위해, 걔는 내 남자 형제의 복화술용 꼭두각시 노릇을 했어. 네가 그토록 간절하게 듣고 싶어했던 온갖 달콤한 거짓말을 하면서."

나는 노라에게 당신은 미쳤다고, 토드가 날 사랑한다는 걸 나는 안다고 말하려 애쓴다.

"네가 말해." 노라가 멜버른 마이크—혹은 조나—에게 짜증스럽게 말한다. "말 안 해주면 먹을 때 너무 달달하고 부드럽단 말이야."

조나는, 그게 그의 진짜 이름인지 모르겠지만, 내 쪽을 바라보며 비웃는다. "전부 다 사실이야, 아가씨. 전부 다." 그의 호주 억양은 사라졌다. 그는 잉글랜드 상류층 공립학교 학생의 목소리를 갖고 있다. "내가 토드 코스그로브의 머릿속에 들어가봤는데, 토드는 샐리 팀스의 성적인 매력이 냉장고에 처박아두고 잊어버린 비곗덩어리 정도라고 생각하고 있어, 내가 장담해."

거짓말이야! 토드는 나한테 키스했어. 내가 탈출하는 걸 도우려 했어.

"내가 멍청꿀꿀어로 번역해주지. 술집에서 슬레이드 앨리의 구멍까지는 전부 다 사실이야. 이 다락방도 사실이고 지금 이 모습이 우리의 모태육체야. 하지만 철문으로 들어와 지금 이곳에서 깨어날 때까지 있었던 일들은, 우리 주문이었어. 여기 이 시간의 틈새로부터 투영된 3D 세트 라이브 공연." 그가 마룻바닥을 두드린다. "놀라운 재능을 지닌 내 여자 형제의 연출이었지. 대본이 있는 환상이랄까. 나도 그 속에 있었어. 엄밀히 말하면 내 영혼이 거기 있었다고 해야겠지만. 내가 토드의 몸을 움직이고, 토드의 대사를 한 거야. 하지만 다른 모든 것들—네가 만난 사람들, 네가 지나쳤던 방들, 네가 맛보았던 음식들—은 내 여자 형제가 실체화한 이 저택 안의 현실이야. 자유를 찾는 너와 토드의 박진감 넘치는 모험도 네가 거쳐가도록 우리가 만들어놓은 생쥐의 미로였고. 주문 안의 주문이라고 할 수 있지. 일종의 하위주문인 셈이야. 좀더 나은 이름이 필요하다는 점에는 나도 동의해. 이름을 하나 지어달라고 부탁하고 싶지만, 지금 넌 죽어가고 있어."

마음속의 고지식한 내가 우긴다. 거짓말이야. 이건 전부 다 나쁜 환각 체험이야.

"아니." 조나는 재미있어하는 것 같다. "넌 실제로 죽어가고 있어. 네 호흡계. 무감각한 근육. 생각해봐. 그것도 나쁜 환각 체험일까?"

섬뜩하게도, 나는 그의 말이 옳다는 걸 깨닫는다. 나의 폐는 기능을 멈추었다. 나는 숨을 들이켤 수도 없고, 쓰러질 수도 없고, 아무것도 할 수 없고 다만 이렇게 무릎을 꿇은 채로 서서히 질식해갈 뿐이다. 쌍둥이들은 이제 나에 대한 흥미를 잃은 것 같다. "너무 감탄스러워서 할말을 잃었어, 노라." 조나가 말한다.

"지난 백 년 동안 네가 할말을 잃었던 적은 없어." 노라가 말한다.

"만약 오스카상 최우수 주문 부문이 있다면 틀림없이 네가 받을 걸. 정말 진정한 걸작이었어. 입체파적이고, 포스트모던한—최고라는 말로도 부족해."

"알아어, 알아어, 알았다고, 우린 천재야. 하지만 그 경찰은 어쩔 거야? 그의 잔여물은 손님한테 말을 할 수 있을 정도로 실체가 있었어. 그리고 그 구멍—그렇게 저절로 나타나서 열리다니. 하마터면 저애가 달아날 뻔했다고."

"아, 하지만 달아나진 않았지. 왜일까? 큐피드의 올가미가 단단히 목을 조이고 있었기 때문이야. 토드 코스그로브가 클로이 체트윈드보다 소화하기 어려운 역할이었다는 건 너도 인정하겠지. 그 경찰은 날고기에라도 올라탈 판이었지만, 이 어린 돼지는 적절한 구애가 필요했으니까."

평상시에 그런 말을 들었다면 피가 거꾸로 솟았겠지만, 지금 나는 산소 없이 얼마나 버틸 수 있을지 걱정하고 있다. 삼 분?

노라 그레이어가 마치 구멍에 끼워넣으려는 듯 머리를 비튼다. "늘 그래왔던 것처럼 넌 이번에도 핵심을 놓치고 있어. 개방일이 올 때마다 이런 돌발 상황이 점점 더 악화되고 있잖아."

조나가 거미 다리처럼 가늘고 긴 손가락을 푼다. "늘 그래왔던 것처럼 넌 편집증적인 헛소리를 내뱉고 있어. 이번에도 역시 아무 탈 없이 식사가 준비되었잖아. 다시 한번, 우리의 작업방식이 한 주기를 채우게 됐어. 개인적으로 난 너의 이런 호들갑이 네가 할리우드에 있었기 때문이라고 봐. 천장 거울로 털 난 남자 배우들 엉덩이를 너무 많이 본 거지."

그녀가 속삭이면서 동시에 으르렁거린다. "나한테 그런 식으로 말해봐야 절대 이로울 게 없을 텐데."

"그래? 또 아무 예고도 없이 초월적 삶의 의미를 찾고 싶다며 칠레 안데스산으로 안식년 휴가를 다녀오려고? 가, 얼마든지. 좋을 대로 하라고. 인도 농부의 몸속에 들어가 살아. 아니면 알파카 몸속에서 살든지. 저녁식사하고 나서 내가 공항으로 태워다줄게. 넌 결국 돌아오게 돼 있어. 이 작업방식이 우리 둘보다 더 중요하니까."

"이 방식은 육십 년이나 됐어. 어둠의 길로부터 우리를 차단하기 위해—"

"—우리한테 해를 끼칠 수 있는 유일한 사람들의 불필요한 관심을 차단하기 위해서지. 우리는 그 누구에게도 구속되지 않은 반신반인이야. 제발 그런 식으로 좀 생각해줄래?"

"우리는 구 년에 한 번씩 펼쳐지는 이 우스꽝스러운 팬터마임에 구속되어 있어." 노라가 매섭게 쏘아붙인다. "우린 이것들에 구속되어 있어." 노라가 역겹다는 듯 자신의 몸을 가리킨다. "우리의 영혼을 이 세상에 묶어두는 모태육체에. 운이 좋아서 절대로 일이 틀어지지 않는다는 가정에 구속되어 있고."

나는 여전히 숨을 쉬지 않고 있고 두개골이 조여오기 시작한다. 절망적으로, 맹렬하게, 나는 살려줘!라는 말을 생각한다.

"이제 그만 식사를 해도 될까?" 조나가 말한다. "홧김에 우리 작업방식을 망칠 생각이 아니라면?"

두개골이 고통스럽게 욱신거리고 내 몸이 산소를 찾아 신음한다. 제발! 숨을 못 쉬겠어—

노라는 감정기복이 심한 사춘기 여자애처럼 한숨을 쉬고는 마지못해 고개를 끄덕인다. 그레이어 쌍둥이들의 손이 토드 코스그로브가 앞서 했던 것처럼 허공을 휘젓기 시작하고, 어둠 속에 잠깐씩 흔적이 나타났다 사라진다. 그들이 입술을 달싹이고 웅얼거리며 내는 소리가 점점 커지더니 촛불 위에 무언가 덩어리진 것이,

한 점 한 점 생겨난다. 살로 이루어진 해파리처럼, 빨간색과 보라색을 띠며 고동친다. 외계인이 나오는 공포영화의 한 장면을 떠올리지만 않는다면 아름답다고 할 만하다. 그것에서 촉수가 여러 가닥 뻗어나오고, 촉수에서 또다른 촉수들이 뻗어나온다. 그중 몇 개가 허공을 휘저으며 내 쪽으로 향하고 하나가 내 눈에서 1인치 떨어진 지점에 멈춘다. 나는 촉수 끝에 나 있는 작은 구멍을 본다. 마치 잉어처럼 그 구멍이 뻐끔거리다가 내 왼쪽 콧구멍으로 불쑥 들어온다. 다행히 그것과 다른 촉수들이 내 입으로, 오른쪽 콧구멍으로, 귀로 들어올 때, 나는 거의 아무것도 느끼지 못하지만, 갑자기 이마에서 찌르는 듯한 통증이 느껴지고 맞은편 거울을 통해 내 가면의 눈구멍으로 반짝이는 무언가가 스며나오는 것이 보인다. 그것이 내 눈앞에 조그만 공으로 뭉쳐진다. 아주 작은 야광 플랑크톤이 그 속에서 떠다닌다. 그러니까 영혼이란 게 실제로 있는가보다.

나의 영혼은 태어나서 본 가장 아름다운 물체다.

그러나 그레이어 쌍둥이가 양쪽에서 거리를 좁혀온다.

안 돼! 하지 마! 내 거야! 제발! 안돼안돼안돼—

그들이 마치 휘파람이라도 불려는 것처럼 입술을 오므린다.

살려줘 살려줘 살려줘 프레야 프레야 누구든 도와줘 도와줘 나 좀—

쌍둥이들이 숨을 들이마시자 나의 영혼이 타원 모양으로 늘어난다.

언젠가누군가너희를막을거야너희는고통을겪게될거야대가를치르게될—

나의 영혼이 반으로 갈라진다. 노라가 반을, 조나가 나머지 반을 마신다.

그들의 얼굴이 그날 밤 몰번에서 보았던 피어스의 얼굴처럼 보이고……

……이제 끝이다. 그들은 본래의 자리에 앉아 있다.

촉수들은 사라졌다. 빛나는 덩어리도 사라졌다.

그레이어 남매는 조각상처럼 꼼짝도 하지 않는다. 초의 불꽃도 마찬가지다. 거울 속에서, 미스 피기의 가면이 바닥에 떨어진다.

다크호스

2006

한참을 꾸벅꾸벅 졸다보니 심란한 꿈속으로 빠져들었다. 오늘 저녁 여기서 프레드 핑크를 만나기로 한 일을 놓고 초조해하는 꿈을 꾸었다. 꿈속에서 쌀쌀한 공원을 반쯤 가로지르다가 뒤를 돌아보았더니, 검은색과 오렌지색 운동복을 입고 조깅하던 남자가 천식 호흡기의 수증기를 내 얼굴에 뿜었다. 그다음엔 톰 크루즈가 미는 휠체어를 타고 있는 여자를 보았다. 그녀의 얼굴은 레인코트의 후드에 가려져 있었고 톰 크루즈가, "젖혀보세요. 누군지 한번 보세요"라고 말했다. 내가 후드를 젖혀보니 여자는 바로 나였다. 그러고는 좁은 골목길로 접어들었는데 누군가가 말했다. "고작 한 명한테 쓰자고 천 일 동안 이 많은 사람들의 인건비를 지불해야 하다니." 마지막으로 〈2001 스페이스 오디세이〉에 나오는 것 같은 기다랗고 검은 석판이 보이고 석판이 열리는 순간 "깨어나야 해"

라고 말하는 샐리의 목소리가 들리고, 그래서 깨어났더니 나는 여기 폭스 앤드 하운즈의 2층에 홀로 앉아 있다. 예정대로. 내가 기억하는 1997년의 풍경보다 훨씬 더 지저분하다. 테이블에는 흠집이 있고, 의자는 흔들거리고, 벽지는 울퉁불퉁 들떠 있고 카펫은 말라붙은 토사물 색깔이다. 내 토마토주스가 얼룩진 유리잔에 담겨 있다. 액상 로드킬*. 폭스 앤드 하운즈는 망하기 일보 직전인 게 분명하다. 아래층 바에는 손님이 여섯뿐이고 그나마도 그중 하나는 맹인 안내견이다. 더구나 토요일 저녁에. 유일하게 술집의 흥겨운 분위기를 자아내는 소품이 있다면 벽난로 위쪽 벽에 걸린 에나멜을 칠한 낡은 기네스 맥주 광고판으로, 춤추는 큰부리새를 위해 바이올린을 연주하는 레프러콘의 모습이다. 나는 그 레프러콘이 구 년 전 샐리를 눈여겨보았는지, 그리고 샐리도 그를 눈여겨보았는지 궁금하다. 그들, '엑스파일 식스'는 바로 이 자리에 앉았었다. 내 동생과 친구들을 본 증인이 몇 명 있었지만 그 아이들이 어느 테이블에 앉았는지에 대해서는 의견이 분분했다.

나는 더러운 유리창에 이마를 대고 누른다. 술집 앞 거리에서 프레드 핑크가 아직도 "잠깐 벤슨 앤드 헤지스 담배를 한 모금만 빨고" 있다. 가로등에 불이 들어온다. 태양이 아스팔트 같은 잿빛 구름 속으로 잠기고, 벽돌 주택들, 가스 제조소들, 탁한 수로들, 낡은 공장들, 인기 없는 60년대 아파트 단지들, 70년대 복층 주차장들, 80년대의 허름한 주택단지들, 90년대의 네온으로 테를 두른 멀티

---

* 도로에 나왔다가 자동차 등에 치여 죽은 동물.

플렉스 극장이 만드는 일방통행 미로들 뒤로 넘어간다. 막다른 골목들, 원형 도로들, 버스 차선들, 고가도로들. 샐리가 마지막으로 머문 장소가 이것보다는 예뻤으면 좋았을 텐데. 혹시 샐리가 살아 있는 건 아닐까, 어느 정신병자의 다락방에 갇혀서 우리가 결코 포기하지 않기를, 수색을 중단하지 않기를 기도하고 있는 건 아닐까 나는 백만번째로 묻는다. 나는 항상 묻는다. 때로는 자식이 죽은 게 확실해서 눈물 흘리는 TV 속의 부모들이 부럽다. 슬픔은 절단이지만, 희망은 치유되지 않는 혈우병이라 피를 흘리고 흘리고 또 흘린다. 희망은 결코 열 수 없는 상자 속에 들어 있는 슈뢰딩거의 고양이* 같다. 동생이 이곳에서 대학생활을 시작하기 직전 여름, 이런저런 핑계를 대고 동생을 뉴욕으로 초대하지 않았던 일이 백만번째로 뜨끔하다. 샐리가 뉴욕에 오고 싶어했다는 걸 알고 있었지만 나는 사진 에이전시에서 일하고 있었고, 패셔니스타 친구들이 있었고, 비공개 특별 전시회에 초대를 받았고, 이제 막 여자들과 데이트를 하고 있던 터였다. 애매한 시기였다. '진정한 자아'를 발견하는 동시에, 땅딸하고, 어수룩하고, 정서적으로 불안정한 동생을 돌보는 건 버겁다고 생각했다. 그래서 나는 아직 자리를 잡는 중이라는 등 헛소리를 늘어놓았고, 샐리는 그 말을 믿는 척했고, 나는 결코 스스로를 용서할 수 없을 것이다. 애브릴은 신조차도 지

---

* 오스트리아 물리학자 에르빈 슈뢰딩거가 양자역학의 불완전함을 증명하기 위해 고안한 사고실험. 고양이를 방사성 핵이 든 기계와 함께 상자에 넣는다. 핵은 50퍼센트 확률로 한 시간 안에 붕괴할 수도, 아닐 수도 있다. 즉, 상자를 열어볼 때까지 고양이의 생사를 알 수 없다.

나간 일을 돌이킬 수는 없다고 말했다. 맞는 말이지만 그런 말은 도움이 되지 않는다. 나는 휴대전화를 꺼내 애브릴에게 문자를 보낸다.

여기 술집. 완전 후짐. 프레드 핑크에게서 아직은 건진 게 없지만 좀더 두고 봐야 할 듯. 곧 인터뷰 시작. 끝나는 대로 갈게. xxx*

전송. 애브릴은 어제 먹고 남은 라자냐를 데우고, 와인을 한 병 따고, 〈더 와이어〉 시리즈 한 편, 혹은 세 편을 볼 것이다. 지금 애브릴 곁에 있고 싶다. 영안실도 폭스 앤드 하운즈보다는 생기가 넘친다. 아래층의 구레나룻이 있는 여자 주인은 우리가 들어설 때 농담을 건네려 했다. "안녕, 자기. 우리 프레드가 새로 사귄 여자친구인가보네. 프레드, 하여튼 다크호스라니까, 이 아가씨한텐 또 무슨 잡지를 구독했나?" 그때 〈핫 우크라니안 다이크스** 위클리〉라고 말할걸. 내가 슬레이드 앨리에 관심이 있는 저널리스트임을 알고 그녀의 태도는 차갑게 식었고 그녀의 '자기'에 가시가 돋았다. "하여간 기자들이란 항상 이런 식이지, 응? 긁어 부스럼 만들지 말고 내버려둬요. 어차피 헛수고니까, 알겠어 자기? 어?"

계단을 오르는 발소리가 들린다. 나는 소니 녹음기를 꺼낸다. 아빠와 숙, 그러니까 일명 존 팀스 3세 부인이 준 선물이다. 나는 녹

---

* 키스를 의미하는 상징.
** dyke. 여성 동성애자를 지칭하는 속어.

음기를 테이블 위에 올려놓는다. 프레드 핑크가 들어온다. 남루한 갈색 코트에 반세기는 된 것 같은 학생용 가죽 가방을 든 앙상한 노인. "기다리게 해서 미안해요, 팁스 씨. 꼭 한 대 피워야 했어요." 그는 신뢰하고 싶은 걸걸하고 친근한 목소리를 지녔다.

"괜찮아요." 내가 말한다. "이 자리 어떠세요?"

"이 집에서 가장 좋은 자리지요." 그가 맥주를 테이블 위에 올려놓고, 노인다운 자세로 앉아 뼈와 가죽만 남은 손을 문지른다. 그의 얼굴은 팬 자국이 있고, 축 늘어지고, 짧은 수염이 돋아 까칠하다. 안경은 덕트 테이프로 이어붙였다. "날씨 한번 더럽게 춥군. 이놈의 흡연 금지 때문에 우리 같은 흡연자들은 다 죽게 생겼다니까요. 암에 안 걸려도 폐렴으로 죽을걸요. 술집에서 담배를 피우지 말라고? 난 아직도 이해가 안 가요. 정치적 올바름 때문에 세상이 미쳐 돌아간다니까. 혹시 이 계통에서 일하면서 토니 블레어나 고든 브라운 같은 사람을 인터뷰한 적도 있나요?"

"기자회견 때만 해봤어요. 개인적으로 인터뷰하려면 먹이사슬 꼭대기에 있어야 해요. 핑크 씨, 우리 인터뷰를 녹음해도 될까요? 그렇게 하면 제가 받아 적을 필요가 없어서 선생님 말씀에 집중할 수 있거든요."

"맘껏 녹음하세요." 그가 말하지만 "그리고 프레드라고 불러요"라고 덧붙이지 않기에 그렇게 부르지 않을 생각이다. 나는 녹음 버튼을 누른 다음 마이크에 대고 말한다. "2006년 10월 28일 토요일 오후 일곱시 이십분, 폭스 앤드 하운즈 주점에서 진행된 프레드 핑크와의 인터뷰입니다." 나는 마이크가 그를 향하도록 녹음기를 돌려놓는다. "준비되시면 시작하세요."

노인이 심호흡을 한다. "가장 먼저 말씀드리고 싶은 것은, 일단 한번 정신병자로 낙인찍히게 되면 아무도 그 사람 말을 믿어주지 않는다는 겁니다. 차라리 신용 불량을 해결하는 게 신뢰 불량을 해결하는 것보다 쉽지요." 프레드 핑크가 조심스럽게 말한다. 마치 지워지지 않는 잉크로 자신의 말을 쓰는 것처럼. "하지만 당신이 내 말을 믿건 안 믿건 말이에요, 팀스 씨, 난 유죄예요. 유죄. 내가 조카인 앨런에게 슬레이드 하우스, 고든 에드먼즈, 네이선과 리타 비숍, 구 년의 주기에 대해 얘기했으니까요. 내가 앨런의 호기심을 자극했어요. 앨런이 자기 동호회에 스무 명인가 서른 명이 있다고 해서 그 정도면 안전하다고 생각했지요. 시간을 초월한 자들은 노출을 꺼리거든요. 학생 여섯 명이 실종되는 건 분명 큰일이지만, 만약 스무 명 혹은 서른 명이라면? 감히 엄두를 못 낼 거라고 생각했어요. 별의별 사람들이 다 달려왔을 테니까요. MI7, 미국인이 연루되었다면 FBI, 우리의 친구 데이비드 아이크* 같은 온갖 빌어먹을 어중이떠중이들이 슬레이드 하우스로 벌떼처럼 몰려들었겠지요. 그날 모인 앨런의 동호회 회원이 겨우 여섯 명이라는 걸 알았더라면, 너무 위험하다고, 그만두라고 했을 거예요. 만약 그랬다면, 나의 조카, 당신의 여동생, 랜스 아놋, 토드 코스그로브, 앤젤리카 기번스, 펀 펜할리건은 아직 여기서, 각자의 삶을 살며 각

---

* 영국 작가이자 강연자로, 외계인이나 초현실적인 현상을 다루는 음모론자로 유명하다.

자의 일을 하고, 각자의 남자친구, 여자친구, 대출금이 있었겠지요. 이게 고문이란 거 압니다, 팀스 씨. 영원히 끝나지 않는 고문이죠." 프레드 핑크가 침을 삼키고 이를 악물고 눈을 감는다. 나는 그에게 진정할 시간을 주기 위해 노트에 '시간을 초월한 자?' 그리고 '데이비드 아이크'라고 적는다. "미안해요, 팀스 씨, 난……"

"저도 샐리에 대해 후회하는 일들이 있어요." 내가 그를 안심시킨다. "하지만 핑크 씨는 자신에게 너무 가혹하신 것 같네요."

프레드 핑크가 낡은 휴지로 눈물을 찍어내고 맥주를 홀짝인다. 그는 기네스를 마시는 레프러콘을 바라본다.

"이메일에서 이 사건의 배경이 되는 이야기가 있다고 말씀하셨죠, 핑크 씨." 내가 운을 뗀다.

"그랬지요. 그게 바로 내가 오늘밤 당신을 여기서 만나자고 한 이유입니다. 만약 전화로 얘기했다면, 아마 당신이 전화를 끊었을 거예요. 심지어 이렇게 얼굴을 맞대고 얘기해도 때때로, '맙소사 이놈의 미치광이 노인네, 완전 맛이 갔군' 하는 생각이 들걸요. 하지만 내 얘길 끝까지 들어줘요. 결국 샐리 얘기로 이어지니까요."

"전 저널리스트예요. 현실이 복잡하다는 건 알고 있어요." 나는 애브릴이 바로 그 단어—미치광이 노인네—를 사용했던 것을 기억한다. 몇 주 전 프레드 핑크의 첫번째 이메일을 읽었을 때였다. 그러나 나는 노인에게 "계속하세요"라고 말한다.

"자, 그럼 지금부터 1세기 전으로 거슬러올라가봅시다. 노퍽의 일리 근처, 스와펌 영지라고 불리는 대저택이 있었지요. 지금은 찰스 왕세자의 사우디아라비아인 친구가 그 저택을 소유하고 있지만 그때는 체트윈드-피트 가문의 선조들이 터를 잡고 있었지요. 원한다면 둠즈데이북*에서도 그 이름을 찾을 수 있을 겁니다. 1899년 스와펌에서 쌍둥이가 태어났어요. 여자와 남자 쌍둥이였지요. 다만 대저택이 아니라 영지 한 귀퉁이에 있던 사냥터지기의 오두막에서였어요. 아버지는 게이브리얼 그레이어, 어머니는 그의 아내 넬리 그레이어였고, 그들은 쌍둥이의 이름을 노라와 조나라고 지었어요. 아이들은 아버지를 잘 모르고 자랄 수밖에 없었던 것이, 삼 년 뒤 소작인을 꿩으로 착각한 어느 귀족 양반의 총에 맞아 죽었거든요. 체트윈드-피트 부부는 그 사고에 죄책감을 느꼈고 넬리 그레이어와 아이들이 사냥터지기 오두막에 계속 머무는 것을 허용했지요. 그뿐만 아니라 노라와 조나를 교육시키고, 1910년에 넬리 그레이어가 류마티스열로 죽고 난 뒤에는 쌍둥이 고아를 스와펌 저택 안으로 데리고 들어왔어요."

"조사를 많이 하셨네요." 내가 프레드 핑크에게 말한다.

"내 취미나 마찬가지예요. 어떻게 보면, 나의 삶이라고도 할 수 있지요. 제 아파트를 한번 보셔야 하는데. 온통 종이와 파일 천지죠. 자. 쌍둥이들의 공감 능력에 대해서는 아마 들어봤을 거예요. 예를 들어, 쌍둥이 중 한 명이 이스탄불에서 버스에 치이면 다른 한 명이 같은 시각 런던에서 쓰러진다는 식의 이야기요. 하지만 쌍둥이들이 때로는 자기들만 아는 언어로 대화한다는 것도 알고 있나요? 특히 이제 막 말을 배우기 시작하는 단계에서?"

---

*1086년에 영국 왕 윌리엄 1세의 명령으로 작성된 토지대장.

"그런 얘기라면, 사실 들어봤어요. 제가 맨해튼에 있을 때 막 걸음마를 뗀 세쌍둥이를 돌본 적이 있었는데 자기들끼리만 통하는 방언으로 소통을 했어요. 정말 놀라웠죠."

"네, 스와펌 영지에서 일어난 사건들은 노라와 조나 그레이어의 경우 그 두 가지 능력이 결합되어 있었음을 암시했어요. 정확하게 말하자면, 텔레파시죠." 프레드 핑크가 내 반응을 살피는 듯한 표정을 짓는다. "텔레파시라는 말이 뭐가 잘못됐나요, 팀스 씨?"

나의 헛소리 탐지기가 호박 빛깔로 반짝인다. "전 증거를 중시하는 편이라서요, 핑크 씨."

"나도 그래요. 그렇고말고요. 앨버티나 체트윈드-피트—영주의 부인—는 1925년에 『잃어버린 옛 강들』이라는 회고록을 출판했어요. 지금부터 제가 하려는 이야기가 바로 그 책에 담겨 있습니다. 쌍둥이와 그들의 성장 과정, 그리고 그 모든 것이. 그 책에서 그녀는 1910년 1월의 어느 날 저녁, 그녀와 그녀의 딸들, 그리고 노라 그레이어가 스와펌 저택의 거실에서 크리비지 게임*을 하던 이야기를 합니다. 게임을 하던 중 갑자기, 노라가 비명을 지르면서 카드를 떨어뜨리고는 체트윈드-피트의 장남 아서가 영지로부터 1마일 떨어진 풀스브룩에서 낙마해 꼼짝도 못하고 있다고 했답니다. 당장 들것과 의사를 보내야 한다고요. 앨버티나 부인은 그런 황당한 거짓말을 하는 노라를 보고 충격을 받았습니다. 하지만 노라가 사람을 보내야 한다고 애원했지요. 책에서 그대로 인용하

---

* 카드 게임의 일종.

자면 '조나가 아서와 함께 있는데 조나가 나한테 얘기하고 있어요' 라면서요. 그러자 체트윈드-피트의 딸들은 무척 겁을 먹었고, 그 래서 앨버티나 부인은 그게 이성적인 판단이 아니라는 걸 알면서 도 그곳으로 하인을 보내기에 이르렀고, 하인은 노라가 상세하게 묘사했던 것과 정확히 일치하는 광경을 목격하게 되었습니다."

나는 토마토주스로 손을 뻗지만 토마토주스가 여전히 로드킬처 럼 보여서 이내 마음을 바꾼다. "재미있는 일화이긴 하지만 그게 어떻게 '증거'가 될 수 있다는 거죠?"

프레드 핑크는 벤슨 앤드 헤지스 담배를 꺼냈다가, 실내 금연을 떠올리고, 성질을 내며 담배를 도로 집어넣는다. "다음날, 쌍둥이 는 체트윈드-피트 부부와 그들의 친구이자 일리 성당의 주임신부 인 그리먼드와 면담을 하게 됩니다. 그리먼드 주임신부는 철저하 고 냉혹한 스코틀랜드인으로 크림전쟁에서 군종신부를 지냈고 주 술적인 면이라고는 찾아볼 수 없는 사람이었지요. 그는 아서가 풀 스브룩에서 말에서 떨어진 것을 노라가 어떻게 알게 되었는지 말 하라며 쌍둥이를 추궁했습니다. 쌍둥이는 오랫동안 서로에게 생각 을 '전송'할 수 있었지만 그런 능력을 사람들이 두려워하고 또 사 람들의 관심을 끈다는 사실을 알고 비밀에 부쳤다고 고백했어요. 바로 당신처럼, 체트윈드-피트 경도 증거를 원했고 그래서 그가 실험을 고안했습니다. 그는 노라에게 연필과 종이를 주고, 조나를 스와펌 저택의 당구실로 데려가 『정글북』의 한 구절을 무작위로 골라 읽어주었어요. 그러고는 조나에게 그 구절을 서재에 있는 노 라에게 '전송'해보라고 했어요. 조나는 몇 초 동안 눈을 감고는 전송했다고 말했어요. 두 사람은 다시 서재로 갔고 거기서 노라가 소설의 문장을 정확하게 받아 적은 것을 확인할 수 있었지요." 이제 이 문제는 말끔히 해결되었다는 듯한 표정으로 프레드 핑크가 나를 쳐다본다.

"놀랍네요." 내가 말한다. 하지만 나는 속으로 생각한다, 만약 실제로 그런 일이 일어났다면.

"그러고 나서 그리먼드 주임신부는 노라에게 요한복음의 한 구절을 '전송'해보라고 합니다." 프레드 핑크가 눈을 감는다. "나를 따르는 자 어둠 속에서 걷지 않고 삶의 빛을 갖게 되리니." 당구실에서 조나가 완벽하게 그 글을 받아 적었지요. 마지막으로 앨버티나 부인이 자신도 시험해보겠다고 나섭니다. 그녀는 조나에게 동요 한 구절을 독일어로 '전송'해보게 합니다. 철자가 몇 개 틀리긴 했지만 노라가 완벽하게 받아 적었어요. 쌍둥이 둘 다 독일어 단어는 하나도 몰랐는데 말입니다." 프레드 핑크가 맥주를 들이켜고는 갈라진 입술을 낡은 재킷 소매로 눌러 닦는다. "그래서 결과가 어떻게 되었느냐고요? 주임신부는 하느님이 주신 능력 중에는 고이 간직하는 편이 나은 것들이 있고, 사람들 앞에서 그들의 '전송' 능력에 대해 말해서는 안 된다면서 '자칫하면 흥분 잘하는 사람들이 나쁜 마음을 먹을 수도 있다'고 했어요. 노라와 조나는 그 말을 명심하겠다고 약속했습니다. 그리먼드 주임신부는 쌍둥이에게 사탕을 하나씩 주고 성당으로 돌아갔습니다. 그런 말이야 누가 못하겠습니까."

TV에서 흘러나오는 실망의 탄성이 위층으로 울려퍼진다. 소니 녹음기가 제대로 작동하는지 확인하면서 내가 묻는다. "앨버티나 부인이 신뢰할 만한 사람인지 어떻게 알죠?"

프레드 핑크가 머리를 긁적이자 비듬이 떨어진다. "당신이 정보 원의 신뢰도를 판단하는 것과 같은 방식일 것 같군요, 팀스 씨. 거 짓말의 냄새를 맡는 코, 헛소리를 감지하는 귀, 이야기를 감별하는 눈을 기르는 거지요. 체트윈드-피트 부인의 책은 허위 사실이라 면 얼버무리고 넘어갔을 법한 대목은 상세하게 기술되어 있고 거 짓말이라면 더 윤색했을 법한 대목은 거칠어요. 게다가, 그 여자가 거짓말을 할 동기가 뭐가 있겠습니까? 돈은 아니었어요. 그건 넘 쳐났으니까요. 사람들의 관심도 아니었어요. 이 책은 겨우 백 부를 찍었고 책이 출간되던 당시 부인은 거의 은둔자나 다름없이 살았 어요."

나는 애브릴이 준 금반지를 손가락 위에서 돌린다. "언론계에서 는, 논쟁의 여지가 있는 주장의 경우에는 교차검증을 시도하죠."

"'교차검증'이라. 좋은 말이지요. 그 말 염두에 두겠습니다. 이 제 레옹 캉티용 박사를 만나보실 때가 되었군요." 프레드 핑크가 가방 끈을 풀고 가장자리가 접힌 폴더를 꺼내 수작업으로 색을 입 힌 오래된 사진의 복사본을 꺼낸다. 마흔 정도로 보이는 남자의 사 진이다. 프랑스 외인부대 제복 차림에, 야성적이지만 매혹적인 미 소를 머금고 있고, 두 개의 메달을 달고 목에는 청진기를 걸고 있 다. 사진 제목은 르 독퇴르 L. 캉티용, 레지옹 에트랑제르, 오르드르 나 쇼날 드 라 레지옹 도뇌르, 크루아 드 게르*라고 적혀 있다. "레옹 캉 티용. 전적이 화려한 인물이지요. 1874년 더블린의 유서 깊은 프랑스 위그노교도 집안에서 출생, 프랑스어를 사용하며 성장, 트리니티칼리지에서 의학 전공, 하지만 욱하는 성격 때문에 결투에서 어느 의원의 아들을 쏘아죽이고 아일랜드를 떠나야 했죠. 탕. 미간에 명중, 바닥에 쓰러지기 전에 사망. 몇 달 뒤 프랑스 외인부대에 입대해―이건 1895년의 일입니다―아이보리코스트의 만딩고전쟁에서 위생병으로 복무, 이후 오랑^{**} 남부에서 펼쳐진 군사작전에도 참여했습니다. 지금은 프랑스인들 사이에서조차 잊힌, 아프리카 분할을 놓고 벌어진 더러운 전쟁들에 참전했지요. 언어에도 소질이 있어서, 의사나 군인으로 일하지 않을 때엔 아랍어를 공부했으며, 1905년에는 아랍어를 유창하게 구사할 수 있게 되었다고 하고, 같은 해 알제^{***}의 야전병원에 알짜배기 일자리를 얻었습니다. 본인 말에 따르면, 알제에서 처음 초자연적인 현상에 관심을 갖게 되었다고 합니다. 프로이센 신지론자들, 아르메니아 심령술사들, 이바디파 이슬람 샤먼들, 하시디즘 신비주의자들과 교류했고, 그러다가 알제 남부의 아틀라스산 기슭에 살았던 어느 신비주의자를 알게 되었지요. 아이트아리프의 알비노 사이이드로 통하던 사람이었는데, 그는 머지않아 그레이어 쌍둥이의 삶에서 중대한 역할을 하게 됩니다."

이 모든 게 나에겐 『다빈치 코드』처럼 들린다. "이런 정보를 어

---

[*] '닥터 L. 캉티용, 외인부대, 레지옹 도뇌르 훈장, 프랑스 무공 십자 훈장'이라는 뜻의 프랑스어.

^{**} 알제리 서북부의 도시.

^{***} 알제리의 수도.

디서 얻으셨나요, 핑크 씨? 앨버티나 부인의 책인가요?"

"아니요. 레옹 캉티용 역시 회고록을 썼어요. 『위대한 폭로』. 내가 갖고 있는 책이 현재 남아 있는 열 권 남짓한 책들 중 한 권이고 이 책이, 말하자면 앨버티나 부인의 이야기를 교차검증하는 셈이지요." 그가 고개를 돌리더니 팔꿈치 안쪽에 대고 흡연자 특유의 기침을 한다. 기침은 한동안 계속된다. "캉티용 박사는 1915년 초여름, 런던에서 체트윈드-피트 경을 만났습니다. 두 사람 다 친분이 있는 어느 지인의 집에서요. 술을 몇 잔 마시고 나서 체트윈드-피트 경이 군인이자 의사인 캉티용에게 앨버티나의 '만성 히스테리' 증상에 대해 얘기를 시작하지요. 가엾은 앨버티나는 그 무렵 아주 황폐한 상태였습니다. 1915년 3월 체트윈드-피트의 세 아들이 뇌브샤펠전투에 참전했다가 같은 주에 독가스를 마시고, 폭탄을 맞고, 총에 맞아 죽었거든요. 세 명 모두가요. 한번 상상해보세요. 월요일엔 아들이 셋 있었는데, 금요일엔 아무도 없는 것을. 앨버티나 부인은, 그렇게 무너졌지요. 육체적으로, 정신적으로, 영적으로, 잔혹하게. 그녀의 남편은 레옹 캉티용이, 연민을 지닌 심령술사이자 의사로서, 다른 사람들이 전부 실패한 그 일에 도움을 줄지도 모른다고 생각했어요. 그녀를 벼랑 끝에서 구출하는 일 말이지요."

프레드 핑크는 창문의 틀 안에 있다. 황혼이 내린다. "그래서 체트윈드-피트 부부는 '전송 사건' 이후 다시 한번 심령술에 발을 들이게 되었군요. 그렇죠?"

"그렇습니다, 팀스 씨. 그랬어요. 당시에는 교령회交靈會가 한창

유행이어서, 아서 코넌 도일 경 같은 사람들조차도 그런 것들이 과학적인 근거가 있다고 말했을 정도였으니까요. 물론 그러한 유행을 이용해 이득을 취하는 사기꾼들의 숫자도 결코 적지 않았지만, 노라와 조나 덕분에 체트윈드-피트 부부는 진짜 초자연현상도 일부 존재한다는 걸 알고 있었어요. 사실 체트윈드-피트 경은 죽은 아들들의 영혼과 교류하기 위해 영매들을 몇 데리고 왔었는데 그들 중 누구도 진짜가 아니었고 희망이 짓밟힐 때마다 앨버티나 부인의 정신은 타격을 입었지요."

나는 토마토주스를 입술로 가져갔지만 주스는 여전히 혈액은행의 표본 유리병처럼 보인다. "그래서 캉티용 박사는 도움이 되었나요?"

프레드 핑크가 거친 턱수염을 문지른다. "글쎄요, 어느 정도는, 그랬어요. 비록 그는 자신이 영매라고 주장한 적은 없었지만요. 앨버티나 부인을 진찰하고 나서 캉티용이 말하기를, 부인은 슬픔 때문에 '영혼의 길잡이와 연결된 천상의 끈이 끊어졌다'고 했어요. 그는 리프의 어느 산에 사는 샤먼에게서 배운 치유 의식을 행하고 나서 '묘약'을 처방했습니다. 자신의 책에서, 앨버티나는 그 묘약이 '그녀의 무덤에서 바위를 밀어내는 천사의 환영'을 보게 해주었다고 기술했고 자신의 세 아들이 저 높은 세상에서 행복하게 지내는 모습을 보았다고 했어요. 캉티용은 자신의 저서에서 그 묘약에 코카인이라고 불리는 놀라운 신약이 들어 있었다고 썼으니 그 대목은 알아서 해석하시길 바랍니다. 제가 보기엔, 약도 약이지만 속을 털어놓을 수 있었던 것도 도움이 되었던 것 같습니다. 에드워드

7세 시대의 여자가 은밀하게 사적인 감정을 털어놓고 하느님, 국
왕과 국가에 대한 분노를 표출할 수 있었던 것만으로도, 어느 정도
의 치료 효과는 있었겠지요. 요즘의 슬픔 상담처럼 말입니다. 그때
까지만 해도, 캉티용 박사는 그 집에서 무척 환영받는 손님이었던
게 틀림없습니다."

가방 속에서 휴대전화가 진동한다. 아마 애브릴이 내 문자에 답
을 보낸 거겠지만 나는 무시한다. "이 모든 일들이 벌어지는 동안
그레이어 쌍둥이는 어디 있었나요?"

"그게 궁금하시겠죠. 조나는 스와펌 영지 내 사무실의 견습 사
무원으로 일하고 있었어요. 그는 근시와 허약한 심장 때문에 징병
을 피할 수 있었지만 훗날 그가 관련 증상으로 고생했다는 이야기
는 없기 때문에, 그게 과연 사실인지 저로서는 의문을 품지 않을
수가 없더군요. 노라는 케임브리지에 있는 여학교에 일주일 단위
로 머물면서 신부 수업을 받고 있었지요. 레옹 캉티용은 당연히 그
들의 '전송' 이야기를 체트윈드-피트 부부로부터 전해들었고, 그
래서 기회가 보이자마자 시연을 부탁했습니다. 그 시연은 그가 스
와펌에 머물던 첫 주말에 행해졌지요. 그는 감명을 받았습니다. 아
주 깊은 감명을 받았어요. '인류 역사의 새로운 시대가 열렸음을 알
리는 사건이었다'고 훗날 그는 회고했지요. 그로부터 두 주 뒤, 박
사는 부부에게 제안을 합니다. 만약 그들이 노라와 조나를 그에게
'빌려'준다면, 그리고 쌍둥이도 그럴 의향이 있다면, 그가 '그들의
재능을 최대한 끌어올릴 수 있는 심령 교육을 제공하겠다'고. 의사
는 심령술을 가르칠 사부를 알고 있다면서, 그가 쌍둥이의 영적 교

류 기술을 수련시켜줄 거라고 했지요. 노라와 조나가 그 기술에 통달하게 되면 앨버티나는 사기꾼들한테 속을까봐 두려워하지 않고 저 높은 곳에 있는 그녀의 아들들과 자유롭게 얘기할 수 있을 거라고요."

나는 사기꾼의 냄새를 맡는다. "캉티용 박사는 믿을 만한 사람인가요?"

노인이 충혈된 연푸른색 눈을 문지르면서 고민하는 듯한 소리를 낸다. "글쎄요, 체트윈드-피트 부부는 그를 믿었어요. 우리 이야기에서는 그 점이 중요하지요. 그들은 노라와 조나를 교육시키겠다는 그의 제안을 받아들였지만, 바로 이 대목부터 앨버티나 부인의 이야기와 박사의 이야기가 어긋나기 시작합니다. 부인은 레옹 캉티용이 아이들을 데리고 몇 달 정도만 떠나 있을 거라 했다고 썼어요. 레옹 캉티용은 체트윈드-피트 부부가 그레이어 남매를 데리고 있는 기한, 시간, 혹은 거리에 관한 구체적인 대목을 명시한 적이 없다고 말하고 있고요. 누가 진실을 말하는 거냐고요? 그야 나도 모르죠. 진실이란 건 본래 사후에 변하는 습성이 있지 않던가요? 우리가 아는 것은 레옹 캉티용이 쌍둥이를 데리고 먼저 도버로 갔다가 칼레로 건너가고, 전시의 파리를 지나, 마르세유로 내려간 다음 거기서 증기선을 타고 알제로 갔다는 겁니다. 앨버티나 부인은 그 여행을 두고 '납치, 그 이상도 이하도 아니다'라고 썼지만 그녀와 남편이 그 사실을 깨달았을 때 이미 기차는 떠난 뒤였지요. 미성년자를 본국으로 송환한다는 건 지금도 여간 어려운 일이 아니지요. 당시에는 열여섯 살이면 거의 성인으로 취급했고, 더구나

1차세계대전이 한창일 때라, 프랑스 식민지령에서 법적인 문제를 따진다는 건—얼토당토않은 일이죠. 그레이어 쌍둥이는 그렇게 사라져버렸어요."

어딘가 석연치 않다. "본인들 의사에 반해서 끌려갔다는 건가요?"

프레드 핑크의 얼굴은 그럴 리가요, 라고 말하고 있다. "어느 쪽을 택하시겠습니까? 전쟁중에 영국 토리당 지지자의 소택지에서 고아 서민으로 사는 것? 아니면 알제리의 별빛 아래 심령술을 연마하는 학생으로 사는 것?"

"제가 심령술을 믿느냐 안 믿느냐에 따라 달라지겠죠."

"그들은 믿었어요." 프레드 핑크가 맥주를 마신다. "샐리도 믿었고요."

만약 샐리가 믿지 않았다면, 나는 생각한다. 한밤중에 낯선 뒷골목에서 유령 사냥 놀이를 하지도 않았을 거고, 그런 일을 당하지도 않았겠지요. 입을 다물고 있지 않으면, 인터뷰를 망칠 것이다. "그래서 그레이어 쌍둥이는 알제리에 머물렀군요."

"네, 그랬어요. 노라와 조나는 이미 텔레파시를 알고 있었어요. 제대로 배운다면 또 어떤 다른 능력을 습득할 수 있을까요? 레옹 캉티용은 교활한 수완가였습니다. 그 점에 대해서는 의심의 여지가 없어요. 하지만 교활한 수완가라도 그 일의 적임자일 수는 있겠지요." 그는 다시 레옹 캉티용의 사진을 본다. "그는 쌍둥이를 아이트아리프의 알비노 사이이드에게 데리고 갔어요. 아까 그 사람에 대해 언급했었죠. 사이이드는 '라 부아 옹브라제' 혹은 '어둠의 길'이라는 심령술 종파를 따르고 있었고, '비밀 골짜기의 높은 잘

루목'에 있는 물살이 센 냇가에 자리잡은 '여러 개의 방이 있는 거처'에 머물고 있었고, 알제에서는 차로 하루 거리였어요. 캉티용이 우리에게 전해준 정보는 그게 다입니다. 사이이드는 이상한 외국인 쌍둥이를—당시 두 아이는 아랍어를 한마디도 못했다는 걸 기억하세요—제자로 받아들였어요. 아마도 아이들의 잠재력을 보았던 거겠지요. 캉티용은 알제의 외인부대 야전병원의 본업으로 돌아갔지만, 아이들의 진도를 점검하기 위해 이 주에 한 번씩 사이이드의 거처를 찾아갔습니다."

식당 밖에서 웬 여자가 소리친다. "가면 간다고 말을 해야 할 거 아냐, 이 멍청아!" 차 한 대가 굉음을 내며 지나간다. "핑크 씨," 내가 말한다. "솔직히 말씀드리면, 지금 하시는 얘긴 제 동생의 실종과는 거리가 아주 먼 것 같은데요."

프레드 핑크가 고개를 끄덕이고, 벽에 걸린 시계를 보며 얼굴을 찌푸린다. 여덟시 십사분. "아홉시까지만 시간을 주세요. 그때까지 이 모든 얘기를 샐리, 그리고 우리 앨런과 연관짓지 못하면, 택시를 불러드리리다. 내 명예를 걸고."

프레드 핑크를 거짓말쟁이로 폄하하고 싶진 않지만 대체역사에 빠진 몽상가라는 생각은 든다. 하지만 한편으로는 샐리의 실종에 대해 나 자신도 오랜 세월 조사를 했지만 그 어떤 성과도 얻지 못한 게 사실이었다. 어쩌면 프레드 핑크가 날 찾아낸 것은 상식적이지 않은 곳에서 단서를 찾아야 한다는 암시일 수 있다. 바로 지금부터. "좋아요. 아홉시까지. 캉티용이 앨버티나 부인에게 약속했던 것처럼 죽은 자들의 영혼과 교류하는 것도 사이이드의 교과에 포함되어 있었나요?"

"질문을 아주 제대로 하시는군요, 팀스 씨." 프레드 핑크는 틱택 박하사탕 상자를 꺼내더니 흔들어서 세 알을 털어 나에게 하나를 권한 다음—나는 거절한다—세 알 모두 입안에 털어넣는다. "아뇨. 레옹 캉티용은 체트윈드-피트 부부에게 교령회에 대해 거짓말을 했어요. 내 생각에 레옹 캉티용은 교령회가 거의 대부분 사기라는 걸 알고 있었던 것 같아요. 사람이 죽으면 영혼은 삶과 무無의 바다 사이의 '황혼'을 가로지르게 되지요. 그 여행은 사십구 일이 걸리지만 그곳에는 말하자면 와이파이가 없기 때문에, 그 어떤 메시지도 전달되지 않아요. 어느 방향으로도. 영매들은 자기들이 죽은 사람의 목소리를 듣고 있다고 믿을지 모르지만, 사실 그건 불가능하다는 게 따분한 현실이지요."

이게 무슨 미친 소린가. "굉장히 구체적이네요. 사십구 일이라고요?"

프레드 핑크가 어깨를 으쓱한다. "음속이라는 것도 굉장히 구체적이죠. 원주율도 그렇고. 화학 공식도 마찬가지고요." 그가 틱택을 씹는다. "아프리카 북부의 아틀라스산에 가본 적이 있나요, 팀스 씨?" 나는 고개를 젓는다. "난 가봤어요. 믿거나 말거나, 바로 몇 년 전에. 복권을 긁어서 3천 파운드가 생긴 덕분에 다녀왔지요. 그 돈이면 알제리에서 아주 오래 버틸 수 있더군요. 소매치기나 바가지 상인들만 조심하면 말입니다. 험준한 산, 마른 하늘, 뜨거운 바람…… 아, 그 어마어마한…… 낯섦이랄까. 난 결코 잊지 못할 겁니다. 거기 오래 머물다보면 뇌 구조가 달라져요. 히피들이 60년대에 마라케시* 같은 곳에 앞다투어 몰려갔던 것도 놀랄 일이 아니지요. 장소가 사람을 바꿉니다, 팀스 씨. 사막은 우리네 창백한 북부 사람들을 완전히 바꾸어놓아서 심지어 어머니조차 우릴 알아보지 못할 정도가 됩니다. 하루하루, 쌍둥이의 영국적 특성은 사라져갔어요. 그들은 사이이드의 다른 제자들로부터 아랍어를 배웠어요. 납작한 빵, 후무스**, 무화과를 먹었어요. 조나는 수염을 길렀고 노라는 정숙한 이슬람 소녀처럼 베일을 썼어요. 그런 기후에서는 구두와 커프링크스와 페티코트 같은 것들보다 샌들과 디슈다샤***가 훨씬 더 이치에 맞았지요. 쌍둥이에게 달력은 의미를 잃었다고 캉티용은 쓰고 있습니다. 일 년, 이 년, 삼 년이 그렇게 흘렀지요. 아이들은 심령술을 배우고 영어에는 적절한 단어조차 없는 모호한 학문을 배웠습니다. 십만 명 중 한 명도 배우지 못한, 혹은 기회가 닿았어도 배울 수 없었던 것들을요. 그레이어 쌍둥이에게 외부 세계와의 유일한 연결고리는 캉티용 박사였지만 세상의 속도에 뒤처지지 않도록 그가 가져온 소식들—플랑드르의 학살, 갈리폴리의 참패, 메소포타미아의 학살, 웨스트민스터, 베를린, 파리, 워싱턴의 정치 상황—은 노라와 조나에게 옛날에 책에서 본 나라의 얘기처럼 들렸습니다. 현실이 아니었던 거지요. 쌍둥이의 고향은 사이이드의 골짜기였어요. 그들의 어머니의 나라이자 아버지의 나라는 바로 어둠의 길이었고요." 프레드 펑크가 가려운 목을 긁으며—그

---

* 모로코 마라케시주의 주도.
** 병아리콩을 으깨어 만든 중동 지역의 음식.
*** 중동 지역 남성의 전통 의상으로 흰색 로브 형태다.

는 가벼운 피부 질환을 앓고 있는 것 같다—내 머리를 관통해, 저 멀리 아틀라스산의 달빛이 드리워진 사이이드의 거처를 바라본다.

깨진 시계가 여덟시 십팔분을 가리킨다. "그들이 거기 얼마나 오래 있었죠?"

"1919년 4월까지요. 그 생활은 시작할 때처럼 갑작스럽게 끝났어요. 캉티용이 어느 날 사이이드를 방문했는데, 쌍둥이의 사부가 그에게 말하기를, 쌍둥이에게 자기가 아는 걸 전부 가르쳐주었다는 겁니다. 이제 저 바깥세상이 그들의 사부가 될 때가 왔노라고, 사이이드는 말했습니다. 그게 정확히 무슨 뜻이었을까요? 어디로 가라는 말이었을까요? 영국은 그들에게 별로 매력이 없었어요. 스와펌 영지의 체트윈드-피트 부부로부터 환대를 받을 리 만무하다는 건 분명했지요. 아일랜드는 산통을 겪고 있었고 잔혹한 내전이 일어날 조짐이 있었어요. 프랑스는 대부분의 유럽 국가들과 함께 무릎을 꿇었고, 전시의 항구로 알제가 누렸던 호황도 끝났고, 언제나 버는 것보다 쓰는 데 더 뛰어났던 캉티용에게 남은 것이라고는 반은 아랍인이 된 영국인 괴짜 쌍둥이밖에 없었어요. 결국 어떻게 하면 그레이어 쌍둥이의 심령술을 이용해 안락한 라이프 스타일을 구축할 수 있을까, 그게 박사의 딜레마였겠죠? 그리고 그 해답은? 미합중국, 그게 바로 해답이었어요. 그렇게 해서 세 사람은 7월에 이등석으로, 뉴욕행 배를 탑니다. 캉티용은 쌍둥이의 삼촌 행세를 했어요. 노라와 조나는 세상을 보고 싶어 안달이 난 상태였고요. 요즘 아이들이 고등학교를 졸업하면 흔히 그렇듯이 말입니다. 그들은 그리니치빌리지의 클링커 스트리트에 위치한 타운하우스에 입주했어요."

"거기라면 잘 알아요." 내가 말한다. "〈스파이글라스〉의 뉴욕 지부가 클링커 스트리트에 있거든요."

"그래요?" 프레드 핑크가 맥주를 마시고 트림이 나오려는 것을 참는다. "미안해요. 세상 참 좁군요."

"미국에서 무얼 해서 돈을 벌었나요?"

프레드 핑크가 그럴 줄 알았다는 표정을 짓는다. "교령회를 열었지요."

"하지만 교령회는 사기라면서요. 조금 전에 그러셨잖아요."

"그랬죠. 교령회는 사기가 맞아요. 난 캉티용이나 쌍둥이들을 옹호하려는 게 아닙니다, 팀스 씨. 하지만 그 사람들은 기존의 돌팔이들과는 달랐어요. 노라와 조나는 사람들의 마음을 읽고 그들이 만나는 사람들 대부분의 생각들을 '도청'할 수 있었어요. 그건 속임수가 아니었어요. 그들이 갖고 있는 또하나의 감각이었죠. 극도로 예민한 청력이랄까요. 그들은 고객들의 마음을 구석구석 들여다보고 아무도 모르는 것들을 알아냈어요. 심지어 그 마음의 주인들조차 모르는 것들을. 쌍둥이는 슬픔에 사로잡힌 고객들이 가장 듣고 싶은 말이 무언지, 그리고 그들을 가장 잘 치유할 수 있는 말이 무언지 알고 있었어요. 그리고 그 말을 해주었지요. 유일한 허구라고 한다면 그게 죽은 사람이 한 말이라고 주장했다는 것이죠. 당신은 그게 더 나쁜 거라고 말할 수도 있겠지요. 어쩌면 그 말이 맞을지도요. 하지만 그게 과연 오늘날 정신과의사들이나 상담사들이나 그 외의 정신 어쩌고저쩌고하는 사람들이 하려는 일하고 그렇게 거리가 멀까요? 당시에는 불행하고 절망에 빠져 자살 충동을 느끼는 뉴욕인들이 엄청나게, 정말이지 엄청나게 많았고, 그들은 자기가 사랑하는 사람들이 보다 나은 곳에서 그들을 보살피고 있고, 언젠가는 반드시 다시 만나게 될 거라는 확신, 상당한 확신과 함께 클링커 스트리트의 그 작은 집을 나설 수 있었어요. 결국 종교가 하는 일도 그런 거 아닌가요? 지구상의 모든 신부와 이맘과 랍비 들이 그런 일을 한다고 그들을 비난하시겠습니까? 네, 그레이어 쌍둥이의 교령회는 사실이 아니었습니다. 하지만 그들이 준 희망은 사실이었어요. 그렇다면 그편이 나은 게 아닐까요?"

그래도 사기는 사기예요. 나는 생각한다. 하지만 애매하게 고개를 끄덕여 보인다. "그래서 뉴욕에서의 사업은 순조로웠군요."

"아주 순조로웠죠. 캉티용은 교활한 매니저였어요. 그레이어 쌍둥이가 어느 정도 명성을 얻게 되자 그는 작전을 바꾸어서, 부유한 고객들의 저택에 비밀리에 방문 약속을 잡았습니다. 소품도 없고, 연기도 없고, 거울도 없고, 심령체도 없고, 점괘판도 없고, 괴상한 목소리도 없었습니다. 대중 공연도 없었고, 천박하거나 연극적인 요소도 없었어요. 단지 조용하고 침착하게, 정상적으로 슬픔을 걷어내는 것뿐이었지요. '아드님께서 이렇게 말씀하시네요.' '언니께서 이렇게 말씀하시네요.' 만약 고객이 단지 스릴을 추구하는 사람이라는 느낌이 들면 캉티용이 거절했습니다. 적어도 그 자신은 그렇게 주장했어요."

아래층의 TV에서 축구장의 함성이 울려퍼진다. 툭툭 끊어지는, 어르는 듯한, 비현실적인 소리다. "만약 그레이어 쌍둥이가 정말로 여러 가지 초능력을 지니고 있었다면 왜 부유한 미국인들한테 위로의 거짓말을 하는 것에 만족했죠?"

프레드 핑크가 마치 코미디에 등장하는 프랑스인처럼 어깨를 으쓱한다. 손바닥을 들고, 어깨를 높이 올리고, 고개를 내리고. "캉티용의 동기는—돈이겠지요—짐작이 가지만 노라와 조나는 일체의 기록을 남기지 않았으니 누가 알겠습니까? 어쩌면 그들은 자신들을 인류학을 공부하는 학생으로 여기고 교령회가 인간에 대한 이해를 돕는다고 생각했을지도 모르지요. 더구나 그들은 심각한 수준의 방랑벽을 갖고 있었기 때문에, 이 교령회 서비스는, 편의상 이렇게 부르자면, 어디에서나 통하는 여권이나 마찬가지였어요. 개인적인 추천들이 그들의 여정을 매끄럽게 해주었고, 그후로 레옹 삼촌과 그의 조카들은 두 번 다시 이등석을 타지 않았습니다. 1920년 봄 그들은 보스턴으로 이주했고, 가을에는 찰스턴, 그리고 뉴올리언스를 거쳐 샌프란시스코로 갔지요. 거기서 멈출 이유가 있나요? 그들은 배를 타고 하와이로 갔고, 거기서 다시 요코하마로 갔습니다. 일본에서 잠시 머문 뒤 다시 길을 떠나 베이징, 만주, 상하이, 홍콩, 마카오, 실론섬으로 갔어요. 최고의 호텔들과 그들에게 고마워하는 부유층의 대저택이 그들의 숙소였지요. 봄베이, 뉴델리, 그리고 영국령 인도제국에서 일 년 혹은 이 년을 머물지 못할 이유도 없었지요. 산간 피서지 마을에서 여름 한철을 보내기도 하고 말입니다. 그다음엔 아덴, 수에즈, 카이로, 키프로스, 콘스탄티노플, 아테네로 갔어요. 로마에서 겨울을 보내고 빈에서 봄을 보내고 베를린에서 여름을 보내고 파리에서 크리스마스를 보냈습니다. 자신의 책에서 캉티용은 쌍둥이가 여행을 하고, 관광을 하고, '마치 이국의 새처럼 발길 닿는 곳에 잠깐씩 머무는 동안' 어떻게 자신들의 기술을 연마했는지 설명하고 있습니다. 노라는 청혼을 여섯 번 이상 거절했고 조나 역시 그 나름의 관계와 정복을 즐겼던 게 분명하지만, 1925년 5월의 어느 부슬비 내리는 날까지는 계속 서쪽으로 향했습니다. 그날 도버에서 출발한 열차가 빅토리아역에 도착했고, 그레이어 쌍둥이와 그들의 보호자는 택시를 타고 베이스워터의 호화롭고 녹음이 우거진 거리에 위치한 퀸스가든스의 저택으로 향했습니다."

"교령회로 오 년 동안 전 세계를 누빌 자금을 마련했다는 건가요?"

"미국을 떠난 후 그들은 약간의 사업 다각화를 모색했습니다. 어둠의 길의 제자들이 설득의 기술을 배운 거지요. '마인드 컨트롤'이라는 다소 조잡한 이름도 있지만요. 팀스 씨, 그런 재능이 어떻게 돈이 될 수 있는지 아마 짐작하실 수 있겠죠……"

내가 맞장구를 쳐준다. "만약 그 '설득'이 실제로 가능하다면, 백만장자를 설득해 막대한 금액의 수표를 그들 앞으로 발행하게 만들 수도 있겠군요."

프레드 핑크의 얼굴이 내 추측이 정확했음을 암시한다. "그다음엔 또다른 어둠의 기술─편집─을 사용해서 관대한 후원자의 머릿속에서 수표를 써준 기억 자체를 지우는 거지요. 그걸 완전범죄라고 말하는 사람도 있겠지요. 생존이라고 부르는 사람도 있을 거고요. 사회주의자들은 부의 재분배라고 하겠죠." 프레드 핑크가 일어선다. "잠깐 화장실에 다녀와도 되겠습니까, 팀스 씨? 맥주를 마신 게 실수였네요. 전립선 상태가 영……"

나는 문 쪽을 가리킨다. "아무데도 안 갈게요." 아직은.

"토마토주스는 안 마실 건가요, 팀스 씨?"

나는 주스를 쳐다본다. "그게, 음, 별로 생각이 없어졌어요."

"다른 걸 가져다드리지요. 얘기를 듣는 것도 갈증나는 일이니까."

나는 손을 내젓는다. "그러실 필요 없어요."

프레드 핑크가 짐짓 우울한 표정을 지어 보인다. "아, 하지만 제가 꼭 그러고 싶은데요."

"좀 있다가요."

그가 자리를 뜨자 나는 녹음기의 전원을 끈다. 전부 녹음이 되었다. 그렇다고 다시 들을 거라는 얘기는 아니지만. 중증 음모론자나 정신병자들만이 노퍽, 더블린, 알제리, 미국, 태평양을 넘나드는 이 신비하고 동양적인 이야기를 1997년에 실종된 학생 여섯 명과 연관지을 수 있을 것이다. 지금 내뺄까 하는 생각도 든다. 아직은 런던으로 돌아가는 열차가 많을 테니까. 솔직히 지금 내가 내뺀다 해도 프레드 핑크가 뭘 어쩌겠는가? 열받아서 메일이나 한 통 보내고 말겠지. 나는 저널리스트다. 열받아서 보내는 메일이라면 한 시간에 스무 통은 받는다. 프레드 핑크는 자신의 삶에서 구 년을 혼수상태로 보냈고, 슬라우 외곽의 수용 시설에 갇혀 또 몇 년을 보냈다. 그리고 그는 흑마술 신봉자인 것이 분명하다. 이 남자의 뇌는 뒤죽박죽이다. 하지만 그럴 순 없다. 그에게 아홉시까지 있겠다고 약속했으니, 여기 있을 것이다. 이제 여덟시 이십칠분이다. 마지막 문자는 생각했던 것처럼 애브릴이 보낸 것이다.

와 잘됐다! 핑크 씨가 부디 시간 낭비가 아니어야 할 텐데. 혹시 긴급 탈출이 필요하거든 문자해.

내가 답한다.

핑크 씨에 관해서는 아직 판단 유보. 아홉시 삼십분경 패딩턴행 열차 타면 열시에 내릴 듯. 열한시경 집 도착 예정. xxx

전송. 저녁 먹은 기억이 없는 걸 보니 내가 때를 놓친 모양이다. 혹시 먹을 게 있는지 보려고 아래층으로 내려간다. 이 술집은 마치 무대 위의 세트 같고, 그나마도 돈에 쪼들려 만든 세트 같다. 맹인 남자와 그의 개가 떠나고 폭스 앤드 하운즈의 손님은 넷으로 줄었다. 플라스마 스크린에서 빨간 팀과 파란 팀이 경기를 펼치고 있지만 누가 누구인지 나는 모른다. 애브릴은 MUN이 맨체스터 유나이티드라는 걸 알고 ARS가 아스널이라는 걸 알지만 나는 그런 이름들을 도무지 모르겠다. 코너킥이라 주인 여자는 결과를 보려고 몇 초를 기다리고—노 골—마침내 내가 서 있는 바의 끝으로 느릿느릿 다가온다. 내가 간단하게 요기할 게 있는지 묻자 그녀가 대도시 언론인 동성애자에 대한 경멸을 담아 길게 뜸을 들인다. "치즈와 양파 칩, 아니면 소금 친 과자. 기름 없이 구운 땅콩, 꿀 바른 캐슈너트. 그게 다예요."

와우. 너무 많아서 못 고르겠군. "캐슈너트 두 봉지하고 다이어
트 토닉워터에 레몬 넣어주세요."

"우린 진짜 토닉워터만 팔아요. 다이어트 토닉워터 말고."

"그럼 진짜 토닉워터 주세요. 고맙습니다."

주인 여자가 선반에 있던 견과를 꺼내고 그 아래 선반에서 토닉
워터를 집어 뚜껑을 따고 유리잔을 꺼낸 다음, 시들시들한 레몬 한
조각을 집어넣고 앙상한 검지로 계산기를 두드린다. "3파운드 45펜
스." 나는 정확한 액수로 돈을 건넨다. 그녀가 묻는다. "어느 신문
사예요?"

"〈스파이글라스〉. 잡지예요."

"한 번도 못 들어봤구만."

"미국에선 여기보다 좀더 알아줘요."

"〈프라이빗 아이〉* 같은 거죠? 삐딱한 신문들?"

"아뇨, 그렇진 않아요." 내가 말한다. "우리 신문은 그렇게 풍자
적이진 않아요."

"그렇다면 왜 미국인들이 구 년 전 영국의 작은 마을에서 실종
된 학생 여섯 명한테 관심을 갖죠?"

"관심을 가질지 저도 잘 모르겠어요. 그건 편집장이 결정하겠
죠. 하지만 제가 궁금해서요." 나는 샐리 이야기를 할까 망설이다
가 하지 않기로 한다. "궁금해하는 게 제 직업이라서요."

"다 고릿적 얘기예요, 전부 다." 그녀가 화장실 쪽을 힐끗 보더

---

* 미국의 풍자 뉴스 잡지.

니 내 쪽으로 몸을 숙이고 두꺼운 화장 밑에 감추어진 지친 삶의 증거들을 보인다. "그런 식으로 부추기는 건 프레드한테 하등 도움이 안 돼. 앨런의 실종이 자기 탓이라고 생각하는데, 정신적으로 문제가 있어서 그런 거예요. 도킨스병원에서 텔레토비들하고 같이 육 년을 갇혀 있었던 위인이니까. 그건 알고 있겠죠?"

"네, 핑크 씨는 병력을 숨기진 않았어요."

주인 여자의 턱이 상상 속의 껌을 씹는 것처럼 움직인다. "프레드는 자기가 이 엄청난 미스터리를 해결할 모스 형사*라도 되는 줄 알고 있는데다 앨런을 포함한 엑스파일 식스의 여섯 명이 어딘가에 살아 있을 거라고, 어쩌면 찾을 수 있을 거라고 믿고 있으니, 아주 제대로 맛이 간 거지. '엑스파일 식스'라니. 한심한 TV 드라마도 아니고! 하지만 그 사건은 드라마가 아니에요. 아주 심각한 사건이지. 고통스러운 사건이고. 그냥 덮어두는 편이 나아요. 결국 프레드의 부인도 떠나버렸잖아. 재키야말로 성녀나 다름없는 여자였는데, 프레드가 알제리로 떠났을 때 그 부인도 더이상은 감당할 수가 없어서 맨섬으로 돌아가버렸어요. 이제 프레드가 온종일 생각하는 거라곤 일루미나티, 성배, 아틀란티스 그리고 이번주엔 또 뭔지 알 게 뭐람. 그리고 당신들," 그녀가 통통한 팔을 내 쪽으로 뻗을 때 프레드 핑크가 구석에 있는 화장실에서 나온다. "당신들이, 당신들이 그걸 부추기는 거예요. 불난 데 기름을 붙는 격이라고. 어이, 프레드!" 그녀가 허리를 펴고는 아무 일도 없다는 듯

---

* 영국 작가 콜린 덱스터의 소설에 등장하는 주인공으로 TV 시리즈로도 만들어졌다.

210

프레드 핑크를 향해 미소를 짓는다. "당신의 새 친구가 나한테 몇몇 버러지 같은 기자 놈들이 기삿거리를 얻어내려고 얼마나 비굴한 짓을 하는지에 대해 얘기해주던 참이었어요. 그런 놈들은 피라냐 먹이로 줘버려야 한다고 내가 그랬지. 지들하고 똑같은 놈들한테 먹혀야 한다고. 이번엔 브랜디로 한 잔 드릴까?"

"맥스 일은 미안해요." 위층으로 돌아온 프레드 핑크가 말한다. "당신이 저널리스트라는 얘기를 하지 말았어야 했는데. 이 동네 사람들은 엑스파일 식스를 잊고 싶어해요. 너무 『애미티빌 호러』* 같고, 너무 버뮤다 삼각지대 같은 거죠. 집값에도 좋지 않고."

나는 꿀을 바른 캐슈너트 한 줌을 씹는다. 세상에, 진짜 맛있다. "'버러지 같은 기자 놈들'은 제가 들은 말 중 그나마 양호한 편인 걸요. 제 말 믿으셔도 돼요. 자, 핑크 씨. 캉티용과 쌍둥이가 수년간 해외여행을 한 뒤 베이스워터로 왔다는 것까지 말씀하셨죠."

프레드 핑크는 유리잔의 브랜디를 흔든다. "맞아요. 이제 때는 1925년입니다. 노라와 조나는 스물여섯, 삼촌 레옹은 쉰 살이었죠. 십 년 동안 캉티용은 쌍둥이의 해결사이자 보호자였고, 홍보 담당이자 회계사였어요. 이제 그는 그들의 전기 작가, 혹은 그 이상의 존재, 그들의 세례요한이 되고 싶었습니다. 그는 세상에 그들의 존재를 알리고, 심령술과 과학이 훌륭하게 결합될 수 있음을 설득할 때가 되었다고 판단했지요. 돈과 안락한 삶만으로는 충분치

---

* 1977년에 출간된 미국 작가 제이 앤슨의 소설로 후에 공포영화로도 만들어졌다.

않았던 겁니다. 그는 새로운 학파—초심령학—를 설립하고 그 누구도 아닌 레옹 캉티용 박사 자신이 학파의 다윈이자 프로이트, 뉴턴이 되고자 하는 야망을 품었지요. 그 야망은 노라와 조나의 심한 반대에 부딪혔어요. 그 무렵 그들은 이미 세상의 쓴맛을 볼 만큼 봤던 거지요. 그들은 숨어살면서 어둠의 길이 제시하는 막다른 길들 중 어떤 것이 막다른 길이 아닐 가능성이 있는지 알아보길 원했어요. 그래서 그들은 캉티용에게 싫다고, 전기는 없을 거라고, 위대한 폭로도 없을 거라고, 더이상 대외적인 활동도 없을 거라고 했어요. 고분고분한 레옹 삼촌은 쌍둥이에게, '잘 알겠고 너희들 뜻을 따르겠다'고 했어요. 고분고분한 레옹 삼촌은 새빨간 거짓말을 하고 있었어요. 그로부터 이 년에 걸쳐 캉티용은 자신의 걸작, 『위대한 폭로』를 집필했습니다. 그것은 당시에 출간된 주술에 관한 책들 대부분과는 달리, 유럽 최고의 마녀와 마술사 열 명의 얘기를 담아놓은 그런 유의 책이 아니었습니다. 레옹 캉티용의 책은 세 부분으로 나뉘었어요. 1부에서는 사상 최초로, 어둠의 길의 역사가 시작된 15세기부터 20세기까지를 다루었어요. 2부에서는 스와펌 시절부터 다시 영국으로 돌아오기까지 쌍둥이들의 일대기를 다루었고요. 3부에서는 우리가 짐작하는 바로 그 박사를 협회의 평생 회장으로 내세워 런던에 국제 초심령학 협회를 창설할 것이라는 내용이 담겨 있었습니다."

가방 안에서 휴대전화가 진동한다. 애브릴이 내 답장에 답을 보낸 게 분명하다. 여덟시 사십오분. 나중에 확인해도 된다. "캉티용은 왜 쌍둥이의 뜻을 거슬렀을까요?"

"잘 모르겠습니다. 추측건대 캉티용은 일단 고양이가 자루 밖으로 나오고, 온갖 어중이떠중이들이 모여 초심령학 시대의 서막을 요란하게 공표하고 나면, 그레이어 쌍둥이도 그의 말이 옳았음을 깨닫고 동조할 거라 생각한 게 아닐까요. 만약 캉티용이 정말로 그렇게 생각했다면," 프레드 핑크가 머리에서 비듬을 조금 더 떨어낸다. "그건 실수였어요. 아주 비극적인 실수였지요. 1927년 3월 29일, 한 인쇄업자들이 『위대한 폭로』열 상자를 배달했습니다. 3월 30일, 우리의 선량한 의사 선생이 영국을 비롯한 세계 곳곳의 신지론자들, 철학자들, 주술사들과 후원인들에게 약 일흔두 권의 책을 발송했습니다. 제가 갖고 있는 책, 누구에게도 알린 적 없는 비밀 금고에 보관해둔 그 책이 그 일흔두 권 중 하나입니다. 다음날인 3월 31일 아침, 공교롭게도 때마침 그 근방에 있던 경찰이 퀸스가든스를 지나는 길이었지요. 그는 레옹 캉티용이 5층 창문을 열고 아기처럼 발가벗은 채 창틀에 걸터앉아서 이렇게 외치는 모습을 보았습니다. '인간의 마음은 고유한 장소이며 스스로 지옥의 천국을 짓기도 하고 천국의 지옥을 짓기도 한다.' 존 밀턴이 한 말입니다. 혹시 궁금하실지 몰라서요. 그리고 그는 뛰어내렸습니다. 잘하면 살수도 있었지만 하필 뾰족한 철창 위로 떨어졌어요. 어떤 광경일지 짐작이 가시겠죠. 잠시나마 꽤나 화제가 되었던 사건이었죠. 검시관은 정신 질환으로 인한 사망으로 결론지었고 〈웨스트민스터 가제트〉에서 그의 장례식을 다루었습니다. 조나가 추도사를 읽었고, '발목까지 오는 검은 크레이프드레스 차림의 차분한 슬픔의 화신'이었던 노라는―네, 그 대목을 외워두었지요―자신의 후견인을 위해 울었습니다. 조나는 기자에게 캉티용 박사의 '기괴한 망상'이 흑마술에 발을 들이는 것이 얼마나 위험할 수 있는지 보여주었기를 간절히 바란다고 말했습니다. 그리먼드 신부가 들었더라면 자랑스러워했겠지요. 몇 주가 지나자 외인부대 출신 의사의 비극은 옛날얘기가 되어버렸고, 발송되지 않은 채 쌓여 있던 그의 책『위대한 폭로』는 퀸스가든스에 있는 그레이어 쌍둥이의 벽난로 속에서 한 권씩 차례로 불태워졌습니다.

한 가지가 거슬린다. "'공교롭게도 때마침 그 근방에 있던 경찰'이라고 하셨나요?"

프레드 핑크가 브랜디를 홀짝인다. "노련한 설득 능력자에게 함부로 덤벼선 안 되는 법이죠." 프레드 핑크의 빵 부스러기를 쫓아가기 위해서는 나 자신의 온전한 정신에 잠시 눈가리개를 해야 한다. "그 말씀은, 설득 능력자가 사람을 창문에서 뛰어내려 죽게 만들 수도 있다는 뜻인가요?"

"정확히 그렇습니다, 팀스 씨."

"하지만 캉티용은, 지금까지 말씀하신 바에 의하면, 그들의 충직한 친구이자 보호자였잖아요."

"보호자'였던' 것은 사실입니다. 하지만 어느 순간 위협적인 존재가 되었죠. 일종의 배교자이기도 했고요. 주술의 세계도 여느 종교와 똑같습니다. 그런 점에서는 여느 극단주의자들과도 같지요. 명령을 따르는 한, 다 함께 먹고 마시고, '우리는 모두 한 가족'이라고 하지만, 자신의 생각을 말하고 교리에서 벗어난 이야기를 지껄이기 시작하면, 칼을 빼들게 됩니다. 캉티용이 떠밀렸든 아니면 스스로 뛰어내렸든 그레이어 쌍둥이의 흔적은 〈웨스트민스터 가제트〉 이후 점점 더 흐릿해졌고 그뒤로 사 년 동안 계속 흐릿한 상태로 남아 있었습니다. 1927년 5월 쌍둥이가 베이스워터 저택을 떠났고—그들이 떠난 시점은 세탁소의 기록으로 유추했습니다—그뒤로 큰 공백이 있어요. 1928년 마리팀알프스*의 생트아녜스에서 그들로 보이는 쌍둥이를 목격했다는 기록이 있고, 1929년 로디지아에 독심술을 지닌 영국인 쌍둥이가 있었다는 기록이 있고, 1930년 피지에서 보낸 연애편지에 쌍둥이 남자 형제가 있다는 '노라'라는 여자가 언급되긴 하지만 그 어떤 것도—그 단어가 뭐였죠?—교차검증이 되지 않았어요." 프레드 핑크가 불룩한 가방을 손가락으로 두드린다. "이미 충분히 인내심을 보여주셨으니 아홉시가 되기 전에 동생분의 역할에 대해 서둘러 말씀드려야 할 것 같군요."

"아홉시엔 일어날 거예요, 핑크 씨."

"1931년 8월, 지역 토지관리부 기록에 의하면 조나 그레이어와 노라 그레이어 남매가 슬레이드 하우스를 매입했습니다. 이 술집에서 200야드 못 되는 거리에 있는 곳이지요. 그 집은 18세기 세인트브리아나 교구의 목사관이었습니다. 한때는 숲과 들판에 둘러싸여 있었지만 그레이어 남매가 입주할 당시 슬레이드 하우스는, 말하자면, 사람들이 머물기보다는 스쳐지나가는 공업 도시에 위치해 있었고, 수많은 벽돌 주택들 틈에서 담이 높은 요새처럼 자리잡

---

* 프랑스의 동남부 국경과 이탈리아의 서북부 국경을 이루는 알프스산맥의 일부.

고 있었지요. 동네는 공장 노동자들, 대가족들, 아일랜드인이나 떠돌이들, 뜨내기들과 야반도주를 일삼는 자들만 바글거렸지요. 그런 점이 그레이어 쌍둥이의 목적에 꼭 들어맞았어요."

"어떤 목적인가요, 핑크 씨?"

"그들에겐 실험용 쥐들이 필요했어요, 아시겠지만."

내가 아는 것은 미치광이 판별기의 바늘이 눈금을 따라 올라가고 있다는 것이다. "실험용 쥐라면…… 무슨 실험을 말하는 거죠?"

프레드 핑크의 안경이 때문은 기다란 형광등을 반사하고 굴절시킨다. "난 죽어요, 어느 날이 될지는 몰라도. 내 나이가 지금 일흔아홉이고, 불붙은 굴뚝처럼 담배를 피워대는데다 혈압도 아주 나빠요. 이 술집 주인 맥스도 죽어요. 당신한테 계속 문자를 보내는 사람이 누구든 그 사람도 죽고 당신도 죽어요, 팀스 씨. 우리 삶에서 유일하게 확실한 게 있다면 바로 죽음 아니던가요? 우리 모두 그 사실을 알고 있지만 그럼에도 죽음을 두려워하도록 설계되었죠. 그 두려움이 우리의 생존 본능이고, 젊은 시절에는 그 본능이 쓸모 있지만 나이가 들면 저주가 돼요."

"옳은 말씀이에요, 핑크 씨. 그런데요?"

"노라와 조나 그레이어는 죽고 싶지 않았어요. 영원히."

때마침 아래층 TV에서 골이 들어갔고 관중들은 마치 주전자처럼 일제히 끓어오른다. 나는 저널리스트다운 표정을 유지한다. "우리 모두 그렇지 않나요?"

"네. 우리 모두 그렇지요. 영원한 삶." 프레드 핑크는 안경을 벗어 더러운 셔츠에 문지른다. "그게 종교가 발명된 이유고 또 그래서 종교가 계속 발명되고 있는 거지요. 죽지 않는 것보다 더 중요한 게 어디 있습니까? 권력? 황금? 섹스? 백만 파운드? 10억? 1조? 정말 그럴까요? 그런 것으로는 우리 차례가 왔을 때 단 일 분도 벌 수 없지요. 죽음을 속이고, 노화를 속이고, 요양원을 속이고, 거울을 속이고 그 거울 속에서 결국 당신도 보게 될, 나의 얼굴처럼 송장 같은 얼굴을 속이는 것, 머지않아 당신은 그것이야말로 우리가 좇을 만한, 손에 넣을 만한 가치가 있는 일이라는 생각이 들 겁니다. 그것만이 유일하게 노려볼 가치가 있는 일이죠. 우리가 원하는 것이고 꿈꾸는 것이고요. 우리 삶의 배경은 시대에 따라 변하지만 그 꿈만은 변치 않아요. 현자의 돌, 사라진 티베트 골짜기의 마법의 샘물, 세포의 노화를 늦춰준다는 이끼, 우리 인간을 몇 세기 동안 냉동시킨다는 액체 탱크, 남은 시간 동안 우리의 인격을 0과 1의 조합으로 저장해준다는 컴퓨터. 까놓고 얘기하면, 바로 불멸이지요."

미치광이 판별기의 바늘이 11을 가리킨다. "그렇군요."

프레드 핑크의 미소 짓던 입꼬리가 아래로 향한다. "그런데 한 가지 사소한 문제가 있다면, 불멸이란 게 다 헛소리라는 거죠. 안 그런가요?"

나는 다이어트 토닉워터가 아닌 토닉워터를 마신다. "굳이 물으신다면, 그렇죠."

그가 안경을 쓴다. "하지만 만약, 아주 가끔 그게 사실이라면요?"

그렇게 해서, 여덟시 오십이분에 프레드 핑크는 자신이 아내와 이혼한 것은 물론이고 현실과도 이혼했음을 증명하기에 이른다.

"만약 누군가 '죽지 않는 법'을 발견했다면, 그 비밀이 오래도록 지켜지진 못했을 것 같은데요."

이번에는 마치 자기가 내 비위를 맞춘다는 듯이 그가 말한다. "그래요? 왜 그렇게 생각하시죠, 팀스 씨?"

나는 분노의 한숨을 억누른다. "왜냐하면, 그걸 개발한 사람들이나 연구한 사람들이 인정, 명성, 노벨상을 원할 테니까요."

"아니. 그 사람들이 원하는 건 '죽지 않는 것'이에요. 세상에 알려지게 되면 일어날 수 없는 일이지요. 생각해보세요. 요즘 수많은 사람들이 얼마나 추잡하고 하잘것없는 이유로 서로 죽고 죽이는지. 석유, 마약 거래, 점령 지역에 대한 통제권과 '점령'이라는 단어. 물. 진정한 하느님의 이름, 진정한 하느님의 뜻, 하느님에 대한 접근권을 누가 소유하느냐. 독재자를 축출하고 나라를 조금 부숴놓으면 이라크가 스웨덴으로 변할 수 있다는 망상. 바로 그런 군지도자들, 소수 집권층들, 엘리트들, 유권자들이 영생을 누릴 수 있는 한정된 기회가 있다면 무슨 짓인들 못할까요? 팀스 씨, 그 사람들은 아마 3차세계대전을 일으킬 겁니다. 우리의 당돌한 발명가들은 미치광이들에게 살해되거나 벙커에 생매장되거나 핵전쟁으로 죽을 겁니다. 만약 공급이 제한적인 것이 아니라면, 상황은 한층 더 암울하겠지요. 맞습니다, 우리 모두가 죽음은 멈추겠지만 번식은 멈추지 않겠지요. 그렇지 않을까요? 남자들은 개나 마찬가지예요, 팀스 씨, 당신도 그건 알고 있잖아요. 이십 년, 삼십 년, 오십 년이 지나면 삼백억, 사백억, 천억의 인구가 우울한 우리의 세상을 잠식하겠죠. 마지막 슈퍼마켓에서 마지막 팟누들을 놓고 싸우는 동안, 인류는 자신의 오물 속에서 질식해 죽게 되지 않을까요? 어느 쪽이든, 결국 지는 거예요. 불멸의 비법을 발견할 정도로 영리한 사람이라면, 자신이 확보한 불멸의 기회를 잘 보호하면서 그것에 관해 입을 아주 아주 아주 꽉 다물어야 한다는 걸 알 정도로 영리하다는 뜻이겠지요. 그레이어 쌍둥이가, 여기서 멀지 않은 다락방에서, 팔십 년 전에 그랬던 것처럼." 프레드 핑크가 자신의 주장을 증명한 사람처럼 몸을 뒤로 기댄다.

그의 믿음은 흔들림이 없고 섬뜩하다. 나는 조심스럽게 단어를 선택한다. "그들이 성취했다고 프레드 씨가 말씀하시는 그것을 그레이어 쌍둥이는 어떻게 성취할 수 있었는데요?"

"네 가지 초심령학적 쾌거를 통해서요. 첫째, 틈새공간을 완성했습니다. 그게 뭐냐고요? 틈새공간은 시간의 영향을 받지 않는 작은 공간이에요. 그 안에서 촛불은 결코 타지 않고 육체는 늙지 않죠. 둘째, 그들은 사이이드가 가르쳐준 전환 능력―뉴에이지 머저리들은 영적 투사 능력이라고 부르더군요―을 강화시켜서 자신들의 육체를 벗어나 그들이 원하는 만큼 멀리, 원하는 만큼 오래 돌아다닐 수 있었어요. 셋째, 그들은 장기적 설득 기술에 통달했고, 그래서 그들의 영혼이 낯선 사람의 육체에 들어가 그 육체를 점령할 수 있었어요. 그 말인즉슨, 그레이어 쌍둥이는 슬레이드 하우스의 다락방에 만든 틈새공간에 자신들의 육체를 남겨두고 바깥세상에서 다른 사람들의 육체에 거주할 수 있게 되었다는 뜻이지요. 여기까지는 이해하시겠죠, 그렇죠?"

그렇다. 프레드 핑크는 미친 사람처럼 떠들고 있다. "영혼이라는 게 실재한다고 가정한다면요."

"영혼은 쓸개만큼이나 실재합니다, 팀스 씨. 제 말 믿으세요."

"그렇다면 그 누구도 영혼을 포착하거나 엑스레이로 찍을 수 없었던 이유는……?"

"정신을 엑스레이로 찍을 수 있던가요? 굶주림은 어떤가요? 질투는요? 시간은?"

"그렇군요. 그럼 사람의 영혼은 마치 팅커벨처럼 날아다닐 수 있다는 건가요?"

벽 안의 파이프가 꾸르륵거린다. "그 영혼이 '능력자'의 영혼이라면요."

"네?"

"능력자. 현재적, 혹은 잠재적으로 초자연적인 능력을 지닌 자이죠. 팅커벨과 비슷하지만 이 팅커벨은 당신의 동의 없이도 당신의 정신 속에 거주할 수 있어요. 원한다면 아주 오랜 세월 동안, 당신의 뇌에 침투해서, 당신의 행동을 조종하고, 당신의 기억에 황당한 장난을 치지요. 아니면 당신을 죽이거나."

내 휴대전화가 다시 진동한다. "그래서 그레이어 쌍둥이가 자신의 육체는 영원히 1931년에 머무는 슬레이드 하우스의 기포 속에 냉동 건조 상태로 남겨놓고 다른 사람들의 육체를 얻어 타고 방랑하는 한 쌍의 유대인처럼 돌아다녔단 건가요?"

프레드 핑크가 브랜디를 한 번에 들이켠다. "1934년입니다. 그들의 작업방식이 완벽해지기까지 몇 년이―그리고 몇 명의 실험용 쥐가―필요했어요. 하지만 함정이 있어요. 이 시스템은 저택의

힘으로 돌아가지 않아요. 심령전압으로 돌아가죠. 능력자의 심령
전압. 그레이어 쌍둥이는 구 년에 한 번 심령전압을 충전해야 합니
다. 그들은 적절한 손님을 그들이 주문이라고 부르는 일종의……
가상현실 속으로 유인해야 해요. 주문이 바로 그들의 네번째 쾌거
라고 볼 수 있죠. 손님이 그 안에 들어오면, 쌍둥이는 그들에게 묘
약을 먹거나 마시게 해야 합니다. 묘약이란 사람의 영혼을 육체에
묶어놓는 줄을 말라비틀어지게 만드는 약물이지요. 그래야 죽기
직전에 영혼을 추출할 수 있으니까요."

자신의 폭로가 지닌 역사적 중대성에 탄복해주기를 바라는 이
미친 노인네에게 무슨 말을 할 수 있겠는가. "무척 복잡한 과정인
것 같네요."

"아, 그레이어 쌍둥이는 그 과정을 아주 간단하게 보이도록 만
들었어요. 일종의 예술 행위라고나 할까요."

미친 박쥐 똥 같은 소리다. 여덟시 오십육분. "그게 제 동생과
무슨 상관이 있다는 거죠?"

"동생은 능력자였어요, 팀스 씨. 그레이어 남매가 심령전압을
얻으려고 당신 동생을 죽인 겁니다."

그랬군. 한 방 얻어맞은 기분이다. 내 동생을 자신의 미친 망상
속에 끌어들인 그를 나도 한 대 갈기고 싶다.

"앨런은 능력자가 아니었다는 걸 알았어요. 사라진 다른 네 명
의 형제자매들을 만나보았는데 그들 중 누구도 그런 후광을 지니
고 있지 않았어요. 하지만 당신에겐 있어요. 그래서 마침내 그들이
노린 사람이 샐리였다는 걸 확신하게 되었습니다."

믹서기 안에서 휘몰아치는 재료들처럼 온갖 감정들이 복잡하게 뒤엉켜 도무지 정리가 되지 않는다. "샐리를 만난 적도 없으시잖아요, 핑크 씨."

"아, 하지만 샐리의 경우에는 자료 조사 단계에서부터 의심의 여지가 거의 없습니다. 싱가포르에서 샐리의 의사가 쓴 진단서를 읽어보니 샐리의 초자연적 잠재력은—"

"저기요. 잠깐만요. 무얼 읽으셨다고요?"

"싱가포르에서 치료를 받았잖아요. 잘 아실 텐데요."

"물론 전 알고 있죠. 하지만 당신이 샐리의 정신과 진료 기록을 읽었다고요?"

"네." 프레드 핑크는 내가 화를 내는 것에 놀라는 눈치다. "읽어야만 했으니까요."

"당신한테 샐리의 진료 기록을 읽을 권리가 있나요? 그리고 그 자료를 어떻게 구했죠?"

그가 문 쪽을 바라보며 목소리를 낮춘다. "여간 힘들지 않더군요. 그건 분명히 말씀드릴 수 있습니다. 하지만 양심에 거리끼는 일은 아니었어요. 만약 누군가가 그레이어 쌍둥이를 일찌감치 저지했더라면, 팀스 씨, 나의 조카와 당신의 동생은 지금 우리 곁에 있었을 겁니다. 하지만 아무도 그러지 않았어요. 아무도 이런 배경을 알지 못했기 때문이죠. 하지만 나는 알고 있고 그래서 내가 그들을 막으려는 거예요. 이건 전쟁입니다. 전쟁에서 목적은 수단을 정당화하죠. 전쟁 자체가 수단을 정당화하는 목적이니까요. 믿거나 말거나, 난 이 보이지 않는 전쟁의 비밀 투사입니다. 그래서," 그의 입에서 침이 한 방울 튄다. "저는 싱가포르와 몰번의 병원에서 샐리의 진료 기록을 훔쳐본 것에 대해 사과할 생각이 없습니다. 그리고 상황을 감안해볼 때—"

잠깐—"샐리는 몰번에서는 상담사를 만난 적이 없어요. 샐리는 그 학교를 좋아했어요."

노인의 얼굴에 나타난 연민은 거북할 정도로 진실하다. "샐리는 거기서 비참했어요, 팀스 씨. 가혹한 괴롭힘을 당했지요. 죽고 싶어했어요."

"아뇨." 내가 말한다. "그럴 리가요. 그랬다면 저에게 말했을 거예요. 우린 가족이니까."

"많은 경우," 프레드 핑크가 허벅다리를 긁적인다. "가족들이 중요한 일을 가장 나중에 알게 되지요. 그렇지 않습니까?"

나의 복잡한 성 정체성을 염두에 두고 하는 말인지 알 수가 없다. 프레드 핑크는 간헐적으로 제정신이 아니긴 하지만, 멍청하진 않다. 나는 토닉워터를 한 모금 더 마시고 내 잔이 비어 있음을 깨닫는다. 여덟시 오십칠분. 가야 한다. 당장. 정말로.

"당신도 능력자예요." 프레드 핑크가 나의 이마를 바라본다. "아우라라고 표현할 수도 있고 느낌이라고 표현할 수도 있겠지만, 어쨌든 당신한테서도 심령전압이 넘친다는 걸 알 수 있어요. 그래서 슬레이드 앨리가 아닌 여기서 보자고 한 겁니다. 그 골목은 그레이어 남매의 구멍이 열리는 곳이에요. 그들의 주문으로 들어가는 구멍이죠. 그들이 당신의 냄새를 맡을 거예요."

나는 정신병자들을 겪을 만큼 겪어봤기에 그들이 모든 논리적

반박에 대한 답변을 갖고 있다는 것을—그래서 그들이 정신병자인 것이다—알고 있지만 그래도 나는 이렇게 묻는다. "만약 이 '영혼 뱀파이어들'이 오직 샐리만을 원했다면 다른 다섯 명은 왜 납치했죠? 앨런과 다른 아이들은 어디 있나요?"

"그레이어 남매는 목격자를 남기는 것을 원치 않았어요. 앨런과 다른 아이들은, 그 아이들은 그저……" 마치 통증이 밀려드는 듯, 프레드 핑크가 얼굴을 일그러뜨린다. "소멸되었어요. 그 아이들의 시신은 그들의 주문과 우리 세상 사이의 틈새에 버려졌어요. 마치 쓰레기 활송장치에 던져진 쓰레기봉투들처럼. 그나마 다행스러운 건 그들의 영혼은 이주했다는 겁니다. 하지만 샐리의 영혼은…… 전환되었어요. 먹혀버린 거죠."

아마도 나의 마음 일부는 여전히 내가 논리로 프레드 핑크를 설득할 수 있을 거라고 생각하나보다. 아니면 그의 정신세계에 대해 병적인 호기심을 지니고 있는지도. 아니면 둘 다이거나. "그렇다면 왜 경찰은 슬레이드 하우스를 한 번도 조사하지 않았죠? 더구나 그곳이 샐리와 앨런이 실종된 지점에서 그렇게 가까운 곳에 있다면?"

"슬레이드 하우스는 1940년에 완전히 폭파되어 잔해만 남았어요. 독일의 폭격을 정통으로 맞았지요. 크랜버리 애비뉴와 웨스트우드 로드는 전쟁 이후 그 위에 재건된 겁니다."

여덟시 오십구분이다. "그럼 샐리가 어떻게 1997년도에 그곳으로 유인되었다는 거죠?"

"샐리는 슬레이드 하우스의 주문 속으로 유인된 거예요. 일종의 복제품이죠. 그림자연극이고요. 수술 전 준비를 하기 위한."

"그렇다면 다락방의 틈새공간에 보존되었다는 그레이어 쌍둥이의 육체는 왜 폭격으로 파괴되지 않았죠?"

"왜냐하면 틈새공간 안에서 시간은 항상 1934년 10월 27일 토요일 밤 열한시가 조금 지난 시점에 멈춰 있으니까요. 틈새공간이 생성되었던 바로 그 시간에요. 만약 당신이 거기서 지켜보고 있었다면, 마치 그레이어 쌍둥이가 광속으로 달리는 기차를 타고 질주하듯 휙, 하고 사라지는 광경을 보았을 겁니다. 하지만 틈새공간 내부는 영원히 그 순간에 머물고 있어요. 콜로라도 로키산맥 아래에 있는 가장 깊은 핵 벙커보다 더 안전하지요."

아래층의 맥스라는 주인 여자 말이 맞다. 내가 이 비참하고 망가진 노인네의 광기를 부추기고 있다. 나의 휴대전화가 다시 한번 울린다. 시곗바늘이 아홉시를 향한다. 나는 맥스가 길고 거칠게 웃는 소리를 듣는다. 영화 〈사이코〉의 샤워 장면에서 흘러나온 날카로운 바이올린 소리를 연상시킨다. "아주 정교하고 일관성 있는 이론이긴 하지만……"

"순 헛소리죠?" 프레드 핑크가 브랜디 잔을 가볍게 두드린다. 쨍 소리가 난다.

나는 녹음기를 끈다. "전 마법을 믿지 않아요, 핑크 씨."

노인은 숨과 함께 자신의 폐가 텅 빌 때까지 길고 불안정하고 곡조 없는 음을 내뱉는다. "유감이군요. 당신은 저널리스트인데 말입니다. 당신이 〈스파이글라스〉에 엄청난 폭로 기사를 써줄지도 모른다고 생각했거든요. 관계 당국의 경각심을 고쳐시킬 수 있도

록." 그가 어두운 창문을 바라본다. "당신을 설득하려면 어떤 증거
가 있어야 할까요?"

"증거라고 말할 수 있는 증거요. 증거로 가장한 신념이 아닌."

"아." 그는 잉크와 담배로 얼룩진 자신의 손톱을 느긋하게 살펴
본다. 그가 나의 거절을 차분하게 받아들여서 다행이다. "증거, 믿
음. 그런 게 문제란 말이죠?"

"믿어드리지 못해 죄송합니다. 핑크 씨. 정말이에요. 하지만 전
믿을 수가 없네요. 그리고 제 파트너가 집에서 기다리고 있어서요."

그가 고개를 끄덕인다. "택시를 불러드리겠다고 약속했으니 그
렇게 하겠습니다. 내 비록 정신병자일지언정 약속은 지키는 사람
이니까." 그가 일어선다. "오래 안 걸려요. 문자 확인해봐요. 누가
걱정하고 있는 것 같은데."

끝났다. 허탈하다. 애브릴이 문자를 여섯 개나 보냈다.

자기 아직 안 끝났어?
호박 수프 끓여놨어.

잠자리에 들기 전에 수프를 먹으면 완벽하겠군. 다음 문자.

거기서 런던행 마지막 열차가 열두시 십오분이던데.
그거 탔어?

사려 깊은 문자이지만 조금 이상하다. 아직 아홉시밖에 안 되었

는데. '그거 탈 거야?'라는 뜻이겠지. 세번째 문자를 읽는다.

나 이제 진심으로 걱정돼.
전화했더니 수신 불가래. 지금 어디야?
호텔에 묵는 거야 뭐야? **전화해줘.**

호텔? 애브릴은 습관적으로 걱정을 달고 사는 사람이 아닌데. 왜 내가 호텔에 묵겠는가? 그리고 이렇게 문자를 보낼 수 있는데 전화는 왜 안 된다는 거지? 통신망 문제인가? 다음 문자.

자기야 지금 새벽 세시야. 네가 다 큰 성인이란 건 알지만 **전화** 해서 안부라도 알려주지 않으면 나 잠 못 자.
로타 결혼식 내일이잖아. 기억해?

새벽 세시? 대체 이게 무슨 소리지? 내 휴대전화는 이제 겨우 아홉시 이분이고, 깨진 시계가 알리는 시간도 똑같은데. 애브릴은 술을 진탕 마시지도 않고 대마초를 피우지도 않는다. 나는 그녀의 휴대전화로 전화를 걸어보지만…… 신호를 찾을 수 없음이라는 메시지가 나온다. 잘하는 짓이군. 보더폰*이 애브릴의 문자가 도착한 직후 통신망을 업그레이드하기 시작했나보다. 나는 다섯번째 문자를 읽는다.

---

* 영국의 통신업체.

프레야 너 화났어? 만약 그렇다면 미안한데 왜 화가 났는지 난 모르겠어. 잠도 못 자겠고 너무 걱정돼. 로타 결혼식이 정오에 시작하는데 거길 가야 할지 경찰에 신고해야 할지 모르겠어. 무슨 일이 일어났건 네가 다른 사람이랑 같이 있건 상관 안 할 테니 제발 **제발** 전화해줘.

애브릴은 이렇게 골때리는 농담을 하지 않지만, 만약 이게 장난이 아니라면, 정신적 문제가 틀림없다. "다른 사람이랑 같이 있건"? 우리에겐 서로밖에 없다. 우리가 처음 만난 그날부터 그랬다. 애브릴은 그 사실을 알고 있다. 알고 있어야 한다. 나는 이웃에 사는 톰에게 전화를 걸어본다. 아직도 신호를 찾을 수 없음. 어쩌면 술집에 공중전화가 있을지도 모른다. 폭스 앤드 하운즈는 1980년대에 멈춰 있는 모양새니까. 만약 전화가 없다면 우울한 주인 여자 맥스에게 돈을 내고 가게 전화를 써도 되느냐고 물어봐야겠다. 나는 마지막 문자를 읽는다.

로타한테 네가 임파선염에 걸려서 못 간다고 했어. 닉과 베릴에게도 전화했는데 네 소식 못 들었대. 경찰은 수색을 시작하려면 사십팔 시간이 지나야 한대. **제발 프레야 전화 좀 해. 나 미칠 것 같다고!!!**

프레드 핑크가 오늘밤 내게 했던 그 어떤 말도 이토록 날 혼란스럽게 하진 않았다. 애브릴은 나의 악몽들을 잠재워주는 침착한 사람이고, 내가 핸들에서 멀어질 때 내 손을 핸들로 끌어당겨주는 사람이다. 이 상황을 설명할 수 있는 건 정말이지 한 가지뿐이다. 애브릴이 미쳐가고 있다는 것. 나는 서둘러 가파른 계단을 지나 아래층으로 향하고⋯⋯

⋯⋯그리고 아래층으로 내려가보니 방금 빠져나왔던 위층이 도로 나타나고⋯⋯ 나는 그 자리에 서서 숨을 헐떡이며 몸을 떤다, 마치 얼음물을 뒤집어쓴 사람처럼. 나의 손이 문틀을 붙잡는다. 똑같은 테이블들, 똑같은 의자들, 똑같은 밤의 창문들, 바이올린을 연주하는 레프러콘이 그려진 똑같은 에나멜 기네스 맥주 광고판. 똑같은 폭스 앤드 하운즈의 위층. 아래층으로 갔는데 위층이 나왔다. 나의 뇌가 그런 일이 일어났다고 주장한다. 나의 뇌가 그런 일은 있을 수 없다고 주장한다. 우리가 앉았던 자리의 테이블 위에 나의 디지털 녹음기가 그대로 놓여 있고—경황이 없어서 챙기는 걸 깜빡했나보다—녹음기 양 옆에는 마시지 않은 토마토주스와 빈 캐슈너트 봉지들, 그리고 프레드 핑크의 브랜디 잔이 있다. 내 뒤쪽 계단은 아래로 내려가는 계단이고 아래층 홀의 바닥이, 흉측한 체스판 무늬가 보인다. TV에서 〈해브 아이 갓 뉴스 포 유〉*의 주제곡이 흘러나온다. 심호흡을 해, 프레야. 생각을 해. 스트레스가 심하면 일어날 수 있는 일이야. 네 직업은 스트레스가 많아. 어

---
* BBC의 정치 풍자 방송.

떤 미친놈한테 네 동생의 영혼이 디젤 연료로 전환되었다는 얘기를 들어서 스트레스를 받은 거야. 애브릴의 문자 때문에 스트레스를 받은 거야. 기억이라는 것은 최상의 컨디션일 때도 미꾸라지처럼 빠져나가버리곤 하지. 그러니까 분명히, 분명히, 넌 아래층으로 내려가는 걸 '미리 상상'했지만 실제로는 내려가지 않은 거야. 다시 아래층으로 내려가면—그러니까 지금—한 번에 한 발짝씩 차분히 내려가면 이번엔 분명히—

내 휴대전화가 울린다. 나는 허겁지겁 핸드백에서 전화기를 꺼낸다. 화면에는 알 수 없는 발신자라고 적혀 있다. 나는 제발 애브릴이기를 미친듯이 기도하면서 허겁지겁 전화를 받는다. "여보세요?"

들리는 소리라고는 치직거리는 모래 폭풍 소리뿐이다.

나는 전화기에 대고 말한다. "프레야 팀스입니다. 누구시죠?"

창가에 서면 신호가 잘 잡힐지도 모른다.

나는 더 크고 더 또렷하게 말한다. "애브릴? 너야?"

웨스트우드 로드의 커다란 나무들이 가로등을 가린다.

잡음 안쪽 깊은 곳에서 목소리가 들려온다. "제발! 숨을 못 쉬겠어!"

샐리. 샐리. 샐리다. 나는 바닥에 쭈그려앉는다. 내 동생.

그럴 리가 없어. 하지만 샐리가 맞잖아, 들어봐! "나한테 이러지 마, 하지 마!"

내 동생이 살아 있다! 상처 입고 두려움에 떨고 있지만, 그래도 살아 있다! 말문이 트이고 잠겨 있던 목이 열리자 내가 말한다. "나 프레야야, 샐. 어디 있어? 샐! 지금 어디 있냐고!"

잡음이 울부짖고 때리고 퍼덕거리고 흐느끼고 몸부림치고 나는 목소리를 듣는다. '언젠가누군가너희를막을거야너희는고통을겪게될거야대가를치르게될—'

전화가 끊어지고 화면에는 신호를 찾을 수 없음이라는 글자가 뜨고 나는 머릿속으로 안 돼!라고 외치지만 그래봐야 도움이 안 되고 그래서 최근 통화 기록을 보려고 메뉴를 검색하지만 그러다가 게임 버튼을 잘못 누르고 스네이크 게임이 시작되고 나의 멍청한 개같은 휴대전화는 게임이 완전히 켜진 뒤에야 다시 이전 메뉴로 돌아갈 수 있고, 그러나 샐은 살아 있고 살아 있고 살아 있고 그래서 나는 당장 경찰에 전화를 해야 하지만 내가 경찰하고 통화하는 중에 샐리가 전화하면 어쩌지? 아니면 몇 달 전 납치범으로부터 탈출했다는 오스트리아의 캄푸슈라는 여자처럼 샐리도 구 년 동안 정신병자의 감방에 갇혀 있었던 거라면? 아니면—

내 휴대전화가 다시 진동하며 번쩍인다. 내가 대답한다. "샐리!"

"아뇨, 아가씨. 전 아래층의 우울한 여자랍니다."

술집 주인 맥스? "이봐요. 제가 지금 내려갈게요. 제가 도움이—"

"안타깝지만 샐리를 돕기엔 좀 늦은 것 같은데, 아가씨."

나는 그녀의 말을 머릿속에서 한번 더 재생해본다.

나는 말을 할 수도, 움직일 수도, 생각할 수도, 그 무엇도 할 수가 없고……

……형광등 속에 죽어 있던 파리들이 깨어났다.

"그건 그녀가 남긴 반향일 뿐이야, 아가씨. 그녀의 잔여물이지. 구 년 전에 발송된 시간의 음성 편지라고 해도 좋고. 아, 좋아, 그럼. 네 동생의 유령이 하는 말이었다고 해두지."

끈끈한 공기를 가르고 두려움이 엄습해온다. "당신은 누구죠?"

맥스는 약올리는 듯하면서도 친근한 목소리로 말한다. "분명히 〈스파이글라스〉 최고의 저널리스트 중 한 명이시니 오늘 저녁 들은 모든 얘기를 토대로 무언가를 유추해냈을 법도 한데?"

내가 무얼 놓친 걸까? "핑크 씨와 얘기를 해봐야겠어요."

"진짜 프레드는 몇 달 전 세상을 떠났어, 아가씨. 전립선암으로. 끔찍한 죽음이었지."

깊이 들이켠 숨에 나의 폐가 부풀어오른다. 그렇다면 그자는 죽은 사람 행세를 하면서 정신병자 도우미들―술집의 다른 손님들?―로 구성된 팬클럽을 거느린 진짜 사이코패스인가? 잠긴 술집, 내려진 블라인드, 살인. 살인. 나는 창가로 가본다. 내리닫이창인데 창문은 잠겨 있고 열리지 않는다.

주인 여자의 목소리가 나의 노키아 휴대전화에서 지직대며 울려퍼진다. "아직 거기 있어, 아가씨? 연결 상태가 좋지 않네."

계속 얘기하게 해. "이봐요, 샐리가 어디 있는지만 알려줘요. 분명히―"

"샐리는 아무데도 없어. 샐리는 죽었어. 죽었어. 죽었어. 죽었어."

나는 휴대전화를 바닥에 떨어뜨리고 그대로 내버려둔 채, 창문을 부수고 죽어라 악을 써대며 거리의 정적을 깨고 파이프를 타고 내려가거나 그냥 뛰어내릴 작정으로 의자를 집어들지만 유리창을 부수려고 돌아보니 창문이 없다. 그냥 벽이다. 창문이 사라졌다. 그냥 벽이다……

……나는 계단 쪽으로 돌아선다. 계단도 사라졌다. 그 자리에 낡은 금빛 손잡이가 달린 옅은 색 문이 있다. 그 너머에 주인 여자가 있다. 저 여자가 하는 짓이다. 어떻게 한 건지는 몰라도 저 여자가 하는 짓이고, 여자가 내 머릿속에 있다. 혹은 잠깐만 잠깐만 잠깐만―

내가 하는 짓이다. 내가 정신병자다, 프레드 핑크가 아니라.

나는 경찰차가 아니라 구급차가 필요하다. 999. 전화해. 당장.

정말이지, 어느 쪽이 더 있을 법한 일인가? 물리학의 법칙이 무너지는 것? 아니면 스트레스에 지친 저널리스트가 무너지는 것? 나는 이 명료한 상태가 지속되기를 바라며 휴대전화를 집어든다. 차갑고 노련한 목소리의 여자가 곧바로 대답한다. "여보세요, 응급 서비스입니다."

"네, 안녕하세요, 저, 제 이름은 프레야 팀스이고, 제가…… 제가…… 제가…… 제가……"

"진정하세요, 프레야." 교환원의 목소리가 우리 어머니 같지만, 더 노련하다. "현재 상황을 말씀해주시면 도와드릴 방법을 찾아보겠습니다."

내가 술집에서 환각 상태에 빠졌다고 말하면 상담사 번호를 알려주고 어물쩍 넘어가려 할 것이다. 뭔가 극단적인 조처가 필요하다. "진통이 시작됐어요. 지금 저 혼자고, 휠체어를 타고 있고, 구급차가 필요해요."

"좋아요, 프레야, 걱정 마세요. 위치가 어디죠?"

"술집. 폭스 앤드 하운즈. 하지만 제가 이곳 출신이 아니라―"

"괜찮아요, 프레야. 어디인지 잘 알아요. 우리 남매가 그 근처에 살고 있거든요."

나는 생각한다. 천만다행이군! 하지만 그 순간 깨닫는다.

여자가 왜 그렇게 재미있어하는 목소리인지 알 것 같다.

나는 여기서 빠져나갈 길이 없음을 깨닫는다.

"늦게라도 알았으니 다행이네." 전화기 속 단호한 목소리가 말한다. "돌아서서 네 뒤쪽 테이블 위에 놓인 촛불을 봐. 당장."

내가 시키는 대로 돌아서는 동안 실내가 어두워진다. 받침과 자루 부분에 룬문자*가 새겨진 화려한 촛대에 초 하나가 꽂혀 있다. 불꽃이 흔들린다.

"불꽃을 바라봐." 목소리가 명령한다. "바라봐."

현실이 마치 종이접기처럼 접히고, 어두워지다가 암흑이 된다. 나의 육체는 감각이 없지만 나는, 짐작건대, 무릎을 꿇고 있는 것 같고, 내 앞에 세 개의 얼굴이 있다. 초의 왼쪽에는 삼십대 중반의 여자가 있다. 낯익은 얼굴인데…… 술집 주인 맥스지만 스무 살은 젊어 보이고, 더 호리호리하고, 더 금발이고, 피부가 더 매끄럽고 섬뜩하게 아름답다. 초의 오른쪽에는 같은 또래의 남자가 있고, 그 역시 금발이고, 역시 내가 아는 얼굴인데…… 그의 얼굴을 찬찬히 살펴보니, 젊은 프레드 핑크의 얼굴이 떠오른다. 두 사람은 쌍둥이다. 그들이 노라 그레이어와 조나 그레이어가 아니면 누구겠는가?

---

* 나무나 돌에 새겨진 형태로 발견된 고대 게르만족의 문자.

그들은 완벽하게 정지된 상태다. 초의 불꽃처럼, 그리고 초 위에서 나를 내려다보는 세번째 얼굴처럼. 프레야 팀스가 거울 속에서 나를 바라보고 있다. 나는 사지를, 엄지를, 눈꺼풀을 움직이려 애써보지만 나의 신경계는 완전히 마비되었다. 셸이 당한 일이 이것이었나? 그 대답은 아마도 '그렇다'일 것이다. 셸은 내 생각을 했을까? 언니가 와서 자기를 구해주기를 바랐을까? 아니면 그때쯤엔 이미 그런 희망은 버린 뒤였을까?

"믿을 수가 없어!" 초의 불꽃이 풀어졌다가 꼬이는 동안 노라 그레이어의 얼굴이 깜박이며 분노를 터뜨린다. 아마도 나는 이곳에 몇 분 혹은 며칠을 있었나보다. 시간을 가늠하려면 시간이 필요하다. "어떻게 감히 그럴 수가 있어?"

"노라." 조나 그레이어가 마치 아귀가 안 맞는다는 듯 턱을 움직인다.

나, 나는 여전히 눈 밑으로는 전부 마비된 상태다.

"우리 인생 전체를 이 한심한 기자 나부랭이한테 털어놓다니!"

"프레드 핑크는 자신이 알아낸 사실의 일부를 공유할 수밖에 없었어. 그러지 않았다면 꿀꿀이의 언니는 시간 낭비라고 생각하고 일찌감치 자리를 떴을걸. 왜 이렇게 과민 반응이야?"

"내가 '과민 반응'이라고!" 초 위로 침이 튄다. "사이이드였으면 어둠의 길을 언급한 것만으로도 널 끝장냈을 거야. 그 자리에서 즉시, 아주 정당한 이유로!"

"오, 사이이드가 그러려고 애쓰는 모습을 어디 한번 보고 싶네.

우리 위대한 사부님께 평화가 함께하길. 대체 뭐가 두려운 거야? 우리 이야기는 정말 놀라운 사건의 연속이었는데도 신중한 청중과 공유할 기회가 한 번도 없었어. 그런데 이 여잔 신중하거든. 얼마나 신중한지 한번 물어볼까? 물어보자. 그럼 네 마음이 편해질 테니까." 그가 나를 돌아본다. "팀스 씨. 이 기억에 길이 남을 저녁에 당신이 들은 프레드 핑크의 이야기를 신문에 게재할 생각인가요?"

나는 단 1밀리미터조차 고개를 저을 수가—혹은 끄덕일 수도—없다.

"그럴 생각이 없는 걸로 받아들여도 될 것 같아. 그러니까 진정해."

"'진정'하라고? 이젠 십대 애들처럼 행동하는 걸로도 모자라서 이러는 거야? 우리 손님은 하마터면 나타나지 않을 뻔했어. 첫번째 묘약도 거부했고—"

"아니 아니 아니 아니 아니. 이러지 마, 노라. 또 시작이군. 너무도 성공적인 결과를 인정하는 대신 온갖 만약의 경우를 들먹이면서 겁을 집어먹는 것 말이야."

대체 무슨 일이 일어나고 있는 거지? 나는 간절히 묻고 싶다. 결과라니?

"프레드 핑크가 전부 다 대답해줬잖아, 귀염둥이." 조나가 조롱하는 듯한 얼굴을 내 쪽으로 돌리며 말한다. "하지만 내가 널 위해 설명해주지. 이제 보니 네 동생은 통통한 살집 외에 너와 비슷한 수준의 두뇌도 물려받은 것 같네. 네가 날—그러니까, 프레드 핑크를 사칭하기 위해 무작위로 골라 입은 노인의 몸속에 들어 있는 나를—만나러 오는 길에, 넌 우리의 만남이 결국 시간 낭비라는 결론을 내렸어. 이러한 만약의 사태에 대비해서, 나는 네게 미행을 붙여놓았었지. 야외 공원의 무대 근처 외진 모퉁이에서 나의 블랙워터맨 중 한 명이 네 얼굴에 아주 독창적인 화합물을 뿌렸어. 넌 그 자리에서 의식을 잃었지, 가엾게도. 나의 선견지명 덕분에," 그가 노라를 흘금 바라본다. "세인트 존 병원 구급차가 일 분 거리에 있었고, 우리의 충직한 봉사자들이 너를 안전하게 휠체어에 묶어서 오 분 만에 우리의 구멍으로 데리고 왔어. 심지어 후드로 네 얼굴을 가려주기까지 했지. 비를 맞지 않도록. 그리고 물론 사람들의 시선을 피할 수 있도록. 그렇게 해서 너는 우리의 주문 안으로 들어왔고 노라가 재빨리 여기에 폭스 앤드 하운즈—본래 너의 목적지였던 곳—와 적당히 비슷한 복제품을 생성했고 그다음에 너를 이 주문의 심장부인 틈새공간으로 데리고 온 거야. 능력자의 기억을 편집하는 게 결코 만만한 일은 아니기 때문에, 나는 안전을 기하기 위해 오늘 하루의 기억을 전부 다 지웠고, 그래서 네가 오늘 오후 런던을 떠난 기억이 없는 거지. 네가 깨어났을 때 나는 네 인생 최고의 특종 기사를 대접했고. 그렇게 된 거야." 조나가 혀로 자신의 위쪽 치아를 훑는다. "그때 뿌듯하지 않았어? 난 마치 탐정극 마지막 장면에서 사건의 전말을 최종적으로 정리하는 형사가 된 기분이었어. 알아, 안다고, 노라." 조나가 다시 한번 노라에게로 고개를 돌린다. 여자는 여전히 화가 난 것 같다. "우리의 손님이 토마토주스에 콧방귀를 뀌긴 했지. 하지만 결국 우리가 캐슈너트로 확실하게 보내버렸잖아. 그래 인정해, 내가 프레드 핑크 역할을 하면서 대본에서 약간 벗어나 의도했던 것보다 조금 더 많은 내용을 노출한 건 사실이야. 하지만 저 여잔 어차피 이 분 뒤면 죽을 텐데 뭘. 죽은 저널리스트는 기사를 쓸 수 없잖아."

죽는다고? 그가 방금 '죽을 텐데'라고 말했나? 이 사람들 날 죽일 작정인가?

"넌 정말 멍청한 떠버리처럼 굴었어." 노라의 목소리는 분노로 거칠지만, 나는 반쯤 흘려듣는다. "라 부아 옹브라제 얘기는 절대 누구에게도 해선 안 돼. 일리, 스와펌, 캉티용, 아이트아리프에 대해서도. 절대로. 무슨 일이 있어도. 결코."

"내 방식을 수정하기 위해 최선을 다할게, 노라." 조나가 거짓 회한으로 가득찬 한숨을 내쉰다.

노라는 역겨워한다. "언젠가 그 경박함이 널 죽일 거야."

"네가 그렇다면 그런 거겠지."

"그리고 바로 그날, 내 목숨이라도 구할 수 있다면 그렇게 할 거야. 널 버려야 한다면 그렇게 할 거야."

조나가—아마도 살갑게 포장한 말대꾸로—응수하려다가 이내 마음을 바꾸고 화제를 돌린다. "난 굶주렸고, 너도 굶주렸고, 우리의 작업방식도 굶주렸고 우리의 저녁식사는 털을 뽑아서, 고정시키고, 양념을 쳤고," 그가 몸 전체를 내 쪽으로 돌리고 속삭인다. "넋이 나갔고, 심기가 불편하고 당혹스러운 상태지. 우리 귀염둥이, 넌 지금 숨을 안 쉬고 있는데. 정말 눈치 못 챘어?"

그게 가학적인 거짓말이기를 바라지만 사실이다. 나는 숨을 안 쉬고 있다. 그러니까 난 이렇게 끝나는 거다. 십자포화 속에서, 혹은 자동차 사고로, 혹은 바다에서 죽는 게 아니라 여기 이…… 현실일 리 없는, 그러나 그럼에도 불구하고 현실인 악몽 속에서. 쌍둥이가 그들 앞의 공간을 손으로 뜯고 주무른다. 처음엔 천천히, 점점 더 빠르게. 이제 그들은 마치 빠르게 붓을 휘두르는 서예가들처럼 허공에 그림을 그리는 것 같다. 그들의 입술도 움직이지만 내가 듣고 있는 것이 나를 납치한 자들의 소리인지 아니면 산소에 굶주린 뇌가 정지하면서 윙윙거리는 소리를 듣는 것인지 모르겠다. 초 위에서 무언가가 뭉쳐진다. 모양이 이상하지만 크기는 머리만하고 얼굴은 없다. 그것은 붉게 빛나며 밝아졌다가 어두워지고, 밝아졌다가 어두워지고, 그것의 양옆과 아래쪽에서 끈끈한 뿌리 같은 것이 뻗어나오면서 어둠 속에 그것을 고정한다. 더 긴 뿌리들은 뱀처럼 구불거리며 내 쪽으로 향한다. 나는 머리를 뒤로 젖히거나 눈을 감으려 해보지만 그럴 수가 없다. 할 수 있다면 비명을 지르고 싶지만, 크고 거칠고 공포영화에 나오는 비명을 지르고 싶지만, 그럴 수가 없다. 뿌리들이 내 입으로, 코와 귀로 비틀리며 들어오고 나는 키클롭스*의 눈이 있는 자리에 창으로 찌르는 듯한 통증을 느낀다. 바로 그 지점에서 무언가가 추출된다. 그것이 내 눈에서 조금 떨어진 곳에 모인다. 투명하고 반짝이는 구체, 당구공보다 조금 작지만 셀 수 없이 많은 별들로 가득차 있다. 그것은 진짜 나다. 나의 영혼이다. 그레이어 쌍둥이가 그것을 향해 몸을 숙인다.

　그들이 입술을 오므리고, 힘차게 빨아들인다.

---

* 그리스신화에 나오는 외눈박이 거인으로 이마 중앙에 눈이 달렸다.

나의 영혼은 두툼한 비눗방울처럼 양쪽으로 늘어난다.

그것은 나의 것이고, 나 자신이지만, 절망적이고, 절망적이고, 절망적—

갑자기 쌍둥이 사이의 좁은 공간을 하나의 형상이 채우며 내 시야를 가린다. 디자이너 재킷을 입고 있는 여자. 그녀의 퉁퉁한 몸통이 촛불에서 나오는 얼마 되지 않는 빛과 그 위의 심장 같기도 하고 뇌 같기도 한 물체를 가린다. 노라 그레이어는 충격으로 얼굴을 일그러뜨리며 나의 오른쪽으로 뒷걸음질친다. 조나는 피하고 싶어도 피할 수가 없다. 침입자의 조그만 손 하나가—공작새의 파란색으로 칠한 손톱이—그의 목을 잡고, 나머지 한 손은 마치 새의 날개처럼 날렵하게, 6인치짜리 바늘을 그의 기도 한쪽에 꽂아 넣는다. 바늘 끝이 반대편으로 나오도록. 마치 아주 커다란 올리브에 칵테일 막대를 꽂는 것처럼. 양쪽 구멍에서 피가 흘러나온다. 돌의 빛깔 같은 회색빛 어둠 속에 당밀 같은 검은색이 흘러내린다. 조나의 눈이 믿을 수 없다는 듯 휘둥그레지고 그의 머리와 턱이 축 늘어지고 그가 소리를 내려는 순간 두 개의 찔린 상처에서 거품이 인다. 공격자가 그를 놓아주지만 그 무기는—내가 잘못 본 게 아니라면 머리핀이다—여전히 그 자리에 꽂혀 있다. 그가 고개를 기울일 때, 나는 머리핀 끝에 달려 있는, 보석 눈이 박힌 은색 여우를 본다. 노라가 내지른 비명의 파편들이 몇 피트 혹은 몇 광년 떨어진 곳에서 들려오고—나가! 망할 놈의 유령! 나가라고! 침입자는 이제 점점 흐릿해진다—나는 그녀의 몸을 관통하여 초의 불꽃을 본다. 늘어났던 나의 영혼은 다시 하나의 구체로 뭉쳐지고 그것 역시 흐릿해지고 있다. 나의 육체는 죽었지만 나의 영혼은 구출되었다. 내 구원자의 펜던트가 내 영혼을 관통하며 흔들리고, 마지막 별 입자의 빛을 받아 심해의 초록빛으로 반짝인다. 영원, 비취, 마오리족 목걸이, 내가 골랐고, 내가 포장했고, 어느 날엔가 그것을 내가 사랑하는 사람에게 보냈다.

우주비행사

2015

봄바딜의 아이폰이 그의 가슴 위에서 진동한다. 나는 그의 차가운 손가락으로, 내가 오늘 아침 불길한 하늘을 보고 우리의 이름 없는 호텔 근처에서 그를 조종해 사게 만든 큼직한 스키재킷 안에서 전화기를 꺼낸다. 화면에 진눈깨비가 뿌려진다. 블랙워터맨이 보낸 문자다.

웨스트우드 로드 방면 골목 입구에서 50미터 떨어진 곳에 손님 주차함. 짙은 파란색 폭스바겐 티구안.

나는 간결하게 대답한다.

좋은 소식.

우리 공작원들은 온갖 전술에 능하기 때문에 더이상의 지령은 필요치 않다. 쌀쌀한 날씨 때문에 우리 손님이 늦을까봐, 아니면 여기까지 차를 몰고 와야 하는 일정 자체를 취소할까봐 조금 걱정이 되긴 했다. 나타나지 않을 사람을 나타나게 만들어야 했다면 오늘 하루가 무척, 아주 불쾌한 방식으로, 복잡해졌을 테지만 우리 손님은 도리어 십오 분이나 일찍 나타났으니 이제 마음을 조금 놓아도 될 것이다. 나는 충동적으로 〈트루먼 쇼〉에 나오는 필립 글래스의 음악을 봄바딜의 아이폰으로 재생하고 그 음악을 식전의 여흥으로 듣는다. 조나와 나는 세기가 바뀔 무렵 세인트트로페즈 뒷골목의 어느 극장에서 그 영화를 보았다. 우리는 주인공이 자신의 삶과 평범한 세상 사이 간극의 폭과 깊이를 깨닫는 순간 느꼈던 공포에 깊은 감명을 받았다. 생각해보니 코트다쥐르*야말로 상처 입은 몸으로 다락방에서 정지된 채 구 년의 시간을 보낸 조나가 몇 주간 휴식을 취하기에 적절한 안식처라는 생각이 든다. 리비에라 해안에는 조나가 몸을 빼앗아 즐길 수 있는 최상급 숙주들이 얼마든지 있고, 나 역시 이 기괴한 영국 날씨를 닷새 동안 견딘 후 마침내 숙주의 피부로 햇살을 만끽할 것이다. 달의 잿빛을 띤 고양이가 봄바딜의 발치에 나타나 먹을 것을 달라고 야옹거린다. "넌 우리만큼 배고프지 않아." 내가 고양이에게 분명하게 말한다. 바람이 슬레이드 앨리를 강타하고, 휘몰아치는 바람의 소용돌이 속에서

---

* 프랑스 남동부 지중해 연안에 위치한 휴양지.

진눈깨비와 나뭇잎이 흩날린다. 나는 이어폰을 보호하기 위해 봄바딜의 후드 지퍼를 올려, 나의 시야를 털을 두른 타원 안으로 제한하고, 아틀라스산에 있는 사이이드의 집에서 보았던 모래 폭풍을 떠올린다. 20세기는 얼마나 순식간에 지나가버렸는지. 내게서는 나올 게 없다고 판단한 고양이가 나를 포기한다. 얄팍한 운동화 속에서 봄바딜의 발가락이 곱아 얼얼하지만 그는 동상에 걸리기 전에 죽을 것이다. 나의 양심은 편히 휴식을 취한다.

그리고 마침내 우리의 손님이 나타난다. 키가 작고, 호리호리한 체격에 추위에 대비해 옷을 두툼하게 껴입은 그녀가, 진눈깨비의 흰색을 띤 재촉하는 불빛을 등에 업고 슬레이드 앨리로 걸어온다. 아이리스 마리너스-펜비 박사는 토론토 출신의 정신과의사로 슬라우 외곽의 도킨스병원에서 파견 의사로 일하고 있다. 두 번의 운명의 장난이 그녀를 우리의 구멍으로 향하는 길로 이끌었다. 첫번째는 2005년에 죽은 도킨스병원의 환자 프레드 핑크의 노트를 그녀가 2008년에 취득한 사건이었다. 그녀는 그 노트를 바탕으로 유괴망상증에 대한 일련의 논문을 썼고, 그 논문에서 그레이어 쌍둥이에 대한, 이미 죽은 지 오래인 한 쌍의 '영혼 뱀파이어'들에 대한 핑크의 집착에 대해 서술했다. 두번째 운명의 장난은 아이리스 마리너스-펜비가, 온갖 악조건에도 불구하고, 능력자이며, 따라서 만만한 표적이라는 사실이다. 그 잘난 정신과의사를 이곳으로 유인하는 일은 허망할 정도로 쉬웠다. 그녀가 몇 발자국 떨어진 곳에서 멈춘다. 삼십대 후반의 전문직 흑인 여성, 사하라사막 이남 출신, 눈과 치아의 흰색을 부각하는 가죽재킷처럼 검고 매끄러운 피부. 마리너스-펜비는 촌스러운 옷을 입고 출근하고, 근무시간이 아닐 때도 남자 같은 옷차림으로 몸매를 감춘다. 양가죽 항공재킷, 구겨진 바지, 등산화, 이끼 같은 초록색 베레모, 목에는 케피예*를 두르고 화장은 거의, 혹은 전혀 하지 않았다. 억센 머리카락은 짧게 잘랐다. 카키색 캔버스 가방을 겨드랑이 아래 끼고 있다. 침착하게, 그녀가 봄바딜을 뜯어본다. 이십대 초반의 마른 백인, 지저분한 피부에, 경솔하게 입술에 박은 피어싱, 상어를 닮은 턱, 구린내, 짓무른 눈. 나의 숙주는 투엑스라지 스키재킷에 파묻혀 있다. 의학박사 아이리스 마리너스-펜비는 자신의 다음 논문 주제를, 제2의 프레드 핑크를 살펴본다. 게다가 이번에는 실물이다. 나는 봄바딜의 머리에서 헤드폰을 빼고 우리의 손님에게 무슨 문제라도?라고 묻는 듯한 표정을 지어 보인다.

그녀가 우리의 암호 첫 줄을 읊는다. "저, 그린맨이라는 술집을 찾고 있는데요." 그녀의 목소리는 깊고 선명하고, 한때 '미드애틀랜틱'**이라 불리던 억양이다.

봄바딜은 초조하게 웅얼거리며 말하고 나는 굳이 말투를 수정하지 않는다. "아뇨. 그린맨은 폭스 앤드 하운즈와 같은 방식으로 사라졌어요."

아이리스 마리너스-펜비가 장갑 낀 손을 내민다. "봄바딜."

---

* 아랍 국가에서 머리에 쓰거나 목에 두르는 천.
** 미국식과 영국식 억양을 섞은 듯한 억양을 일컫는 말로, 1920년대에서 40년대까지 미국에서 표준적으로 사용되었다.

캐시미어 장갑을 끼고 있는데도 심령전압이 찌릿하게 전해진다.

"아이리스 마리너스-펜비 박사님."

"이름이 길어서 힘드시죠. 그냥 '마리너스'라고 부르세요."

나는 그녀가 두른 케피예의 파란 체크무늬가 알고 보니 다윗의 별*임을 알아차린다. 참으로 오만한 상징이 아닐 수 없다. 우리의 악수가 끝난다. "그렇게 부르면, 그러니까, 이름 대신 성으로 부르는 거 아닌가요?"

잘난 정신과의사는 호칭에 대한 나의 예민함을 충분히 인지한다. "마리너스는 성이라기보다는 가까운 사람들 사이에서 통하는 이름이에요."

나는 봄바딜을 시켜 어깨를 으쓱하게 한다. "슬레이드 앨리에 다시 오신 것을 환영합니다, 마리너스."

"연락해주셔서 고마워요." 그녀는 내 본명을 물을 정도로 어리석진 않다. "보내주신 이메일들이 흥미롭더군요."

"실제 주문을 보시면 박사님의, 그 뭐냐, 정신적 지평을 넓힐 수 있을 거라고 생각했어요."

"무얼 보게 될지 정말 궁금하네요, 봄바딜. 그런데 바람이 면도날처럼 날카롭네요. 좀 따뜻한 곳에서 얘기해도 될까요? 차를 바로 저쪽 길가에 주차했어요. 아니면 그런 쪽에 스타벅스가 있는데 거기 가도 되고요. 점심은 드셨나요? 제가 살게요."

"전 미리 도청장치를 제거하지 않은 곳에서는 절대 얘기 안 합

---

* 삼각형 두 개를 겹친 형태의 별 모양으로 유대교의 상징이다.

니다." 내가 말한다.

마리너스는 머릿속에 그 사실을 기록해둔다. "그러시군요."

나는 골목 쪽으로 고갯짓을 한다. "그럼 그 뭐냐, 곧장 본론으로 들어가시죠."

"곧바로 '주문' 안으로 들어가자고요?"

"넵. 아직 그 자리에 있어요. 어제도 들어갔었거든요."

"그러니까 어제도 갔었고 목요일에도 다녀오셨다는 건가요? 합해서 두 번?"

"한 번 더하기 한 번은 두 번이죠." 그녀의 전문가다운 태도가 재미있다고 생각하며 내가 고개를 끄덕인다. "그 문이 자주 열리지는 않거든요."

"안으로 들어가는 길, 그러니까 그 '구멍', 그게 아직," 그녀가 밀실공포증을 자아내는 슬레이드 앨리의 중간 지점을 바라보며 묻는다. "저기 있다고요?"

"물론입니다, 박사님. 아주 오래전 고든 에드먼즈가 그 문을 찾았다고 프레드가 기록해두었다고 박사님이 얘기한 바로 그 장소에 있죠."

마리너스는 이 흐느적거리는 영국인 괴짜 소년이 〈아메리칸 저널 오브 사이카이어트리〉를 읽는다는 사실에 놀란다. "앞장서세요."

우리는 스무 걸음 정도를 걸어서 구멍 앞에 멈춰 서고, 우리의 손님은 처음으로 당황한다. "조그맣고, 검은, 철문이에요." 나는 뻔한 사실을 읊어대는 것을 즐긴다. "프레드 핑크가 묘사했던 것과 정확히 일치하죠."

마리너스가 문을 만져본다. "삼 년 전엔 여기 문이 없었어요."

"삼 일 전에도 문이 없었어요. 하지만 목요일에 새벽 정찰을 나와서 보니, 짠."

마리너스가 골목 위아래를 훑어본 다음, 문 가장자리를 살펴보기 위해 웅크려 앉는다. "몇 년 동안 이 자리에 있었던 것 같아요. 이상하네. 여기 이끼를 좀 봐요. 이 긁힌 콘크리트도 그렇고……"

"구멍은 카멜레온이에요, 박사님. 위장을 하죠."

그녀가 나를 쳐다본다. 논리적인 설명에 대한 그녀의 신념이 흔들리지만 그래도 아직은 온전하다. "문 뒤에 뭐가 있죠?"

"그게 기가 막혀요. 12피트 사다리를 타고 올라가서 담장 안을 들여다보면, 이런 게 보여요……" 나는 봄바딜을 시켜 안주머니에서 사진 한 장을 꺼낸다. "옆집과 한쪽 벽이 붙은 저택의 뒤뜰인데, 1952년에 자말과 수 알-아위 부부 그리고 그들의 아이들 2.4명―병원 기록에 의하면 말 그대로 여자가 임신 사 개월이었대요―이 살 집으로 지어졌죠. 하지만 이 구멍을 통과하면," 나는 손등으로 소리가 나지 않는 문의 표면을 두드린다. "슬레이드 하우스의 계단식 정원이 보여요. 1930년대, 안개 낀 평온한 날의 풍경 그대로."

마리너스가 나를 가늠하는 듯한 표정을 짓는다.

"안개를 보고 깜짝 놀랐어요." 내가 그녀에게 말한다.

마리너스는 이 모든 대화를 녹음할 걸 그랬다는 생각을 하고 있다. "그러니까 1940년 대공습에 폭격을 당한 그 슬레이드 하우스 말인가요?"

"1940년 12월 20일. 크리스마스가 코앞이었죠. 맞습니다."

"그렇다면 이 문이 일종의…… 시간의 관문이란 건가요?"

"아뇨, 아뇨, 아니에요. 그게 초보자들이 저지르는 전형적인 실수죠. 이 구멍은 주문 속으로 들어가는 관문입니다. 주문은 일종의 가상현실이고요. 세상에, 박사님이 지금 박사님 표정을 보셔야 하는데."

잘난 정신과의사는 미심쩍어하면서 동시에 당황한 것처럼 보인다. "당신이 그렇게 믿고 있다는 건 알겠지만요, 봄바딜, 과학은 증거를 필요로 해요. 아시다시피."

"그리고 증거는 믿을 만한 증인을 필요로 하고요." 내가 봄바딜을 시켜 그렇게 대답한다. "증인이 박사라면 더할 나위 없겠죠." 바람에 플라스틱 병이 땅에서 튀어올라 골목 벽에 부딪힌다. 우리는 병을 피해 옆으로 비켜선다. 키 큰 잡초가 흔들린다.

마리너스가 구멍을 손등으로 두드린다. "두드려도 소리가 나지 않아요. 게다가 날이 이렇게 찬데도 철문이 따뜻하네요. 이걸 어떻게 열죠? 열쇠 구멍도 없는데."

나는 봄바딜이 입을 다물고 미소를 짓도록 한다. "정신력."

옷을 껴입었는데도 몸을 떨면서 마리너스가 나의 설명을 기다린다.

"열쇠 구멍을 상상해보세요." 내가 구체적으로 설명한다. "열쇠를 상상하고, 그 열쇠를 구멍에 넣고 돌린 다음, 문이 열리는 것을 상상해보세요. 이 문이 어떤 문인지 알고 있으면, 그런 식으로 구멍을 통과할 수 있어요."

마리너스는 자신이 내 말을 불신하지 않는다는 걸 보여주기 위해 진지한 표정으로 고개를 끄덕인다. "그렇게 들어가서, 안에서 무얼 했나요?"

"목요일에는 저 안의 관목 수풀에서 벗어나지 못했어요. 마지막으로 뉴멕시코에서 주문에 들어간 뒤로 약간 조심하게 되었거든요. 수풀에 앉아서 십 분 정도 지켜보고 있다가, 도로 나왔어요. 어제는 좀더 용기를 냈죠. 커다란 은행나무까지 다가갔어요. 어떤 나무인지 그때 알았던 건 아니고, 나뭇잎을 주워 와서 검색해봤어요. 앱이 있거든요."

마리너스는, 당연하게도, 묻는다. "그 나뭇잎 아직도 가지고 있어요?"

나는 봄바딜의 손으로 지퍼백을 꺼내 그녀에게 건넨다.

그녀가 나뭇잎을 들어올린다. "네, 은행잎이 맞네요." 아무데서나 주울 수 있는 나뭇잎이라는 말은 덧붙이지 않는다. "저 안에서 찍은 사진은 없나요?"

나는 봄바딜의 거의 얼어붙은 뺨을 부풀린다. "시도는 했죠. 목요일에 휴대전화로 오십 장 정도를 찍었는데 나오는 길에 전부 지워졌어요. 어제는 오래된 니콘 카메라를 가져가서 필름 한 통을 전부 촬영했는데 밤에 현상해보니 아무것도 없더라고요. 솔직히, 놀랄 일도 아니죠. 제가 만난 진짜 우주비행사 다섯 명 중에 온전한 사진이나 비디오를 들고 돌아온 사람은 단 한 명도 없었으니까요. 주문 안에는 뭔가 있어요. 그 뭐냐, 기록을 거부하죠."

"우주비행사?"

"우린 그렇게 불러요. 온라인상에서 위장용으로 쓰는 이름이죠.

'주문 여행자'라든지 그런 이름을 쓰면 엉뚱한 관심을 끌게 되거든요."

마리너스가 지퍼백을 돌려준다. "그러니까 우주비행사들은 식물 표본을 가져올 수는 있어도 이미지는 가지고 나올 수 없다는 건가요?"

나는 봄바딜의 어깨를 으쓱한다. "규칙을 제가 만드는 게 아니라서요, 박사님."

담장 너머 누군가가 삐걱거리는 트램펄린 위에서 뛰고 있다.

"생명체의 징후는 없던가요?" 마리너스가 묻는다. "그러니까 주문 안에 말이에요."

우리의 잘난 정신과의사는 아직도 자신이 존재론적인 현상이 아닌 심리적 현상을 연구하고 있다고 생각한다. 나는 참을 수 있다. 결국엔 알게 될 테니까. "검은 새들과 다람쥐 한 마리—지저분한 회색이 아닌 귀여운 빨간색이었어요—가 있었고 연못에 물고기도 있었어요. 하지만 사람은 없었어요. 슬레이드 하우스의 커튼은 내려져 있고 문은 닫혀 있었고 목요일 네시 이후로는 아무도 구멍을 이용하지 않았어요."

"확신하시는 것 같네요."

"확신해요." 나는 구멍 맞은편의 벽돌을 건드린다. "이거 보이시죠?"

잘난 정신과의사가 허리를 펴고 돌아본다. "벽돌이네요."

트램펄린 위에서 뛰던 사람이 미친듯이 깔깔거린다. 어린 소년이다.

"아뇨, 벽돌 모조품이에요. 웹캠이 들어 있는 철제 프레임 상자 위에 접착제로 붙인 거예요. 상자 안에는 전원함과 함께 렌즈를 적외선 촬영으로 전환하는 센서도 들어 있어요. 여기 2밀리미터짜리 구멍을 통해 카메라가 잡는 화면이," 내가 손가락으로 가리킨다. "제 휴대전화로 바로 전송되죠." 내가 마리너스에게 아이폰을 보여준다. 화면에 내가 마리너스에게 아이폰을 보여주는 모습이 나온다.

예상대로 그녀가 감탄한다. "대단하네요. 직접 설치한 거예요?"

"네, 하지만 다 이스라엘 사람들 덕분이에요—제가 모사드*에서 설계도를 빼돌렸거든요." 나는 스파이 벽돌—오늘 일찌감치 블랙워터맨을 시켜 설치했다—을 가볍게 두드린 뒤 구멍을 향해 돌아선다. "이제 엄청난 모험을 할 준비가 되셨나요?"

만약 나의 은밀한 환상의 섬이 눈앞에 나타나주지 않으면 내가 어떤 반응을 보일지 궁금해하며 마리너스가 망설인다. 과학적 호기심이 경계심을 누른다. "뒤따라갈게요, 봄바딜."

나는 구멍 앞에 무릎을 꿇고 앉아 손바닥을 문 위에 갖다댄다. 봄바딜의 차가운 손에 느껴지는 문의 온기가 상쾌하고, 조나에게 메시지를 전송할 수 있는 상태가 된다. 조나, 우리 손님이 도착했어. 준비는 되어 있겠지?

이게 누구신가? 그의 신호는 약하다. '휴식'을 취한답시고 기리시마**

---

* 이스라엘의 비밀 정보 기관.
** 일본의 가고시마현에 있는 도시.

로 다시 내뺄 줄 알았는데……

내가 참아야지. 그러지 않았어, 조나. 오늘은 개방일이고 우리의 초월적 삶은 내가 '이곳에' 있는 것, 그리고 '네가' 주문과 하위주문을 생성하는 것에 달려 있어.

조나가 코웃음을 전송한다. 갇혀 있는 형제를 친히 찾아주시다니 친절도 하셔라.

어제도 널 찾아왔잖아. 내가 일깨워준다. 기리시마에 간 건 육 년 전이고 난 겨우 열세 달 떠나 있었어.

짜증스러운 침묵이 흐른다. 틈새공간에 갇혀 있으면 열세 달은 열세 번의 영원이야. 만약 내가 너였다면, 난 결코 널 버리지 않았을 거야.

내가 곧바로 쏘아붙인다. 그래서 날 남극에 이 년 동안 버려둔 거야? 그것도 '장난' 삼아서? 소시에테제도*에 있던 나를 까맣게 잊어버리고 사이언톨로지 친구들과 함께 '요트'를 타러 갔던 건 또 어떻고?

또다시 조나 특유의 짜증스러운 침묵. 그때 네 모태육체의 목에는 머리핀이 박히지 않았잖아.

백이십 년을 그와 함께 살아온 나는 그의 자기 연민에 기름을 부을 정도로 어리석진 않다. 우리 작업방식의 돌발적 변수에 대한 내 경고를 네가 귀담아들었다면 일어나지 않았을 일이야. 우리 손님이 기다리고 있고 봄바딜의 육체가 떨고 있다. 셋을 세고 구멍을 열 거야. 자살을 하거나 홧김에 날 살해할 생각이 아니라면, 당장 정원을 생성해. 하나…… 둘……

---

* 남태평양에 있는 프랑스령 제도.

나는 봄바딜의 육체를 먼저 통과시킨다. 모든 게 훌륭하다. 잘난 정신과의사가 내 뒤를 따르고, 비좁은 정원을 기대했던 그녀의 눈 앞에 기다란 계단식 정원이 펼쳐지고, 그 꼭대기에는 안개 속에 연필로 그린 것 같은 슬레이드 하우스가 떡하니 버티고 있다. 의학박사 아이리스 마리너스-펜비가 천천히 허리를 펴면서 입을 쩍 벌리고, 그녀의 눈도 놀라움에 휩싸인다. 나는 봄바딜을 통해 초조한 웃음소리를 낸다. 우리의 작업방식은 확실히 힘이 빠졌고 조나에게는 오늘의 주문을 투사할 힘이 별로 남아 있지 않지만, 핼러윈 파티나 그 형사한테 썼던 미인계처럼 감각을 자극하고 유혹할 필요는 없다. 이 주문은 존재만으로도 마리너스를 고분고분하게 만들기에 충분하다. 나는 봄바딜의 목으로 헛기침을 한다. "이 정도면 증거가 될까요, 박사님?"

마리너스는 그저 힘없이, 저택을 가리킬 뿐이다.

"네. 큰 집이네요. 틀림없이 저기 있어요. 우리처럼 실재하고요."

우리의 손님이 동백나무에 가려진 구멍 쪽으로 돌아선다.

"걱정 마세요. 문은 그대로 있어요. 여기 갇힐 일은 없습니다."

우리의 신중한 정신과의사는 웅크리고 앉아 슬레이드 앨리 쪽을 내다본다. 나는 블랙워터맨에게 전화를 걸 준비를 하지만 마리너스는 곧 다시 돌아와, 내가 보기에는 그저 시간을 벌기 위해 모자를 벗었다 쓴다. "프레드 핑크의 노트에서 오래된 엽서를 발견했어요." 그녀가 머뭇거리며 말한다. "슬레이드 하우스가 그려진 엽서였어요. 바로 저 집," 그녀가 오래된 집을 본다. "저 집이에요.

하지만…… 내가 시청의 기록보관소, 오드넌스 서베이* 지도, 구글 스트리트뷰를 확인했거든요. 슬레이드 하우스는 이 자리에 없었어요. 그리고 설령 있다고 해도 웨스트우드 로드와 크랜버리 애비뉴 사이에는 이런 집이 있을 만한 공간이 없어요. 이 집은 여기 없어요. 여기 있을 수가 없어요. 하지만 여기 있네요."

"수수께끼 같은 일이라는 점에는 저도 동의합니다. 하지만 결국 프레드 핑크의 말은," 내가 속삭인다. "박사님이 보시다시피…… 옳았어요. 그는 완전히 돌아버린 게 아니었어요."

자두나무에서 비둘기 소리가 들리지만 보이지는 않는다.

마리너스가 나도 그 소리를 들었는지 확인하려고 나를 쳐다본다. 나는 봄바딜의 얼굴에 미소를 띨 수밖에 없다. "비둘기."

마리너스가 엄지손가락을 깨물고 깨문 자국을 확인한다.

"꿈이 아니에요." 내가 그녀에게 말한다. "박사님은 지금 주문을 모독하고 있어요."

그녀가 동백나무 잎을 따서 깨물고 살펴본다.

그녀가 돌멩이 하나를 해시계 쪽으로 던져본다. 돌멩이가 돌멩이답게 해시계를 탁 때린다.

마리너스는 촉촉한 잔디에 손을 대어본다. 자국이 남는다. "이런 세상에." 그녀가 나를 쳐다본다. "이게 다 실재하네요, 그렇죠?"

"제한적이고 폐쇄적인 공간, 기포, 주문 안에서는 실재하죠."

잘난 정신과의사가 다시 일어서더니 마치 기도하듯 양손을 모아

---

* 영국 국립지리원 산하의 지도 제작 기관.

잠시 동안 코와 입을 가리고 있다가 항공재킷 속에 손을 집어넣는다. "도킨스, 토론토, 밴쿠버에 있는 나의 환자들…… 나의 유괴 망상증 환자들이…… 결국 그들 모두가…… 실제로는 옳았다? 결국 이, 이, 이런 걸 보려고 내, 내, 내가 그동안 그 환자들을 감금하고 항정신성 의약품을 처방했다는 건가요?"

우리는 미묘한 상황에 봉착했다. 나는 그녀가 덫을 감지하거나, 양심의 가책으로 무너지거나, 겁을 집어먹고 출구로 달아나지 않고 집안으로 들어가도록 구슬려야 한다. "그게, 사실 진짜 주문은 아주 드물어요. 박사님의 환자들 중에 진짜 우주비행사는 1퍼센트도 안 될걸요. 나머지는, 아니에요—그 사람들에겐 약이 필요했고, 도움이 필요했어요. 그런 죄책감은 떨쳐버리세요, 박사님. 박사님 잘못이 아니에요."

"1퍼센트라고 해도…… 너무 많아요." 마리너스가 자신의 아랫입술을 깨물며 고개를 젓는다. "'무슨 일이 있어도, 해를 끼치지 말라'*고 했는데."

"의과대학에서 주문에 대해 다루지는 않죠. 의학계의 리뷰 저널에 이런 내용을 기고할 수도 없을 거예요. 하지만 환자를 돕고 싶다면, 주위를 둘러보세요. 탐험하세요. 관찰하세요. 유연한 사고를 가진 분이시잖아요. 그게 제가 당신을 선택한 이유예요."

마리너스는 내 말을 깊이 생각해본다. 그녀는 잔디 쪽으로 몇 발짝을 가다가, 하얗게 텅 빈 젖은 하늘을 올려다본다. "프레드 핑크

---

* 환자의 안전을 최우선으로 고려해야 한다는 의사들의 직업 원칙.

는―불과 이 분 전만 해도 난 프레드 핑크가 제정신이 아니라고 생각했지만―슬레이드 하우스가 위험하다고 했어요. 정말 그런가요?"

나는 봄바딜에게 스키재킷의 지퍼를 내리게 한다. "아뇨, 제가 보기엔 위험하지 않아요."

"하지만 우린―세상에, 내가 이런 말을 하다니 믿을 수가 없네―우린 지금 우리의 세계에서 다른 세계로 넘어왔잖아요. 안 그래요?"

나는 마리너스의 소심함에 약간 실망한 척한다. "우린 우주비행사들이고, 물론 이게 레고 피겨를 모으는 것보다 위험한 취미인 건 사실입니다. 사실 지금 보니, 슬레이드 하우스는 자동 항해중인 유기된 주문이고, 아주 오랫동안 아무도 발을 들여놓지 않은 것 같아요. 하지만 도킨스병원의 고문 의사직으로 돌아가는 게 더 안전할 것 같다면, 미래의 프레드 핑크들한테 이즈노레테*와 항우울제와 이런저런 약들을 처방하면서 패드 깔린 병실에서 그들을 만나고 싶다면, 그러면서 실제로 작동하는 주문을 체험해볼 기회 앞에서 꽁무니를 뺀 처음이자 마지막 정신과의사가 바로 당신이었다는 사실을 두고두고 떠올리고 싶다면, 누가 당신을 비난하겠습니까? 돌아가는 길에 운전 조심하세요, 박사님." 나는 돌아서서 해시계를 향해 걷는다.

"봄바딜." 마리너스의 발걸음이 다급하게 나를 쫓아온다. "기다

* 작가가 만든 가상의 약명.

260

려요!"

직업적 양심이 그녀의 목줄이다. 내가 그 끈을 잡고 있다.

안개의 수증기가 라벤더에 달라붙어 있다. 라벤더, 어린 시절 노
픽의 스와펌 영지에서 조나와 내가 행복하게 기억하는 향기 중 하
나. 당시 체트윈드-피트 부부의 농장 소작농들은 런던의 향수 제
조소에 보낼 꽃들을 몇 에이커 재배하고 있었다. 마리너스가 꽃을
만져보고 냄새를 맡아보는 동안 나는 잠시 멈춘다. "냄새가 꼭 진
짜 같아요." 그녀가 말한다. "그런데 왜 전부 흰색과 검은색으로
변해가죠? 동백꽃은 빨간색과 분홍색이었는데 이 라벤더는 회색
이에요. 장미들도 흑백이에요."

나는 그 이유를 정확히 알고 있다. 십팔 년 동안 새로운 전압이
공급되지 않아 우리의 작업방식이 힘을 잃었기 때문에 실감나는
색상을 유지할 수 없게 된 것이다. "부식이죠." 내가 절반의 진실
을 담아 대답한다. "그레이어 쌍둥이는 영원히 사라진 게 확실합
니다. 안개가 또하나의 징후예요. 긴장을 좀 늦추어도 됩니다, 박
사님. 우리는 유적지를 둘러보는 중이니까요."

안심하는 듯한 표정으로 마리너스가 자신의 케퍼예를 푼다. "인
간들이 이곳을 만들었다고요? 자갈 하나, 나뭇가지 하나, 안개의
물방울 하나, 풀잎 하나, 원자 하나까지?" 그녀가 고개를 젓는다.
"이건 마치…… 신의 손길 같아요."

"제가 박사님이라면 입자물리학 같은 건 내다버리겠어요. 하지
만 사실이에요, 이건 신이 아닌 인간이 만들었어요. 그걸 묻는 거

라면요. 도움이 될지 모르겠지만, 주문을 극장의 세트 디자인이라고 생각해보세요. 조심하세요, 옷이 가시덤불에 걸렸어요."

마리너스가 외투 가장자리에 붙은 가시를 떼어낸다. "아얏. 가시들도 진짜네요. 이런 곳을 몇 군데나 가봤어요?"

나는 봄바딜의 진짜 경험을 활용한다. "여기가 세번째예요. 첫번째는 스코틀랜드 헤브리디스제도의 아이오나섬에 있었어요. 꽤 잘 알려진 주문이죠. 물론, 그 뭐냐, 비교적 그렇다는 거예요. 거긴 정말 멋졌어요. 주문이 형성된 곳은 사원에 있는 애프스*인데 적절한 때에 적절한 장소에서 특정한 아치문을 지나야만 보여요. 시간차가 완전 끔찍했어요. 거기서 하루를 보내고 나와보니 이 년이 훌쩍 지나 있었고 엄마가 마이크로소프트의 어느 이혼한 영업사원하고 재혼했더라고요."

"그건 정말," 잘난 정신과의사가 적절한 단어를 찾는다. "놀라운 일이네요."

"더럽게 놀라운 일이죠! 마이크로소프트라니! 두번째 주문은 좀더 하드코어예요. 그 주문의 구멍은 산타페에 있는 예술 고등학교에 있었어요. 시더래피즈 출신의 요요라는 우주비행사가 찾아냈죠. 청소 도구함 속에 있었어요."

마리너스가 묻는다. "그런 '하드코어' 주문이 아이오나, 아니면 여기 있는 주문과 어떻게 다르죠?"

"결말이 안 좋아요. 요요는 돌아오지 못했으니까요."

---

* 건물이나 방의 입구 맞은편 벽면에 딸려 붙은 반원형 혹은 다각형의 돌출 공간.

마리너스가 걸음을 멈춘다. "거기서 죽었다는 건가요?"

"아뇨, 요요는 그 안에 머물기로 결정했어요. 제가 알기론 아직도 거기 있고요. 그런데 문제는 그곳을 만든 사람이 거기 살고 있었고 그 사람은 고질적인 여호와 콤플렉스를 가진 놈이었다는 거예요. 자신이 창조한 작은 세계의 이름을 '젖과 꿀'이라고 지었죠. 제가 떠나려고 했더니 변절자로 몰아세우고는 저를, 음, 죽이려 들었어요. 그게 좀 얘기가 길어요. 하지만 이건," 나는 봄바딜로 하여금 손으로 우리 주위를 가리키게 한다. "이런 평화와 정적은 그런 곳들과는 거리가 멀어요. 보세요, 산딸기예요." 이 산딸기가 나와 조나가 우리의 손님에게 먹이기로 한 묘약이다. 만약 지금 마리너스가 산딸기를 하나 먹으면 저택 안에 하위주문을 생성해야 하는 수고를 덜 수 있을 것이다. 나는 통통한 열매 두어 개를 딴 뒤 하나를 내 입안에 넣는다. "싱싱해요. 하나 드셔보세요."

마리너스의 손이 올라가다가, 다시 내려온다. "안 먹는 게 좋겠어요."

빌어먹을. 빌어먹을 의사 같으니라고. 나는 봄바딜이 미소를 짓게 한다. "두려운가요?"

잘난 정신과의사는 신중을 기한다. "약간 미심쩍어서요. 동화나 신화 속에서 무얼 먹거나 마시면—석류씨라든가, 요정의 포도주라든가, 그 외에 무엇이건—그 장소에 지배받게 되잖아요."

나는 속으로 욕을 내뱉는다. "방금 '신화'라고 하셨나요, 박사님? 신화가 과학이던가요?"

"저는 의심에 휩싸일 때면—지금 그런 상태인데—자신에게 물어요. '카를 융*이라면 이럴 때 어떻게 할까?' 그리고 그에 맞게 행동해요. 일종의 직감이죠."

묘약을 너무 강하게 밀어붙이면, 오히려 의심을 살 것이다. 조나가 하위주문을 생성할 힘을 끌어모으는 수밖에. "편하실 대로." 내가 말하고 남은 딸기를 먹는다. 마리너스가 대단한 능력자가 아니었다면, 그냥 설득 능력을 써서 딸기를 먹게 만들면 되었을 것이다. 그러나 그녀가 대단한 능력자가 아니라면, 애초에 이곳에 오지도 않았을 것이다. "맛이 기가 막혀요. 이런 맛을 놓치시다니 안타깝네요."

등나무의 비틀어진 가지들이 꽃잎을 떨어뜨린다. 바깥세상은 지금 10월인데도. 그러나 마리너스가 꽃을 만지려고 손을 뻗는 순간, 손이 꽃을 관통한다. 주문 안에 남아 있는 선명한 색이라고는 우리가 이곳에 입고 들어온 옷의 염료뿐이다. 옷. 무언가 놓치고 있는 것 같다는 생각에 기분이 찜찜하다…… 뭐가 거슬리는 걸까? 옷인가, 아니면 소지품? 구 년 전 샐리 팀스가 조나를 공격하기 직전에 나에게 경고했던 것도 바로 이렇게 거슬리는 무엇이었지만, 그때 나는 충분히 귀를 기울이지 않았다. 조나가 이 주문을 유지하는 걸 힘겨워하지만 않았다면 나는 조나에게 잠시 멈추라는 메시지를 보내고 신경에 거슬리는 게 무언지 확인해보았을 것이다. 위쪽 잔디로 접어들 때, 흑백 공작새 한 마리가 우리 앞을 빠르게 스

---

* 분석심리학의 기초를 확립한 스위스의 정신의학자.

쳐지나가더니 공중으로 사라져버리고 아련히 멀어져가는 뻐꾹! 뻐꾹! 뻐꾹! 소리를 남긴다. 다행히 마리너스는 우리의 조심스러운 발걸음에 비해 너무 빨리 가까워지는 은행나무에 주의를 빼앗기고 있었다. "어제 여기까지 왔었어요." 내가 말하며 멈춰 선다. 잿빛 잔디 위 수천 개의 낙엽들이 동시에 날아올라 나뭇가지에 붙는다. 마리너스는 그 광경에 넋을 잃지만 나는 봄바딜의 뱃속에서 멀미를 느낀다. 이건 기발한 발상이라기보다는 심각한 투사 오류다. 조나는 이 주문에 대한 통제력을 잃어가고 있다. "여긴 꼭 꿈속 같아요." 마리너스가 말한다.

조나가 내게 메시지를 전송한다. 안으로 데리고 들어와, 무너지고 있어.

말이야 쉽지. "집안을 한번 보죠." 내가 손님에게 말한다.

"안을요? 저 집 말인가요? 그게 과연 현명한 행동일까요?"

"그럼요." 내가 봄바딜을 시켜 말한다. "안 될 거 없잖아요?"

불안한 침묵이 흐른 뒤 그녀가 걱정스럽게 말한다. "저기는 왜요?"

나는 우리 손님이 소심함을 이겨낼 수 있도록 보다 강한 힘에 호소해본다. "저기요, 박사님, 제가 아까는 괜히 헛된 희망을 드리고 싶지 않아서 얘길 못했지만, 사실 저 안에서 살아 있는 프레드 핑크를 만날 가능성도 있어요." 내가 위층 창문을 올려다본다.

"살아 있다고요? 구 년이 지났는데? 확실해요?"

아직 안 들어왔어, 노라? 조나가 신호를 보낸다. 서둘러!

"주문에 관해서라면 장담할 수 있는 게 하나도 없어요, 박사님."

내가 말한다. "하지만 아이오나 주문에서는 시간이 다르게 흘렀고 '젖과 꿀'에서는 사람이 살 수 있었으니 가능한 일이라고 생각해요. 프레드 핑크를 생각해서라도 한번 둘러봐야 하지 않을까요? 오늘 박사님이 이곳까지 오게 된 것도 결국 그가 남긴 단서들 때문이었으니까요."

죄책감에 사로잡힌 의사가 미끼를 문다. "그렇다면, 좋아요. 행여라도 살아 있는 그를 만날 가능성이 조금이라도 있다면, 들어가 보죠." 마리너스가 슬레이드 하우스로 가는 마지막 잔디를 가로지른다. 그러나 나를 돌아보다가 내 뒤쪽을 쳐다본 순간 그녀의 눈이 휘둥그레진다. "봄바딜!"

뒤돌아서 보니 정원이 지워지고 있다.

"어떻게 된 거죠?" 마리너스가 묻는다. "이제 어떻게 나가요?"

주문이 붕괴되면서 둥글게 굽은 무無의 벽이 정원을 지우고 있다. 나는 마리너스처럼 전압이 강한 손님을 찾아서 이곳으로 데려오면, 조나와 우리의 틈새공간과 우리의 작업방식을 보존할 수 있을 거라고 생각했다. 그런데 이제 어쩌면 너무 늦었는지도 모른다는 생각이 든다. "안개가 낀 것뿐이에요, 박사님. 당황할 필요 없어요."

"안개라고요? 하지만 이건 분명히…… 봐요, 얼마나 순식간에 저게—"

"주문의 안개가 원래 그래요. 아이오나에서도 봤어요." 마리너스가 비존재의 벽을 향해 머리 잘린 닭처럼 뛰어가게 해서는 절대 안 된다. 나는 침착하게 걷는다. "절 믿으세요, 박사님. 어서 가시죠. 걱정할 일이 있으면 제가 이렇게 태평하겠어요?"

슬레이드 하우스로 올라가는 계단은 이끼가 끼고 더러워졌고, 한때 위풍당당했던 문은 칠이 벗어지고 썩었으며 손잡이는 녹과 시간이 좀먹었다. 나는 문을 열고 마리너스를 안으로 밀어넣는다. 겨우 서른 발자국 떨어진 곳에서 은행나무가 무너져가는 주문에 잠식당하고 있다. 나는 등뒤로 문을 닫고 조나에게 우리 들어왔어, 라는 메시지를 전송한다. 가구를 끄는 것 같은 소음이 들리고 우리의 주문이 저택 모양으로 축소되면서 펑 하고 귀가 뚫린다. 문에 달린 창문으로 밖을 내다보니 무無가 나를 돌아본다. 공백은 두려움이다. "무슨 소리죠?" 마리너스가 속삭인다.

"천둥소리예요. 이 안의 기후는 아주 오랫동안 방치되어서 뒤죽박죽이에요. 안개, 폭풍. 아마 조금 있으면 쨍하고 해가 날걸요."

"아." 잘난 정신과의사가 확신 없이 말한다. 가을 낙엽이 현관의 체스판 모양 타일 위로 흩어진다. 조나와 내가 육체적 존재로 살던 시절, 이 집을 너무도 깔끔하게 쓸고 닦던 늙은 체코인 가정부가 슬레이드 하우스의 이런 상태를 본다면 기겁을 하겠지. 거미줄이 천장 모서리를 장식하고 있고 문짝들은 경첩에서 떨어져나갔고 계단 옆에 덧댄 패널은 벌레 먹고 벗겨졌다. "이제 어쩌죠?" 잘난 정신과의사가 묻는다. "1층부터 살펴봐야 할까요, 아니면—"

이번에는 천둥이 벽을 강타한다. 벽이 몸서리를 친다.

마리너스가 귀를 만진다. "세상에, 방금 그거 느꼈어요?"

조나, 내가 메시지를 전송한다. 우리 안에 들어와 있는데—무슨 문제라도 있는 거야?

우리의 작업방식이 죽어가고 있는 게 문제라면 문제겠지! 조나는 제 정신이 아닌 것 같다. 집이 무너지고 있어. 손님을 데리고 틈새공간으로 와. 지금 당장.

"대기가 불안정해서 그래요." 내가 다시 마리너스를 안심시킨다. "이건 지극히 정상이에요."

아래층으로 소리를 질러. 내가 조나에게 지시한다.

의미심장한 침묵이 이어지고, 잠시 후. 대체 무슨 소릴 하는 거야?

프레드 핑크인 척해. 갇혀 있는 척. 아래층으로 소리를 질러.

또 한번의 침묵. 조나가 묻는다. 목소리가 어땠는데?

지난번 개방일에 네가 그 사람 역할을 했잖아! 영국인이고, 목소리가 거칠어.

"정말 이게 정상인가요, 봄바딜?" 마리너스는 두려워한다.

"'젖과 꿀'에서도 비슷한 상황이 있었는데," 내가 임기응변으로 대처한다. "그게—"

무슨 소리가 들린다. 마리너스가 손가락 하나를 들더니 계단 위쪽을 쳐다보며 속삭인다. "사람 소리가 들렸어요. 들었어요?" 나는 애매한 표정을 짓고 우리는 귀를 기울인다. 아무 소리도 들리지 않는다. 1마일 두께의 정적뿐이다. 마리너스가 들었던 손가락을 내리기 시작하고 그때 프레드 핑크의 노쇠하고 불안정한 목소리가 들려온다. "이봐요! 거기 누구 있어요? 이봐요!"

겁 없는 정신과의사가 소리친다. "핑크 씨? 당신인가요?"

"네, 네! 저, 저, 저, 제가 좀 넘어졌어요. 위층에서. 제발……"

"금방 갈게요!" 마리너스는 눈길 한 번 돌리지 않고 계단을 한 번에 두 칸씩 오르며 사라져버린다. 구멍을 통과한 이후 처음으로, 내가 상황을 제대로 통제하고 있다는 생각이 든다. 나는 봄바딜이 마리너스의 뒤를 따르게 한다. 여러 언어를 구사하는 콜럼버스주립대학 의학박사 출신의 — 일류 — 정신과의사가 조나의 늑대 울음에 그토록 쉽게 속아넘어간다는 사실에 안도하면서. 카펫은 해져서 올이 드러났고, 먼지가 얇은 껍질처럼 쌓였다. 층계참에 다다랐을 때, 괘종시계는 잠잠하고 시계 문자판은 곰팡이가 피어 읽을 수 없다. 마찬가지로 우리의 앞선 손님들의 초상화도 곰팡이 때문에 나병 환자가 되었고, 마리너스는 자신의 삶에서 일어난 가장 이상한 일에 넋이 나간 나머지, 초상화에는 눈길을 두 번은커녕 한 번도 주지 않고 지나가버린다. 백마 탄 기사가 된 우리의 정신과의사가 계단 꼭대기에 있는 옅은 색 문을 보고, 죽어서 말라붙은 부엉이의 몸뚱이를 밟으며 또다시 계단을 뛰어올라간다. 샐리 팀스의 초상화를 지나며 나는 초상화 속 그녀의 뺨을 갈긴다. 무의미할 뿐 아니라 찌질한 행동이다. 그녀가, 혹은 그녀의 '유령'이, 이러한 혼란을 초래했다. 그 절체절명의 순간, 그녀가 조나의 목을 찔렀고, 자신의 언니 프레야의 영혼을 빨아들이지 못하게 했고, 결국 우리를 전압에 굶주린 거지들로 전락시켰다. 오늘이면 다 끝이다! 내가 마리너스의 등에 부딪친다. 마리너스는 옅은 색 문에서 불과 몇 발자국 거리에, 프레야 팀스의 때묻은 초상화 옆에 서 있다. 내가 낮게 내뱉는다. "왜 멈추시죠, 박사님?"

그녀는 윙윙거리는 침묵에 귀를 기울인다. "이 계단으로 올라가는 게 맞는지 어떻게 알죠?"

"당연히 맞죠." 내가 설명을 시작하고, 아래층 거실에서 통나무가 쪼개지는 소리가 들린다. 프레드 핑크인 척하는 조나가 위쪽 문 뒤에서 외치는 소리도 들린다. "나 여기 있어요, 이봐요! 이봐요! 난…… 난…… 도움이 필요해요. 거기 아무도 없어요? 네?" 조나의 연기는 언제나처럼 부자연스럽고 목소리는 너무 크지만 마리너스는 비스듬한 문손잡이를 잡고 이내 사라져버린다. 다른 개방일 같았으면 일이 끝났고 손님은 우리의 다락방 틈새공간에 무사히 갇혔을 거라 짐작했겠지만, 오늘 나는 아무것도 짐작하지 않는다. 먼저, 내가 메시지를 전송한다. 여자 잡았어, 조나?

주문의 가장자리가 슬레이드 하우스의 외벽을 잠식하면서 대답 대신 벽돌, 유리, 나무가 쪼개지는 굉음이 들려온다. 붕괴가 계단 아랫부분까지 집어삼키자 봄바딜의 발이 계단에 얼어붙고, 아드레날린이 치솟는 신경계의 주도권을 놓고 내 숙주의 의식 없는 자아와 내가 쟁탈전을 벌인다. 그의 눈을 통해 나는 들끓는 무의 장막이 작은 층계참에 닿고 층계참과 멈춰버린 괘종시계를 지우고 문신을 한 가냘픈 봄바딜의 몸을 향해 밀려드는 것을 본다. 죽음. 무언가가 내게 명령한다. 뛰어내려, 지금이야. 그러나 안 된다. 우리의 작업방식은 그레이어 쌍둥이 두 사람이 필요하고 내가 그런 충동을 따르면 조나가 죽을 것이다. 그래서 나는 봄바딜의 왜소한 육체를 계단 아래로 밀어내고 몇 초의 여유를 누린 뒤 그의 몸을 탈출한다. 우당탕탕. 나의 숙주가 띄엄띄엄 비명을 지르고, 그의 지각은 너무 늦게 돌아와 상황을 파악하지도, 자신의 추락을 멈추지도 못한다. 그렇게 그는 사라지고 그의 스키재킷, 동상, 아이폰, 인터넷 포르노 습관, 어린 시절의 기억들, 육체를 비롯한 모든 것이 사라진다. 그는 눈 깜짝할 사이도 아닌 순간에 사라져버린다. 영혼만 남은 나는 돌아서서 옅은 색 문을 통과한다.

나는 로열 버크셔 병원 병실을 그럴듯하게 복제해놓은 공간으로 들어선다. 최근에 그곳에서 환자로 일주일을 보내며 꼼꼼하게 기록을 해두었다. 물론 마리너스는 정신과의사이며 응급실 뒤치다꺼리나 하는 사람이 아니고, 영국 병원보다는 북미의 병원에 대해 더 잘 알고 있는 게 사실이다. 그러나 한 가지만 삐끗해도 그녀가 수상한 냄새를 맡고 묘약을 거절할 수 있고, 마취제 없이 그녀의 영혼을 추출하는 작업은 너저분하고 불완전할 것이다. 그리하여, 조나와 나는 열정적으로 리얼리즘을 추구하며 이 방을 생성했다. 벽걸이 TV, 회전식 수도꼭지가 달린 세면대, 세척 가능한 의자 두 개, 침대맡 테이블, 이 빠진 꽃병 한 개, 리넨 커튼이 달린 작은 창이 난 문, 그리고 여덟시 일분을 가리키고 있는 보기 편한 시계, 아침이 아니라 저녁 시간임을 알리기 위해 내려진 블라인드. 공기에 표백제 향이 배어 있고, 병원의 배경 소음으로 엘리베이터 문의 땡소리, 트롤리 바퀴 굴러가는 소리, 아무도 받지 않는 전화벨소리가 들린다. 아이리스 마리너스-펜비 박사는 팔에 수액 바늘을 꽂고 의식 없이 누워 있고 머리는 목 보조기에 고정되어 있다. 흰 의사 가운을 입은 조나가 자기 모습 그대로 병실에 들어선다. 그가 나의 영혼을 본다. "노라, 늦었네." 나는 조나로 돌아온 조나를 바라보면서, 다시 움직일 수 있음을 즐기는 그의 모습을 즐긴다. 비록 그 움직임이 이 병원처럼 환영에 불과할지라도. 나는 사십대 중반 고참 의사의 모습을 생성하고 나 자신의 목소리로 전환한다. "교통 체증이 살인적이었어."

"잘했어, 노라. 내 모습 어때?"

"눈 주위에 너구리처럼 다크서클을 좀 만들고 그 완고한 턱에 오후에 자란 수염을 좀 만들지 그래. 너도 잘했어."

조나가 얼굴을 수정하고 자신의 옆모습을 내게 보인다. "이 정도면 됐어?"

"좋아. 우리 육체들은 어떤 상태야?"

"너의 육체는 언제나처럼 아주 평화롭고 완벽한 상태로 보존되고 있고, 내 육체는 아직도 목에 여우 머리가 달린 머리핀이 꽂혀 있어. 다락방 벽은 안전해. 하지만 우리 작업방식은 힘이 다 빠져서 허울만 남긴 채 죽어가고 있어. 잘해야 십오 분 정도 버틸 수 있을걸."

나는 마리너스에게로 돌아선다. "그럼 어서 환자를 깨우고 약을 먹이자. 그러면 우리의 작업방식을 다시 충전하고 너의 목도, 세포 하나하나까지, 복구할 수 있을 거야."

조나가 의식 없는 여자를 불순한 의도를 품고 바라본다. "반항할까?"

"정원에서 딸기를 거절했지만—그것도 카를 융과 '직감' 운운하면서—그 딸기는 생간의 빛깔이었어. 지금 깨어나면 그게 약인지 똥인지 구분도 못할걸. 묘약 있어?"

조나가 손바닥 위에 빨간색과 흰색 알약을 생성한다. "대충 이 정도면 되지 않을까?"

"크기를 좀 줄여. 쉽게 삼킬 수 있게. 물도 한 잔 준비하고. 생각할 틈을 주지 마."

조나가 알약의 크기를 줄여 접시 위에 올려놓은 다음 유리잔과 에비앙 생수 한 병을 침대맡 테이블에 놓는다. "있잖아, 골목에서 네가 메시지를 전송했을 때 내 상태가, 음, 썩 좋지 않았고ㅡ"

"장장 십팔 년 동안 신선한 심령전압을 충전하지 못했고 상처 입은 몸에 구 년 동안이나 갇혀 있었잖아. 나 같으면 약간 불안정한 정도가 아니라 완전히 미쳐버렸을걸."

"아니, 노라, 끝까지 들어줘. 아까 내가 '했던' 말은 마지막 발악이라고 해야 하나…… 진심이 아니었어. 네가 옳았어, 아니 옳아."

내가 투사한 자아가 조나가 투사한 자아를 본다. "어떤 점이?"

"꼰대들에 대한 얘기부터, 새로운 기술의 필요성, 그다지 유쾌하지 않은 라 부아 옹브라제로부터의 고립 생활과…… 보다 높은 목표에 대해. 이 정도면 됐어?"

흠, 백팔십도 달라졌다. "내가 다른 주문에 들어온 건가?"

"고소해하고 싶으면, 얼마든지 그렇게ㅡ"

"아니. 고소하지 않아. 네가 그런 말을 해주기를 삼십 년 동안 기다렸어. 우리 시라누이산으로 가자. 일본 서부는 가을에 최고야. 에노모토 센세이가 널 만나고 싶어해. 우리의 작업방식을 개선할 열두 가지 방법을 제안했어."

투사된 조나가 우리의 끝과 시작을 상상해본다. "좋아. 알겠어.

그럼 그렇게 하자."

나와 조나는 백십육 년 전 태아 상태로 넬리 그레이어의 자궁을 공유했고, 우리의 모태육체로 팔십여 년 동안 틈새공간을 공유했다. 낯선 사람은 '그들'이고, 연인은 처음엔 '당신', 그다음엔 '우리'가 되지만, 조나는 '나'의 반쪽이다. 나는 감상적인 말을 내뱉기 전에 눈앞에 펼쳐진 상황에 집중한다. "내가 머리핀을 뽑으면 목이 엄청나게 아플 거야. 하지만 내가 상처를 지져서—"

"지금 하지 않으면 영원히 못해." 조나가 왼손 검지를 우리 손님의 차크라의 눈*에 댄다. 그가 오른손으로 기호를 그리며 그녀를 깨우고……

……그리고 아이리스 마리너스-펜비의 눈동자가 주문의 불안정한 조명 속에서 팽창한다. "가만히 계세요, 아이리스." 조나가 말한다. "사고가 났지만 다 괜찮습니다. 당신은 지금 병원에 있어요. 이제 안전해요."

그녀는 목소리만큼이나 나약하고 겁에 질려 있다. "사고라고요?"

"M4고속도로 빙판길에서요. 박사님의 폭스바겐이 미끄러졌어요. 다른 인명피해는 없었고 박사님의 상처도 그리 심각한 것 같지는 않아요. 오늘 하루종일 여기 계셨어요. 여긴 로열 버크셔 병원입니다."

마리너스가 침을 삼킨다. 당황한 표정이 역력하다. "난…… 당

---

* 제3의 눈. 내면의 눈. 마음의 눈이라 불리는 미간의 한 지점.

신은……?"

"네, 전 개러스 벨이고 이쪽은 헤이스 박사입니다. 의사들이 한 자리에 모였네요. 아이리스, 치료 프로그램에 도움이 될 수 있도록 진단을 위한 몇 가지 질문을 드리고 싶은데요, 괜찮으시겠습니까?"

"아……" 넋이 나간 정신과의사가 눈을 찌푸린다. "네…… 그럼요. 하세요."

내가 나선다. "고마워요, 아이리스, 좋습니다. 먼저, 지금 통증이 있는지 말씀해주시겠어요?"

마리너스는 먼저 손을 움직일 수 있는지 확인해보고, 이어 발을 움직여본다. "아뇨, 전…… 전…… 약간 얼얼할 뿐이에요. 관절이 약간 아파요."

"아하." 내가 클립보드에 기록한다. "수액으로 소염제와 진통제가 들어가고 있어요. 왼쪽 옆구리에 심한 타박상이 있고요. 두번째로…… 움직이는 데는 지장이 없고, 방금 보여주셨죠, 좋습니다. 누가 의사들이 최악의 환자라고 그랬죠?"

"아, 그나마 정신과의사라 좀 나은가보네요."

내가 미소를 짓는다. "좋습니다. '직업 충성도 약함'에 체크하죠."

"골절이 있나요?" 마리너스가 일어나 앉으려 애쓰며 묻는다.

"조심, 조심." 벨 박사인 척하는 조나가 말한다. "아이리스, 조심하세요. 목 보조기는 그저 예방 차원에서 해둔 거예요. 걱정 말아요. 혹시 임신중일지 몰라서 엑스레이 촬영을 하지 못했어요. 임신중이신가요?"

"아뇨. 임신은 확실히 아닙니다."

"좋습니다." 내가 말한다. "한 시간 정도 후에 엑스레이 촬영을 진행하도록 하죠. 손가락이 몇 개죠?" 내가 네 개를 든다.

"네 개요." 마리너스가 말한다.

"지금은요?" 내가 묻는다.

"없어요." 마리너스가 말한다.

"이상 없고요." 조나가 말한다. "하지만 뇌진탕이 약간 걱정되네요. 머리 뒤쪽에 타박상이 있거든요. 엑스레이 촬영을 하고 나서 시티 촬영을 진행하겠습니다. 사고에 대한 기억은 있으신가요?"

"음……" 마리너스는 불안하고 걱정되는 표정이다. "음……"

우리가 그녀의 침대에 앉는다. "차에 탔던 건 기억이 나시나요?"

"네, 하지만…… 목적지에 도착한 걸로 기억하고 있어요."

"그렇군요." 조나가 말한다. "목적지가 어디였죠?"

"변두리에 있는 웨스트우드 로드의 어느 통로, 어느 골목이었어요. 슬레이드 앨리. 봄바딜을 만나러 갔었어요."

"봄바딜?" 조나가 말한다. "그거 『반지의 제왕』에 나오는 초록색 요정 아닌가요? 이상한 가명이네요."

"아…… 전, 전, 전 그 책을 안 읽었지만 제가 만나기로 했던 봄바딜이란 사람은 음모론자예요. 그게 진짜 이름인지 아닌지는 모르겠어요. 제 연구 대상이었어요. 유괴망상증에 대한 논문을 쓰고 있었거든요. 그 사람이…… 골목에 있었는데…… 거기 원래는 없었던 문이 있었고……"

"놀랍군요." 내가 말하며 약간 놀란 표정을 짓는다. "하지만 제가 분명히 말씀드리는데요, 아이리스, 오늘 당신이 갔던 유일한 장소는 로열 버크셔 병원뿐입니다."

"박사님께서 더 잘 아시겠죠." 조나가 쾌활하게 말한다. "정신적 외상이나 사고 이후 사람의 마음이 스스로에게 부리는 속임수에 대해서요. 하지만 박사님, 지금 뭐가 필요한지 말씀해주셨네요. 혹시라도 있을 수 있는 경미한 내출혈을 멎게 하기 위해 파라세타몰*을 드시죠." 조나가 침대맡 회전 테이블을 돌리고 약을 작은 흰색 접시에 올려놓는다. "도킨스병원의 비브 싱 박사께 당신이 의식을 찾았고 말을 할 수 있다고 문자를 보내겠습니다. 그 사람들이 하루종일 절 괴롭혔거든요."

"네, 고마워요. 저는, 음……" 마리너스가 쉽게 삼킬 수 있는 알약을 바라본다.

내가 생성한 육체 속에서 내가 생성한 심장이 약간 빠르게 뛴다.

나는 돌아본다. 조나가 에비앙 생수를 컵에 따라 접시 옆에 놓는다.

"고맙습니다." 여전히 멍한 상태로 마리너스가 알약을 집어든다.

나는 고개를 돌린다. 삼켜, 내가 생각한다. 전부 삼켜.

"걱정 말아요." 우리의 초월적 삶이 이 변덕스러운 여자가 시키는 대로 하느냐에 달려 있지 않다는 듯이, 조나가 태평하게 말한다. 그러고는 휴대전화 연락처를 훑어보며 웅얼거린다. "비브 싱……"

"음…… 한 가지 여쭈어봐도 될까요?" 마리너스가 묻는다.

"그럼요." 조나가 아이폰에서 시선을 떼지 않고 말한다.

---

* 해열진통제.

"내가 대체 뭐가 아쉬워서 너희 기생충 같은 영혼 살해자들이 시키는 대로 이 독을 먹겠어?"

벽시계가 멈춘다. 모니터의 LED 화면들이 멎는다. 멀리서 울리던 전화벨소리가 잠잠해지고, 조나는 나와 마리너스에게 등을 돌린 채 그 자리에 얼어붙는다. 나는 일어서서 비틀거리고, 욕지기를 느끼며 뒷걸음질친다. 나의 뇌는 우리의 손님인 마리너스가, 우리가 그녀에 대해 알고 있는 것보다 우리에 대해 더 많이 알고 있을 리 없다고 주장한다. 한낱 유한한 존재인 정신과의사가 우리의 주문 안에서 생성된 침대에 누워, 따분한 회의에 참석한 사람처럼 침착하게 우릴 쳐다보고 있을 리 없다고 주장한다. 그런데 그녀가 지금 그렇게 하고 있다. 그럴 수 있고, 또 그러고 있다. "너희 작업방식의 모든 결함 중에서," 우리의 손님이 말한다. "그 '묘약'이 가장 구식이야. 진짜 그래! 환자가 의식적 자유의지로 받아들이지 않으면 작동하지 않는 너무도 허술한 영혼의 낙태약이지. 어둠의 길이 지난 오십 년에서 육십 년 동안 그렇게 원시적인 방식을 사용하는 건 본 적이 없어. 대체 무슨 생각으로 그런 방식을 고수한 거지, 그레이어 남매? 그걸 조금만 개선했더라면 지금쯤 묘약을 내 몸에 주입했을 텐데. 적어도 시도라도 했거나."

노라, 조나가 메시지를 보낸다. 이 여자 뭐야?

위험. 내가 답한다. 변화. 투쟁. 종말.

죽여. 조나가 부추긴다. 죽여. 지금 당장. 우리 둘이 같이.

우리가 여자를 죽이면 여자의 영혼을 잃게 돼. 내가 여과되지 않은 생각을 전송한다. 여자의 영혼을 잃으면 우리 작업방식도 죽어. 그랬다간 구 년은 고사하고 아홉 시간도 못 버틸걸. 우리 방식이 끝장나면 틈새공간도 없어.

"그리고 틈새공간이 없으면," 마리너스가 소리 내어 말한다. "세속의 시간이 밀려들고, 너희의 모태육체들은 쪼그라들고, 너희들의 영혼은 황혼을 향해 가겠지. 백십육 년의 세월이 그렇게 끝나는 거야."

조나의 질겁한 얼굴에 나의 표정이 그대로 담겨 있다. 그가 전송한다. 우리집에 무단침입한 이 개년이 우리 대화를 들을 수 있는 거야?

마리너스가 혀를 찬다. "조나! 그런 표현은 너무 조잡하잖아. '개년'은 요즘엔 아주 싱거운 욕이야. 말하자면, 글쎄, 셀러리로 찌르는 것 같다고나 할까. 그리고 '무단침입'이라니? 오늘 내 영혼을 추출하려고 너희들이 날 이곳으로 초대했잖아. 초대에 응한 것뿐인데 나보고 무단침입자라는 건가? 너무들 하네." 능숙하게 주문 기호를 그리며 마리너스가 수액과 목 보조기를 없앤다. 우리는 놀라움을 감출 수가 없다. "맞아, 난 주문 속의 주문, 보호막 속의 보호막, 집안의 다락방에 대해 알고 있어. 복제한 공간이 아주 형편없진 않았지만, 그래도 그렇지, 에비앙 생수? 영국 국립병원에서? 말 안 해도 알 것 같아. 저 친구의 기발한 아이디어였겠지?" 침입자가 나를 쳐다보며 조나 쪽으로 고갯짓을 한다. 나는 대답하지 않는다. 그녀는 서두르지 않고 침대에서 내려서고 조나와 나는 뒤로 한 걸음 물러난다. "적어도 노라 당신은 고급 프랑스 미네랄워터를 생성할 정도로 어리석진 않잖아. 도킨스병원에서 비밀리에 잠복근무를 했으니 말이야. 당신이 비브 싱의 눈으로 날 관찰하는 걸 봤어. 당신이 날 유인한 것처럼, 나도 당신을 유인했거든. 유인자와 유인자가 만난 거지. 고급스러운 환자복이긴 하지만," 그녀가 주문 기호를 그리자 그녀가 입고 있던 옷이 복원된다. "내가 즐겨 입는 스타일이 따로 있어서."

조나가 전압을 아끼기 위해 하위주문을 약간 흐릿하게 한다. 현명한 조처다. 그러나 마리너스에게 무차별 공격을 가하는 것은—조나가 그런 작전을 세우고 있을까봐 두렵다—결코 현명하지 않다. 나는 그녀가 공격을 예상하고 있음을 감지한다.

"우릴 궁지에 몰아넣었군." 내가 말한다. "당신은 누구야?"

"난 그냥 나야, 노라. 아이리스 펜비라는 이름으로 1980년 볼티모어에서 태어났지. 훗날 거기 '마리너스'가 붙었는데, 어쩌다보니 그 이름을 물려받게 되었고, 그 대목은 좀 얘기가 길어. 우리 가족은 토론토로 이민을 갔고, 난 심리학을 공부했고, 그래서 여기까지 오게 됐지."

내가 추궁한다. "하지만 텔레파시 능력이 있고, 주문 기호를 그릴 줄도 알고…… 이게 뭔지 알아?" 내가 약한 심리 파장을 그녀 쪽으로 보내자 그녀가 파장의 방향을 에비앙 생수병 쪽으로 돌린다. 병이 쓰러져 테이블 가장자리로 굴러가다가 바닥으로 떨어지기 전에 사라져버린다. "저걸 봐, 조나." 내가 말한다. "우리 손님과 우린 초심령술의 콩깍지 한 개 속에 든 세 개의 콩* 같아."

---

* 똑같이 닮았음을 뜻하는 관용적 표현.

마리너스는 별로 달가워하지 않는다. "그 깍지에서 난 좀 빼줘, 노라. 난 인간을 언제든 벗어던질 수 있는 장갑처럼 사용하진 않거든. 가엾은 마크—'봄바딜'—한테 고맙다고 인사는 했어? 방금 쓰레기통에 버리기 전에?"

"아주 고결한 연민의 감정을 품고 계시군." 내가 그녀의 신경을 건드리고, 넘겨짚어본다. "징징거리면서 오물을 쏟아내는 발정난 칠십억의 인구를 하나하나 보살피겠다는 건가."

"아, 당신 같은 사람들은 항상 그런 식으로 말하지." 침입자가 내게 말한다.

"우리가 그랬나?" 내가 말한다. "우리 이름은 어떻게 알았지?"

"그 얘기를 하려면 한 시간은 걸려." 그녀가 주머니에서 작은 기계를 하나 꺼내 우리에게 보여준다. '소니'라는 글자가 보인다. "두 사람 중 적어도 한 명은 이 녹음기를 본 적이 있을 거야, 아마 조나였을 것 같은데……" 그녀가 조나에게로 돌아서고 조나가 가까이 들여다본다. "좋아. 혹시 이걸로 기억을 되살릴 수 있다면." 마리너스가 재생 버튼을 누르자 자신감 넘치는 여자의 목소리가 들린다. "2006년 10월 28일 토요일 오후 일곱시 이십분, 폭스 앤드 하운즈 주점에서 진행된 프레드 핑크와의 인터뷰입니다." 프레야 팀스다. 마리너스가 정지 버튼을 누른다. 우리의 표정을 읽는데 엄청난 기술이 필요하지는 않다. "이 여자에겐 삶이 있었어." 마리너스가 말한다. "사랑하는 동생이 있었고." 그녀의 분노는 절제되어 있지만 강렬하다. "말해봐. 그녀의 이름을. 혹시 말하기가 너무 부끄러운가?"

조나는 너무 놀라서 누군가의 이름을 말할 상태가 아닌 것 같다. 바보 천치니까 당연히 그러시겠지. 그는 구 년 전 내가 주문으로 생성한 폭스 앤드 하운즈에서 프레드 핑크로 위장해 프레야 팀스를 농락했던 자신의 연기를 자랑했다. 그때 그가 자아낸 아리아드네의 실*이 우리 작업방식의 중심으로 마리너스를 이끌었다. 마침내 말을 할 기력을 회복했을 때 그는 그 기력을 엉뚱한 곳에 탕진한다. "그걸 어떻게 손에 넣었지?"

마리너스가 다시 그를 보고 나를 본다.

나는 조금의 수치심도 없이 그녀와 눈을 맞춘다. "프레야 팀스."

마리너스가 다시 나를 보고, 그다음엔 유령 같은 창문 위로 드리운, 반쯤 사라진 블라인드 너머를 본다. "여긴 어두운 밤이군. 여기가 슬레이드 하우스의 다락방 맞지?" 나는 대답하지 않는다. 침입자가 다시 조나의 질문으로 돌아간다. "당신들의 '화장터'가 시체는 잘 처리하지만, 무기물은 틈새로 빠져나오기 마련이지. 여기 단추 하나, 저기 머리핀 하나. 과거엔 그런 것들이 전혀 문제가 되지 않았지만, 요즘 세상에서는," 마리너스가 우리 쪽으로 돌아서며 손바닥 위에 놓인 녹음기의 무게를 가늠해본다. "천사들이 실제로 핀 끝에서 춤을 출 수 있고**, 수많은 사람들의 삶이 메모리스틱 안에 담기거든. 노라 그레이어, 우린 아주 소수지만 아주 긴밀

---

* 그리스신화에서 아리아드네는 테세우스에게 실을 주어 그가 미로 속에서 길을 찾을 수 있게 돕는다.

** '핀 끝에서 천사들이 몇 명이나 춤을 출 수 있을까?'라는 중세 수도자들의 질문에서 유래한 표현으로, 일반적으로는 쓸데없는 논쟁을 일컬을 때 쓰인다.

하게 연결되어 있어. 이런 물건들은 결국," 그녀가 녹음기를 주머니에 넣는다. "우리 손에 들어오게 되어 있지."

나는 가설을 세워본다. 에노모토 센세이가 '시간을 초월한 자'들을 처단하려는 병적 욕구를 지닌 '자경단'에 대해 말한 적이 있다.

"'우리'라는 게 누구지?" 조나가 침입자에게 묻는다.

"노라의 의견을 물어보지 그래? 바깥 소식은 노라가 더 잘 알잖아."

나는 마리너스에게 시선을 고정한다. "이 여자는 다른 분파에서 왔어."

"비슷해."

"르 쿠랑 프로퐁." 내가 추측해본다. "깊은 강."

그녀의 손이 자유로이 주문 기호를 그린다. "근접하고 있어."

한심한 추측 게임이다. "당신이 그 시계공이로군."

"아, 좀더 분노를 품고 말해야지. 그 혐오스러운 단어를 내뱉어봐." 조나처럼 마리너스도 풍자적 아이러니를 즐긴다. 조나처럼, 그녀도 실수할 수 있다.

조나는 당연히, 그 시계공 얘기를 들어본 적이 없다. "저 여자가 시계를 만든다고?"

마리너스의 웃음에서 진정성이 배어난다. "노라, 당신이 왜 이 아둔한 노력형 직원, 한심하기 짝이 없는 배우, 자신을 늑대라고 생각하는 우둔한 개를 데리고 있는지 알 것도 같네. 하지만, 우리끼리 얘긴데, 너무 골칫거리 아니야? 너무 거추장스럽지 않아? 이름도 하필 조나*잖아? 조나를 어떻게 생각하는지 사이이드가 얘기한 적 없어? '돼지 태반으로 가득찬 우쭐대는 머저리.' 맹세코 그 사람이 한 말이야. 우리가 아틀라스산에 있는 너희 전직 사부를 추적했거든. 프레야의 녹음을 바탕으로. 적어도 그 점에 대해서는 우리가 조나한테 감사해야겠지. 덕망 높으신 사이이드께서 자비를 구걸하더군. 우리가 알고자 하는 것 이상을 알려주며 자비를 얻으려 했지. 우린 그가 수십 년 동안 자신의 먹잇감에게 보여준 것과 똑같은 자비를 보여주었어. 그 이상도, 이하도 아닌. 이제 조나는 자신이 얼마나 치명적인 짐덩어리인지를 증명했고—"

분노로 끓어오르던 조나를 폭발 지점에 이르게 한 그녀가 말을 멈춘다. 조나가 맨손으로 주문 기호를 그려 불덩이를 생성한다. 내가 그에게 안 돼! 하고 외치지만 조나의 머리는 끓어오르고 그는 내가 하는 말을 듣지 못하고 그래서 내가 큰 소리로 외치고—"안 돼!"—그와 함께 병실의 흔적이 사라지면서 슬레이드 하우스의 긴 다락방이 모습을 드러낸다. 팔십 년간의 초월적 삶이 이 갈림길에서 끝난다. 자신을 공격하도록 우리를 부추긴, 저 검증되지 않은 적을 향한 조나의 공격에 내가 가담해야 하나? 심지어 우리의 승리가 전압의 고갈을 의미한다고 해도? 아니면 조나를 저버리고, 그가 새까맣게 타는 걸 지켜보고, 생존에 대한 태아적 소망을 보존해야 하나? 조나가 자신의 영혼에 남아 있는 모든 전압을 마리너스를 불태우기 위해 무분별하게, 흥청망청 쓰는 것을 보면서도 나

---

* 조나(Jonah)는 구약성서에 나오는 예언자로 관용적으로 '불행을 가져오는 사람'이라는 의미로 쓰인다.

는 어떻게 해야 할지 알지 못하고……

……마리너스는, 생각만큼이나 빠르게, 주문을 그려 오목한 거울자기장을 생성했다. 자기장이 충격으로 떨렸고, 용암 끓는 소리가 들렸고, 마리너스의 얼굴이 고통으로 일그러지는 것을 보았다. 잠시나마 나는 우리의 침입자가 우리를 과소평가했기를 감히 바랐다. 그러나 거울자기장은 버텨내고 수평면을 회복한 뒤 검은빛을 다시 모아 그 빛을 쏜 사람에게 곧장 반사했다. 기호를 그리거나 경고하거나 끼어들 시간이 없었다. 조나 그레이어는 사만 이천 일 이상을 살았지만 찰나에 죽었다. 비록 고수가 사용한 것이긴 하지만, 어쨌든 초보적인 기술에. 나는 입술과 뺨이 녹아내리고 탄화된 조나를 흘긋 보면서, 그의 눈이라도 보호해주려는 부질없는 노력을 했다. 연탄조각과 거친 재로 사그라지는 그를 보았고, 재의 성운이 인간의 형상을 잃고 바닥에 허물어져내리면서 영원한 초의 불꽃을 끄는 것을 보았다.

나의 결단은 저절로 내려졌다.

나는 내 모태육체의 눈꺼풀을 통해 초의 불빛을 본다. 심지가 닿아 있는 촛농 속에서 밀랍이 끓어오르며 희미하게 새근대고 탁탁거리는 소리가 난다. 그리고 그때, 시간이 틈새공간으로 스며든다. 우리의 작업방식은 죽었다. 내가 눈을 뜨면, 눈을 뜬 조나 대신, 슬픔을 보게 되리라. 슬픔과 나는 오래전 일리에서 어머니가 죽었을 때 인사를 튼 사이였다. 가엾은 어머니는 폐를 다 쏟아낼 듯 기침을 하면서 내게 당부했다. 똑똑한 네가 조나를 돌봐주라고, 조나를 지켜주라고…… 한 세기가 넘도록 나는 그 약속을 지켰고, 가엾은 넬리 그레이어가 원했거나 기대했던 것보다 훨씬 더 열심히 나의 형제를 보호했다. 그동안 슬픔은 그저 군중 속의 한 사람일 뿐이었다. 그러나 이제 슬픔은 잃어버린 시간을 만회하려 하고 있다. 나는 그 어떤 환영 속에도 있지 않다. 조나의 영혼은 황혼을 향해 갔고, 그의 모태육체는 내 발치와 니네베* 초 주위에 발목 높이로 쌓인 재가 되었다. 슬픔이 나에게 부과할 고통은 엄청날 것이다. 그러나 이상하게도 지금은, 적어도 지금은, 무너져내린 우리 작업방식의 잔해 속에 앉아, 내 쌍둥이 형제의 거친 유해 한복판에서 침착하고도 명료하게 나의 위치를 가늠해볼 수 있다. 아마도 이 고요함은, 빨려나간 바다가 쓰나미가 되어 지평선 너비로, 언덕 높이로 덮쳐오기 직전의 정적이겠지만, 정적이 지속되는 동안 나는 그것을 이용할 생각이다. 나는 조나가 홀로 허무한 죽음을 맞이하도록 내버려두었다. 아마도 생존에 대한 나의 사랑이 조나에 대한 사랑보다 크다는 것을 증명하면서. 생존 또한 슬픔에 대항할 나의 동지다. 지금 무너진다면, 나는 살아남지 못할 것이다. 살인자가 이곳에, 우리의 다락방에 있다. 그녀가 달리 어디 있겠는가? 조금 전에나는 그녀의 소리를 들었다. 그녀가 몸을 일으켰고, 고통으로 숨을 들이켰고—좋은 일이다—낡은 오크나무 마루를 삐걱삐걱 가로질

---

* 고대 아시리아제국의 수도로 현재는 이라크 모술 지방. 구약성서에서 예언자 조나가 하느님의 명을 받고 설교하러 간 곳이기도 하다.

러 마치 절뚝거리는 거대한 나방처럼 초의 불꽃을 향해 다가왔다. 그녀는 내가 눈을 뜨고 다음 라운드를 시작하기를 기다리고 있다. 그녀를 조금 더 기다리게 하리라.

검은 공간 속의 검은 피부, 그녀가 그녀를 관찰하는 나를 관찰하고, 그녀는 궁지에 몰린 사냥감을 지켜보는 사냥꾼이고, 우리의 시신경이 우리의 영혼과 연결된다. 조나의 살인자, 시계공 마리너스, 우리의 요새로 죽음을 몰고 온 자. 그렇다, 나는 그녀를 증오한다. 하지만 이 단어로는 얼마나 모자란가, 이 하찮고 중립적인 동사로는. 증오는 인간이 품는 감정이다. 저 여자를 해치고, 불구로 만들고, 만신창이로 만들고, 죽이고 싶은 욕망은 감정이 아니라 지금 나의 존재 자체다. "난 당신이," 장례식장의 속삭임으로 그녀가 말한다. "당신 동생과 함께 날 공격할 거라고 생각했어. 그가 공격하리라는 건 의심의 여지가 없었으니까. 왜 그러지 않았지?"

마지막이 시작된다. "왜냐하면 그건 최악의 전략이었으니까." 나의 목은, 나 자신의 육체로 돌아올 때면 늘 그렇듯, 건조하다. "그랬다가 패배하면, 우린," 내가 발치의 재를 본다. "이렇게 될 테니까." 내가 일어서고—나의 관절이 뻣뻣하다—몇 발짝 뒤로 물러서서 초를 마리너스와 나 사이 중간 지점에 둔다. "하지만 우리가 이겨도, 틈새공간이 무너지고 시간이 우리의 육체를 따라잡아 죽게 되겠지. 참 조나다워. 어렸을 때도 조나가 무모하게 일을 저지르면 내가 그 난장판을 다 수습하고 어떻게든 상황을 바로잡았거든. 그런데 이번엔, 그럴 수가 없네."

마리너스가 나의 말을 생각해본다. "삼가 조의를 표하는 바야."

"네 조의는 역겨워." 내가 지극히 평온하게 말한다.

"슬픔은 아픈 법이지, 당연히. 네가 빨아먹은 모든 사람들에게도 사랑하는 사람들이 있었고 그들도 지금 너처럼 고통받고 있어. 심지어 비난할 대상, 증오할 대상조차 없었지. 하지만 그 속담 알지, 노라. '칼로 흥한 자―'"

"속담 인용하지 마. 왜 지금 날 죽이지 않는 거지?"

마리너스는 그건 좀 복잡한 문제라서, 라고 말하는 듯한 표정을 짓는다. "첫째, 냉혹한 살인은 깊은 강의 방식이 아니거든."

"아니, 그보다는 아마 적을 자극해서 먼저 총을 쏘게 만드는 편을 선호하는 거겠지. 그래야 정당방위라고 말할 수 있을 테니까."

위선자는 그 사실을 부정하지 않는다. "둘째, 난 당신이 혹시 친절하게 이 내부 구멍을 열어줄 수 있는지 묻고 싶었어." 그녀가 기다란 거울을 가리킨다. "날 내보내줄 수 있는지."

그러니까 그녀는 뭐든지 다 할 줄 아는 것도 아니고 다 알고 있는 것도 아니다. 나는 그녀에게 우리의 작업방식이 죽어서 나조차도 구멍을 열 수 없다는 말을 하지 않는다. 그리고 그녀가 대충 넘겨짚고 있을 경우에 대비해 그 구멍이 거울이라는 사실도 굳이 확인해주지 않는다. 나는 오직 다락방의 산소가 고갈되면 마리너스가 죽을 거라는 생각만 한다. 흐뭇한 상상이다. 내가 그녀에게 말한다. "절대 안 돼."

"어차피 별로 기대는 안 했어." 마리너스가 시인한다. "하지만 그편이 플랜 B보단 훨씬 우아했겠지. 플랜 B도 별로 승산이 없긴 하지만." 그녀가 초에 가까이 다가가더니 바지 주머니에 손을 넣는다. 나는 방어를 위해 전압을 끌어모은다. 그러나 무기 대신, 그녀는 스마트폰을 꺼낸다.

"가장 가까운 네트워크는 육십 년 뒤야." 내가 그녀에게 말한다. "더구나 구멍에서는 전화 신호가 현실세계로 전송되지 않아. 미안해서 어쩌나."

스마트폰의 차가운 불빛 속에서 그녀의 검은 얼굴이 빛난다. "말했잖아, 승산은 별로 없다고." 그녀가 전화기를 구멍으로 향하게 하고, 지켜보고, 기다리고, 화면을 확인하고, 얼굴을 찌푸리고, 기다리고, 기다리고, 초와 재 주위를 서성거리다가 구멍 옆에 웅크리고 앉아 거울의 표면을 살펴보고, 기다리고, 거울에 귀를 대보고, 기다리고, 마침내 한숨을 쉬며 포기한다. "보아하니 승산이 전혀 없네." 그녀가 스마트폰을 집어넣는다. "외부 구멍 옆의 관목 수풀 속에 플라스틱 폭발물 500그램을 숨겨두었어. 봄바딜로 위장한 당신이 안 보고 있을 때. 내 캔버스 가방 안에 들어 있지. 등나무 울타리 밑을 걸을 때 당신이 뭔가 잘못됐다고 생각하는 것 같아서 당신의 주의를 분산시켰지. 폭발로 외부에서 이 구멍을 열 수 있기를 바랐는데, 전화 신호가 기폭장치에 닿지 않거나 당신의 작업방식이 너무 견고하게 지어졌거나 둘 중 하나인 것 같네."

"삼가 조의를 표하는 바야." 재미있어하며 내가 말한다. "플랜 C도 있나? 아니면 아이리스 마리너스-펜비 박사는 오늘 죽는 건가?"

"전통적으로는, 우리가 선과 악의 최후의 격전을 다시 한번 치러야겠지. 하지만 누가 선이고 누가 악인지에 대해 우리는 결코 합의에 도달하지 못할 거야. 게다가 그 싸움을 통해 우리가 받을 수 있는 유일한 포상은 산소 부족으로 천천히 죽어가는 것뿐이지. 전통을 포기하는 게 어떨까?"

애써 쾌활한 척하는 모습이 심히 불쾌하다. "당신한테 죽음은 그저 잠깐 쉬는 것 정도인가보네."

그녀가 물러서서, 초 주위를 돌아, 우리의 손님들이 앉는—앉았던—자리, 구멍 맞은편에 앉는다. "그보다 좀 복잡하긴 하지만, 결국 다시 돌아오는 건 맞아. 에노모토와 사이이드 중에 누가 깊은 강에 대해 알려주었지?"

"둘 다. 두 사부 모두 당신들에 대해 알고 있던데. 왜지?"

"내가 전생에 에노모토의 할아버지를 만났어. 잔혹한 악마였지. 아마 네 마음에 들었을 거야."

"당신은 그런 특권을 누리면서 우리는 못 누리게 하겠다는 거네." 나의 목소리가 끊어지고 갈라진다. 이놈의 갈증.

"당신은 불멸을 얻으려고 살인을 해." 마리너스가 말한다. "우리는 불멸을 선고받은 거고."

"'선고받은' 거라고? 마치 당신이 누리는 초월적 삶을 아등바등 허망하고 구질구질하게 사는 본 클락*들의 몇십 년과 기꺼이 바꿀 수 있다는 듯이 말하네!" 나는 설명할 수 없을 정도의 피로를 느낀

---

* 데이비드 미첼의 소설 『본 클락스*The Bone Clocks*』에 등장하는 말로 불멸성을 갖지 못한 유한하고 평범한 인간의 육체를 의미한다.

다. 조나가 살해당한 것에 대한 슬픔을 억누르느라 진이 빠진 게 분명하다. 나는 평상시에 앉던 자리에서 1피트 정도 물러나 앉는 다. "왜 너희 시계공들은 우리를 상대로 이런…… 이런……" 그 단어가 떠오르지 않는다. 아랍어이고, 요즘엔 영어에서도 쓰는 말인데. "이런…… 지하드*를 벌이는 거지?"

"우리는 생명의 존엄성을 지키는 거야, 노라 그레이어. 우리 자신의 생명이 아닌, 다른 사람의 생명을. 수명 연장에 대한 집착의 연료로 삼기 위해 네가 계속해서 죽였을 수많은 무고한 사람들—팀스 자매, 고든 에드먼즈, 그리고 비숍 모자처럼 죄 없는 사람들—이 이젠 살 수 있게 됐어. 그게 우리의 보다 높은 목표지. 사명 없는 초월적 삶이 무슨 의미가 있지? 그건 그저 끼니나 때우는 비루한 삶일 뿐이야."

비숍 모자가 누구지? "우리는 단지," 내 목소리는 너무도 불안 정하다. "생존을 추구할 뿐이야. 제정신이 박힌 건강한 동물이라 면 모두 그런—"

"아니." 마리너스가 얼굴을 찌푸린다. "제발, 그만해. 그런 얘 기 너무 자주 들었으니까. '인류는 생존을 추구하도록 설계되어 있다', '강한 자가 살아남는 게 자연의 법칙이다', '우리는 그저 몇 명의 목숨을 거두었을 뿐이다'. 수십 년 동안 똑같은 얘기를 하고, 또 하고……"

---

* 이슬람교에서 '성스러운 전쟁'을 의미하는 말로 특정한 믿음을 지키기 위해 맹렬 한 운동이나 활동을 벌이는 것을 가리킨다.

허리와 무릎에 통증이 점점 더 심해진다. 내가 경험해보지 못한 통증이다. 마리너스 때문인가. 조나는 어딜 갔지?

"……남의 불행을 이용하는 독수리들은 늘 그렇게 말하지." 여자가 말하고 나는 그녀가 말을 좀 크게 했으면 좋겠다고 생각한다. "봉건 영주에서부터 노예 상인들, 독재 세력들, 신보수주의자들, 당신 같은 약탈자들은 다 그래. 자신들의 양심을 목 졸라서 윤리 감각을 무디게 만들지."

통증이 왼쪽 손목까지 번져온다. 나는 손목을 살펴보고, 기겁을 한다. 할 수만 있다면 손목을 잘라내고 싶다. 마치 몸에 맞지 않는 괴상한 소매처럼 피부가 축 늘어져 있다. 나의 손바닥, 나의 손가락은…… 늙었다. 마리너스가 만들어낸 역겨운 환상이 분명하다. 나는―꼴사납게 애를 쓰며―거울을 들여다본다. 흰머리 마녀가, 겁에 질린 표정으로 나를 쳐다보고 있다.

"폭발이 구멍을 부수진 못했지만," 검은 여자가 말한다. "균열은 만들었네. 거울 중앙을 가로지르고 있잖아, 저기. 보여?" 그녀가 내 곁에 웅크리고 앉더니 손가락으로 굵은 선을 문지른다. "여기. 세상이 스며들고 있어, 노라 그레이어. 유감이야. 당신은 아마 십오 초마다 십 년씩 늙을 거야."

영어로 말하는 건 맞는데, 대체 뭔 소릴 하는 거지? "당신 누구야?"

여자가 나를 바라본다. 무례하기 짝이 없군. 아프리카 놈들은 자식들한테 예의범절도 안 가르치나? "난 머시Mercy라고 해, 노라 그레이어."

"그렇다면 머시, 나한테 그…… 그……" 분명히 그의 이름을 알고 있는데. 내가 그의 이름을 알고 있다는 것을 알고 있는데. 그런데 그의 이름이 나를 모르네. "나의 쌍둥이 형제를 불러줘. 지금 당장. 걔가 다 알아서 할 거야."

"미안해." 머시가 말한다. "당신의 정신이 썩어가고 있어." 그녀가 일어서서 우리의…… 그게 이름이 뭐더라? 초를 받쳐놓는 물건인데? 저 여자가 저걸 훔치려나보네! "그거 도로 놓지 못해!" 내가 그녀를 막으려 하지만 나의 발은 흙더미 위에서 허망하게 비틀거릴 뿐이다. 이곳은 더럽다. 가정부는 대체 어딜 간 거야? 왜 이 아프리카 여자가 우리 촛대를 들고 있지? 이제야 그 말이 생각났네. 촛대! 저 촛대는 몇 대에 걸쳐 우리집에 있었던 건데. 삼천 년 된 물건이라고. 예수보다도 나이가 많아. 니네베에서 만든 거고. 내가 소리친다. "당장 조나를 데려와!"

아프리카 여자가 마치, 그 뭐냐, 마치, 그 뭐시기…… 처럼 그걸 집어들고 묵직한 아랫부분을 휘둘러 거울을 내리친다.

쪼개진 거울의 단면으로 한낮의 햇빛과 눈발이 밀려들며 바닥을 뒤덮고 다락방의 가장 어두운 가장자리까지, 마치 호기심 많은 어린 학생들처럼 들이닥친다. 나의 육체는 바늘로 찔러 터뜨린 앙상한 풍선처럼 쪼그라들었다. 노망든 뇌로부터 매듭이 풀리고, 지퍼가 열리고, 끈이 풀린 나의 영혼이 자유롭게 떠다닌다. 다락방이 겨울하늘 속으로, 이름 없는 마을 위로 사라져갈 때, 마리너스는 뒤도 한 번 돌아보지 않고 구멍을 관통한다. 이제 끝이다. 이 세상과의 연결고리였던 모태육체가 사라진 노라 그레이어의 영혼은 용해되어가고 슬레이드 하우스의 다락방이 한때 점유했던 공간을 잠시 맴돈다. 이게 나의 삶인가? 이게 다인가? 뭔가가 더 있어야 하는데. 수십 년이 더 있어야 하는데. 나의 간계로 그 시간을 벌었는데. 아래를 내려다본다. 지붕들, 차들, 다른 삶들, 그리고 초록색 베레모를 쓴 여자가, 훔친 촛대를 손에 들고, 현장에서 벗어나 골목으로 들어선다. 어수선한 허공에는 작별인사도, 찬가도, 메시지도 없다. 오직 눈, 눈, 눈 그리고 황혼이 거침없이 끌어당길 뿐이다.

아직은 아니다. 아직은 아니다. 황혼이 나를 잡아끌지만, 빌어먹을 황혼, 빌어먹을 마리너스, 내가 더 강하게 버틸 것이다. 저 여자가 나의 형제를 죽여놓고 버젓이 걸어가고 있군. 슬픔이여 나를 이끌어라. 증오여 내 힘줄을 강하게 하라. 내게 남아 있는 몇 초로는 부족할지 모르겠지만, 나의 성급한 형제, 나의 소중한 쌍둥이, 나의 진정한 반쪽 조나의 복수를 할 수만 있다면, 아무리 그 흔적을 추적하기 힘들지라도, 나는 그 길을 찾고야 말 것이다. 벽돌 굴뚝, 슬레이트 지붕, 가늘고 좁은 정원 안에 보이는 헛간, 개집, 비료 무더기. 복수심에 불타는 영혼이 피할 곳은 어디인가? 새 모태육체? 누가 보이나? 남매가 눈밭에서 놀고 있다…… 저 아이들은 나이가 들었고, 이미 자신들의 영혼에 너무 깊이 얽혀 있다. 또한 소년이 트램펄린에서 뛰고 있는데…… 저 아인 나이가 더 많고, 쓸모가 없다. 까치가 까악 하고 울며 정원 헛간에 탁 내려앉지만 인간의 영혼은 동물의 뇌 속에 머물 수 없다. 그다음 정원, 뒷문이 열리고 울 모자를 쓴 여자가 과일 껍질을 담은 그릇을 들고 나온다. "동생한테 눈 던지지 마, 아딥! 눈사람을 만들어봐! 살살 놀아!" 그녀는 임신중이다─30피트 상공에서도 그것이 확연히 드러나고, 이제 전부 다 보인다. 패턴의 아름다움이 보인다. 저 여자가 나타난 건 우연이 아니다. 그녀의 등장은 '각본'에 따른 것이다. 황혼이 나를 잡아끌지만 나는 이제 다른 운명을 감지하고, 저항한다. 새로운 사명이 나를 강하게 한다. 나의 사명은 이것이다. 언젠가, 비록 아주 먼 훗날일지라도, 나는 마리너스의 귀에 이렇게 속삭일 것이다. "네가 나의 형제 조나 그레이어를 죽였지. 그래서 난 지금 널 죽일 거야. 영원히." 나는 묵직한 눈, 살아 있는 눈, 영원한 눈과 함께 허공을 가로질러 내려간다. 눈에 띄지 않게 임신부의 외투, 속옷, 피부, 자궁벽을 통과한다. 나는 다시 집으로 돌아왔다. 나의 새롭고 따뜻한 집, 나의 정착지. 황혼의 마수가 뻗치지 않는 이곳. 웅크린 채로, 졸고, 꿈꾸며, 엄지를 빨고 있는, 이 콩알만한 우주비행사 남자 태아의 안전한 뇌 속.

막시밀리안 아람뷸로, 니키 배로, 매뉴얼 베리, 케이트 브런트, 앰버 벌린슨, 에번 캠필드, 지나 센트렐로, 케이트 차일즈, 캐서린 조, 매들린 클라크, 루이즈 데니스, 월터 도너휴, 데버라 드와이어, 데이비드 에버쇼프, 리처드 엘먼, 로티 파이프, 조니 겔러, 루시 헤일, 소피 해리스, 케이트 아이슬리, 가즈오 이시구로, 수전 카밀, 트리시 커, 제시카 킬링글리, 마틴 킹스턴, 재키 루이스, 앨리스 러티언스, 샐리 마빈, 케이티 맥고완, 케이틀린 매케나, 피터 멘딜선드, 재닛 몬티피오르, 니콜 모라노, 닐 머런, 제프 니시나카, 로런스 노픽, 알라스데어 올리버, 로라 올리버, 리데베이더 패리스, 더그 스튜어트, 사이먼 M. 설리번, 캐럴 웰치. 내가 놓친 분들에게는 진심어린 사과의 말을 전한다.

언제나처럼 나의 가족에게 감사한다.

데이비드 미첼은 시간과 공간을 자유로이 넘나들며 거대한 이야기 은하수를 설계하는 작가다. 『슬레이드 하우스』에 담겨 있는 다섯 편의 이야기는 은하수를 이루는 작은 행성들이고, 등장인물들은 제각기 독립적인 서사의 주인공인 동시에 보다 큰 이야기의 주연급 조연들이다. 독자들은 무심히 그의 이야기를 따라가다가 예기치 못한 순간, 발견하고 또 깨닫는다. 그의 천재성과 기발함, 그리고 진짜 소설을 읽는 즐거움을.

전지적 작가 시점이라는 말은 그의 작가적 역량을 담아내기에 부족하다. 타고난 유머 감각과 천재적 언어 감각, 심해의 물고기처럼 기이하고도 아름다운 특유의 상상력으로, 그는 문자 그대로, '소설을 쓴다'. 그의 소설은 너무나 소설다우면서도 지금까지 우리가 만난 그 어떤 소설과도 다르다. 그만큼 낯설고 신비로우며, 자유롭고 재미있다. 틀을 뛰어넘는다기보다는 틀 자체가 없다. 상상을 초월하고 예상을 뒤엎는다는 말은 상상할 수 있고 예상할 수 있을 때 유효하다. 독자는 어느 순간, 고양이가 마음대로 굴리고 노는 헝겊 장난감이 된 기분이 들지만, 그마저도 결국에는 작가에 대한 경외심으로 이어진다.

휘몰아치는 이야기의 파도에 휩쓸려 떠내려가다가 정신을 차려보니, 세상은 여전히 그 자리에 있고 나의 일상은 여전히 소소하다. 한동안 내 일상의 신기루였던 『슬레이드 하우스』에 작별을 고하며, 이제 나의 일상으로 돌아가려 한다. 번역가로서 연차가 쌓이고 좋은 작가들의 작품을 더 많이 번역하게 될수록, 나의 바람은 오히려 소박해진다. 내가 행복하게 번역한 책을 독자들도 행복하게 읽어줄 수만 있다면, 그뿐이다.

『슬레이드 하우스』에 담겨 있는 충격적인 이야기를 단 한마디도 발설하지 않는 것으로 독자들의 재미를 지켜주고 싶다. 대신 한동안 나의 기억에 남았던 어느 영화의 대사로 천재 작가의 놀라운 작품을 번역한 소회를 마무리할까 한다.

"You like because, and love despite." '때문에' 좋아하고, '불구하고' 사랑한다.

그간 번역했던 작품들과 비교하면 얇은 축에 속하는 소설이었지만, 번역하는 데는 예상보다 두 배의 시간이 걸렸다. 나의 고요한 새벽 시간은 남김없이 이 소설에 바쳐졌다. 고요하지 않은 낮시간에도 나의 머릿속은 해결하지 못한 문장구조, 놓치거나 살려내지 못한 유머, 한국어 짝을 찾지 못한 단어들, 내가 어그러뜨렸을지 모르는 복선들에 대한 걱정으로 휴식을 잃었다. 이 책을 번역하는 동안 다른 책은 단 한 줄도 읽지 못했다. 적게 고민하고 깔끔하게 번역하고 돌아서는 순간 홀가분할 수 있는 책을 고르지 않은 것을 후회했다. 조바심이 났고 버거웠으며 두려웠다.

그럼에도 '불구하고', 나는 이 작가를, 이 작품을, 사랑하지 않을 수 없었다.

"시는 번역하는 순간 사라져버리는 무엇"이라고, 로버트 프로스트는 말했다. 오랜 시간 크고 작은 반역과 배신을 일삼아온 나 같은 소심한 번역가에겐 너무도 가혹하고 무서운 말이다. 부디 이 소설에 등장하는 모든 '시적 허용', 혹은 '소설적 허용'들이, 나의 번역으로 사라지지 않았기를, 부디 원작의 반짝임이 많이 다치진 않았기를 바라고 또 바란다.

이진

옮긴이 **이진**
이화여자대학교에서 문헌정보학을 전공하고 광고대행사에서 근무하다가 현재 전문 번역가
로 활동하고 있다. 옮긴 책으로 『빛 혹은 그림자』 『도그 스타』 『저스트 원 이어』 『저스트 원
데이』 『우리에겐 새 이름이 필요해』 『아서 페퍼: 아내의 시간을 걷는 남자』 『사립학교 아이
들』 『열세번째 이야기』 『잃어버린 것들의 책』 『658, 우연히』 『비행공포』 『페러그린과 이상한
아이들의 집』 등이 있다.

문학동네 세계문학

슬레이드 하우스

초판 인쇄 2019년 2월 7일 | 초판 발행 2019년 2월 15일

지은이 데이비드 미첼 | 옮긴이 이진 | 펴낸이 염현숙

책임편집 이봄이랑 | 편집 홍유진 오동규
디자인 윤종윤 이원경 | 저작권 한문숙 김지영
마케팅 정민호 정진아 함유지 김혜연 박지영 김수현 | 홍보 김희숙 김상만 이천희
제작 강신은 김동욱 임현식 | 제작처 한영문화사

펴낸곳 (주)문학동네
출판등록 1993년 10월 22일 제406-2003-000045호
주소 10881 경기도 파주시 회동길 210
전자우편 editor@munhak.com | 대표전화 031) 955-8888 | 팩스 031) 955-8855
문의전화 031) 955-8862(마케팅) 031) 955-1929(편집)
문학동네카페 http://cafe.naver.com/mhdn | 트위터 @munhakdongne
북클럽문학동네 http://bookclubmunhak.com

ISBN 978-89-546-5476-0 03840

www.munhak.com

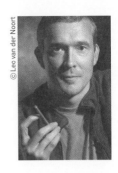

데이비드 미첼

DAVID MITCHELL

클라우드 아틀라스(전2권) 송은주 옮김

태평양 항해 길에 오른 선량한 미국인, 천재적인 재능을 가졌으나 방탕한 생활로 곤경에 처한 귀족 청년, 핵발전소 건설에 숨겨진 거대 음모를 파헤치는 젊은 기자, 인간들의 필요에 따라 죽는 날까지 착취당하도록 만들어진 복제인간…… 장밋빛 낙관이 넘실대던 19세기부터 대종말 이후의 먼 미래 지구까지, 시공과 장르를 넘나들며 펼쳐지는 이야기. 데이비드 미첼의 대표작.

"나는 마르케스의 『백년 동안의 고독』 이후로 이렇게 재미있는, 이렇게 초현실주의적인 상상력이 아름다운 소설을 읽은 적이 드물다. 잠들지 않는 밤이 이제 외롭지 않겠다, 『클라우드 아틀라스』의 책장을 넘기다보면 거짓말처럼 어제 같은 내일이 오리." **허수경**(시인)

제프리 페이버 메모리얼 상 수상・영국 도서상 문학 부문 수상
사우스 뱅크쇼 문학상 수상・〈타임스〉 선정 '지난 십 년간 최고의 책 100선'

야코프의 천 번의 가을(전2권) 송은주 옮김

나가사키에 위치한 작은 인공섬 데지마. 네덜란드 동인도회사 사무원 야코프 더주트는 일본이 서양과의 교류를 유일하게 허락한 이 낯선 땅에 처음 발을 디디며 몇 년 후 돈을 벌어 고향으로 돌아갈 꿈을 꾼다. 하지만 한번 떠난 먼길을 돌아가기가 얼마나 힘든지 그는 전혀 알지 못했다. 금지된 사랑, 국적을 뛰어넘은 우정, 동서양의 충돌과 교류…… 역사와 허구가 교묘하게 뒤섞인 데이비드 미첼 상상력의 결정체!

"데이비드 미첼의 책을 처음 읽고 나는 완전히 다른 세계로 휩쓸려들어가는 기쁨을 느꼈다." **가즈오 이시구로**(노벨문학상 수상 작가)

커먼웰스상 수상・〈타임〉〈뉴욕 타임스〉 선정 올해의 책

블랙스완그린 송은주 옮김

영국의 작은 마을 블랙스완그린. 그곳에 사는 열세 살 소년 제이슨에게 삶은 좀처럼 쉽지가 않다. 어느 날 갑자기 생긴 말더듬증은 아무리 애를 써도 벗어날 수 없고, 잘나가는 아이들의 따돌림과 괴롭힘은 슬금슬금 제이슨의 목을 조여온다. 제이슨은 결코 쉽지 않은 사춘기의 나날을 통과해나가며 고달픈 열세 살의 삶을 시로 써내려간다. 데이비드 미첼이 생생한 언어로 그려낸 아름다운 성장소설.

"청소년기를 그린 소설 가운데 재미로는 『호밀밭의 파수꾼』 이후 최고이고, 그 시기의 반항이나 좌절을 가장 가슴 아프게 서술한 것으로 말하자면 『파리대왕』 이후 최고다." 뉴 리퍼블릭

〈타임〉 선정 올해의 책 • 〈뉴욕 타임스〉 선정 주목할 만한 책

넘버 나인 드림 최용준 옮김

야쿠시마섬 출신의 열아홉 살 청년 미야케 에이지. 그는 이름도, 얼굴도 모르는 아버지를 찾아 도쿄로 올라온다. 아버지를 찾아 헤매는 동안 미야케는 놀라운 인물들과 사건들을 쉴새없이 만나고, 아버지에 대한 단서는 번번이 그의 손을 빠져나간다. 후기 자본주의 도시의 어지러운 악몽 속에서 '믿음' 혹은 '삶의 의미'를 찾고자 하는 주인공의 모험을, 디지털 시대의 대담한 상상력으로 그려낸 흥미진진하고 독창적인 소설.

"낡디낡은 성장소설 형식을 완전히 독창적으로 개조해버린, 재미있고 착하면서도 동시에 무서운 작품." 뉴스위크

유령이 쓴 책 최용준 옮김

우리의 삶을 지배하는 것은 우연인가, 운명인가? 오키나와로 도피중인 지하철 테러범, 수줍은 첫사랑에 설레는 레코드숍 청년, 오욕의 아시아 근대사를 온몸으로 겪는 중국 성산의 한 여인, 배신이 꼬리에 꼬리를 무는 페테르부르크의 미술품 절도단, 도박장에서 우연과 운명의 전쟁을 겪는 런던의 대필작가…… 판타지, 로맨스, 공상과학, 신화, 역사, 스릴러 등 서로 다른 장르의 아홉 가지 이야기가 기묘한 퍼즐처럼 얽혀드는 매혹적인 소설.

"제임스 조이스, 사뮈엘 베케트 등 20세기 최고의 데뷔작에 비견할 만한 작품." 가디언

존 루엘린 라이스 상 수상